먹다
,
사랑하다
,
떠나다

먹다
,
사랑하다
,
떠나다

노 마 드 소 설 가 함 정 임 의 세 계 식 도 락 기 행

푸르메

「잃어버린 포도주」에서 시작된 세상의 상징과 맛을 찾아온 여정

스무 살 여름,

시 한 편이 나를 사로잡았다.

가을 내내 음송하고 다녔던 그 시,

다 기억나지 않지만,

내가 이해한 내용은 대충 이랬다.

어느 날,

제물을 바치듯 바다에 포도주 몇 방울 떨어뜨렸다.

일렁이는 물결 따라 포도주 몇 방울은 사라지고

바다는 취해버렸다.

「잃어버린 포도주」라는 폴 발레리의 시였다.

왜 그 시가 스무살 어름의 나를 그토록 사로잡았을까.

많은 시간이 흐르고 포도주의 맛을 조금 알게 되고

그만큼 세상에 대해 조금 알게 된 지금까지

포도주 몇 방울이 일으킨 마법의 힘에

압도당했던 그날의 생생함을

나는 아직도 그대로 간직하고 있다.

이 책은 바다에 떨어뜨린 몇 방울의 포도주가 일으킨

마법에 홀려 떠난 모험의 일종이자 그 과정에 얻은 발견의 기록

이다.

한 편의 시에 이끌려 소리와 색과 향과 맛의 세계에 이르는,

문학과 예술, 음식의 탐험이자 그 과정에 펼친 아름다운 향연이다.

공간적으로는 부산 청사포(방아와 바닷장어구이)에서 출발하여,

에게 해, 지중해, 아드리아 해, 마르마라 해, 흑해, 북해, 카리브

해, 도버 해협,

보스포러스 해협에 이르는 여러 바다들과 도빌, 포르부, 앙베르,

옹플뢰르, 생 말로, 몽 생 미셸, 아바나, 코히마르, 골웨이와 코브 등의

항구들,

프라하와 부다페스트, 파리와 뉴욕, 피렌체와 아를 등의 예술 도

시들,

남미 쿠스코와 마추픽추 안데스 산맥의 고산지대와 히말라야 포카라의 하늘 호수,

아일랜드 이니스프리의 호수 섬과 크레타와 산토리니 화산섬,

그리스 산야의 올리브나무밭과 프랑스 프로방스와

이탈리아 토스카나의 포도밭 등을 아우르고,

시간적으로는 2012년 이후 집중적으로 씌어졌지만,

세상의 상징과 맛에 대한 관심은

「잃어버린 포도주」의 신비로부터 출발하고 있으니,

20여 년 세월의 흐름을 담고 있는 셈이다.

또한 이 책은 소설가에게 요구되는

육체노동자의 체력과 정신노동자의 지력을 바탕으로

하루 다섯 시간 수면을 원칙으로

매일 새벽부터 새벽까지 책상에 앉아 글을 쓰고

일주일에 사흘을 대학에 나가 강의하고

매일 세 시간 이상 부엌에서 싱싱한 푸성귀와 식재료로 요리를 하고

일년에 한 달은 저축 통장의 적금을 꺼내 쓰듯 아껴 모은 시간을 헐어

여기가 아닌 다른 곳, 일상이 아닌 낯선 세상으로 떠나

현지에서 보고 듣고 겪고 맛본 시간과 공간의 결과물이다.

20여 년 노마드의 삶을 추구해온 나는 단 하루를 머물러도

현지인의 리듬과 감각으로 숨쉬며 사는 방식을 실천해왔다.

현지인의 감각이란 여기에서 거기의 삶을 꿈꾸었듯

거기에서 여기의 삶을 지속하는 것이다.

거기에서 그곳의 식재료로 요리를 하고

거기에서 이곳의 작업을 계속하는 것이다.

곧, 요리와 글쓰기가 그것이다.

20여 년의 시간과 공간이 깃든 이 책은

소설가이자 여행가로 맛보고 글을 쓰는 데 그치지 않고,

다채로운 공간의 풍물과 요리를 직접 찍고 선별해서 구성하는 데

많은 발품과 공력이 들어갔다. 초고속 열차나 비행기로 이동 중에,

또 공항이나 여행지에서 써서 송고하는 경우도 비일비재했다.

이 책을 응원하고 조율해준 조용호 선배와 김이금 편집자에게

깊은 우정과 감사의 마음을 전한다.

끝으로 비가 오나 눈이 오나 멀고 험한 길을 동행하고 보조해준

두 사람,

박형섭 교수와 파리의 태형에게

무한한 사랑을 보낸다.

2014년 10월

부산 해운대 달맞이 언덕에서

함정임

차례

G r e e c e

에게 해 물결 따라,
부주키 선율 따라

올리브와 포도잎 쌈밥 돌마데스, 문어요리 오카포디와
밤의 산토 와인 닉테리

동해 바다에서 에게 바다로 떠나면서 나는 그리스 인 조르바가 외쳤던 고함을 내 결심인 양
되뇌었다. "항상 무엇인가를 찬미하라. 찬미야말로 자기 자신에게 도움이 된다." 그리스에서
나는 최소한의 것으로 최대한의 것을 누릴 것이며, 언제니 내 손으로 민트는 음식처럼 나에
게 건네주는 음식을 찬미하는 마음으로 맛의 진실을 찾을 것이다.

올리브나무 평원을 달려
에게 바다 한가운데로

크레타로 향하는 배는 밤 10시에 떠났다. 크노소스 팰리스 호는 뱃
고동 소리를 우렁차게 울리며 출발을 알렸다. 선상에 올라 바다로부
터 멀어지는 불빛들을 바라보았다. 밤의 피레우스 항구는 보석처럼
반짝였다. 아직도 귓전에는 온종일 그리스 산야를 달리며 들었던 부
주키Bouzouki의 선율이 흐르고 있었다. 만돌린 소리 같기도 하고, 산
투리 소리 같기도 하고, 그리스의 민속 악기라는 부주키가 내는 소
리는 듣는 순간 과거의 어느 한 시절을 돌아보게 만드는 묘한 힘이
있었다.

　　그리스 인 니코스 카잔차키스가 쓴 소설의 주인공 조르바는 기타
의 종류인 산투리를 분신처럼 끼고 살았다. 어디에도 얽매이는 것을
싫어한 자유인 조르바, 그러나 그가 죽을 때까지 유일하게 붙잡고 산
것은 이 산투리였다. 자유인에게 새의 날개처럼, 영혼의 날개를 활짝
펼치게 해줄 음악이 필수적인 것일까. 영화 〈그리스 인 조르바〉에서

피레우스 항구에서
크레타 섬을 향해 출항하는
크노소스 팰리스 호

안소니 퀸이 파도치는 크레타 해변에서 부주키 선율에 맞춰 격렬한 동작으로 춤을 추던 모습은 세월이 흘러도 잊히지 않는 인상적인 장면이었다.

마법의 악기처럼 부주키는 한 번 들으면 계속 듣는 중독성이 있었다. 아테네에 도착해서 크레타로 향하기까지 이틀 동안 나는 이 부주키의 선율 속에 있었다. 이 선율을 타고 그리스의 국민 가수 마리아 파란투리의 목소리가 폐부 깊숙이 스며들어 공명을 일으켰다. "카타리니 행 기차는 8시에 떠나네……"▪로 시작하는 노래를 나는 이미 잘 알고 있었다. 기차를 타고 떠나면 다시는 돌아오지 못할 사랑하는 사람을 배웅하러 역에 나온 연인의 심정, 그 슬픔을 누가 알까. 21세기 들어 유럽 경제 위기의 진앙지로 전세계 뉴스 초점이 되어 세계인의 우려를 한몸에 받아서 그런지, 파란투리의 낮게 퍼지는 매혹적인 저음의 허스키 목소리는 연인의 이별을 비통해하는 것에 그치지 않고 상처뿐인 영광인 오늘의 그리스를 절규하듯 처절하게 들렸다.

이틀 전 비행기에서 내려, 아테네 시내를 돌아보며 느꼈던 당혹감을 나는 풀어야 할 숙제이자 부담으로 안고 있었다. 뉴스에서만 듣던 최악의 상태에 빠진 그리스의 경제 현실을 수도 아테네의 거리와 상가, 공공 기관의 건물 상태 등에서 생각보다 사태가 심각하다는 것을 체감할 수 있었기 때문이었다.

그러나 기차가 아닌, 내가 타야 할 배는 밤 10시에 떠나고, 발칸

▪ 그리스의 유명한 작곡가 테오도라키스의 음악 〈기차는 8시에 떠나네To Treno Fergi Stis Okto〉의 첫 구절.

반도에 흐르는 불안정한 기류와 근심일랑은 배에 오르면서 모두 내려놓았다. 오를 수 있는 배의 꼭대기까지 올라갔다. 이 순간만은 조르바처럼 자유롭게 오직 에게 해의 물결과 바람만을 온몸으로 느끼고 싶었다. 달 밝은 밤이었다. 별들이 하나둘 선명하게 보이기 시작했다. 그런데 바다 한가운데로 나아갈수록, 정작 눈앞에 어른거리는 것은 가도가도 끝없이 펼쳐지던 올리브 밭의 나무들, 그 열매들이었다. 나도 모르게 혀 속에 침이 고였다. 월계수 마른 잎과 말린 토마토를 잘게 다져 와인 식초에 절인 올리브 한 알의 맛에 대한 기억이 혀의 침샘을 자극한 것이었다. 지지고, 볶고, 무치는 한식의 고유성이 참기름과 들기름을 잘 골라 쓰는 데 있듯, 뿌리고, 섞고, 굽는 유럽 음식 고유의 맛은 이 작고 푸르고 단단한 지중해의 열매로부터 나왔다.

그동안 나는 남프랑스에서, 스페인에서, 또 이탈리아에서 수없이 올리브 나무들과 마주쳤었다. 그리고 그들의 다양한 맛을 기억하고 있었다. 사막을 거쳐 이곳으로 날아오기 전까지 내 부엌의 찬장에는 크레타 산 올리브와 오일이 중심에 놓여 있었다. 아침이면 청사포 바다가 내려다보이는 달맞이 언덕의 식탁에서 여린 잎들과 씨 뺀 건자두와 페타 치즈 한두 조각에 이 열매를 얹고 이 오일을 뿌려 먹곤 했다. 와인 식초에 절인 이 자그마한 올리브를 입에 넣고 지그시 눌러 씹을 때면, 한 번도 가보지 않은 이 섬의 메사라 평원과 석회암질의 토양, 그 위를 흐르는 대기와 태양의 기운이 느껴지는 듯했다. 그리고 언젠간 그곳으로 가리라, 내리쬐는 태양 아래 때로 바람에 세차게 흔들리며 알알이 익어가는 열매들 사이를 거닐리라, 꿈을 꾸었다.

그리스 산야를 뒤덮은 올리브 나무

↕ 이라클리온 베네치안 성벽 요새 위 니코스 카잔차키스의 무덤
↕ 카잔차키스의 무덤에서 바라본 에게 해

그리고 지난 여름 마침내 나는 사막을 날아 그곳, 내 식탁에서 아침이면 만나던 올리브의 본향으로 떠났다. 한 알의 올리브 열매에서 촉발된 떠남이기에 그리스에 발을 딛는 순간, 내 시야는 온통 올리브 나무들이 점령했다. 동해 바다에서 에게 바다로 떠나면서 나는 그리스 인 조르바가 외쳤던 고함을 내 결심인 양 되뇌었다.

"항상 무엇인가를 찬미하라. 찬미야말로 자기 자신에게 도움이 된다."

그리스에서 나는 최소한의 것으로 최대한의 것을 누릴 것이며, 언제나 내 손으로 만드는 음식처럼 나에게 건네주는 음식을 찬미하는 마음으로 맛의 진실을 찾을 것이다.

유럽의 발원지 크레타,
크노소스 궁전의 올리브 항아리

새벽 5시 30분. 크노소스 팰리스 호는 크레타 이라클리온(영어명으로는 헤라클리온) 항구에 닿았다. 아직 일출 전이었고, 바다로부터 떠오르는 태양의 기운이 새벽의 천지에 가득했다. 부근 키오스의 눈먼 가인 호메로스는 서사시 『오디세이아』에서 "포도 꽃 피는 풍요로운 섬, 바다에 떠 있는 부유한 나라"로 크레타를 노래했다. 사방에 번지기 시작한 여명 빛처럼 은근한 흥분으로 가슴이 떨려왔다. 배에서 내려 새로운 공기를 한껏 들이마시고 드넓은 바다를 바라보았다. 왼편으로 푸른 바다와 하늘 사이에 베이지 색을 띤 베네지안 성벽의 긴 담이 보였다. 성벽의 이름은 이 풍요로운 섬이 중세기에는 이탈리아의 속령이었음을 말해주었다. 저 성벽 어디쯤에 니코스 카잔차키스가 잠들어 있으리라.

항구 앞 베니젤로 광장에 위치한 숙소에 짐을 풀고 아침식사로 간단하게 산양 젖을 발효시킨 페타 치즈와 토마토, 올리브, 야채로 구성된 그리스 샐러드와 신선한 요거트에 야생꽃에서 채취한 꿀과 호두를 얹어 먹고 크노소스 궁으로 향했다.

크레타는 제우스의 고향이자, 그가 황소로 변신해 사랑하는 여인 에우로파를 등에 태우고 도망쳐온 곳. 유럽이라는 말은 바로 이 여인의 이름에서 유래했다. 크노소스는 제우스의 아들인 크레타의 통치자 미노스 왕이 천재 건축가이자 발명가인 다이달로스에게 의뢰해 건축한 궁이었다. 이 아름다운 미궁迷宮▪은 옆에 떨어져 있는 산토리니 섬의 화산 폭발로 전설 속으로 묻혔다가 19세기 중반부터 세상에 조금씩 실체를 드러내기 시작해 20세기 초에 대대적으로 발굴이 진행되었다.

파괴된 채 지붕 없이 하늘과 마주하고 있는 수백 개의 방들과 미로들, '에게 해의 폼페이'라 불리는 이 폐허의 궁전에서 내가 제일 먼저 찾아보고 싶은 것은 따로 있었다. 전설로만 전해지던 크레타 문명의 비밀을 간직한 높이 70센티미터의 올리브 항아리들이었다. 나로서는 이것이 이 항아리에 새겨져 있는 크레타 문명의 상징인 소용돌이 무늬를 확인하는 것보다도 더 중요했다. 크레타 산지 사방에 자라는 올리브 나무, 신의 선물이라고 불리는 그 나무의 작고 단단

▪ 크노소스 궁전에는 회랑이 많아서 '미궁의 궁전'으로 불리기도 한다.

크레타 크노소스 궁전의 올리브 나무

크노소스 궁전의 올리브 저장 항아리

한 열매들을 저장하는 항아리들은 그 자체가 바로 가장 오래된 태초의 현장이었기 때문이다.

이른 아침임에도 크노소스 궁전에 들어가려는 관람객들이 길게 줄을 서있었다. 이방인들의 틈을 뚫고 궁 안으로 들어갔다. 제일 먼저 나를 반긴 것은 잘생긴 올리브 나무 한 그루였다. 그 옆 조금 떨어진 곳에 뽕나무 한 그루가 아침 햇살을 받으며 무성한 잎을 활짝 펼치고 서있었다. 아테네 시내에는 뽕나무로 가로수를 심을 정도로 그리스에는 올리브 나무와 포도나무 다음으로 뽕나무가 눈에 많이 띄었다.

무리 지은 여행자들이 줄지어 햇빛 쏟아지는 폐허의 미로 속으로 걸어가고, 나는 보호수로 지정된 한 그루 올리브 나무 앞에 좀더 머물렀다. 나무는 미궁이 발견될 때 이곳이 올리브 밭이었음을 알려주는 표지목이었다. 〈백합 왕자의 프레스코〉" 벽화를 지나 사람들이 사라진 주랑을 따라 부지런히 걷자 동쪽 요새 근처에 거대한 항아리들이 하얗게 부서지는 태양빛 아래 숨을 쉬고 서있었다. 나는 마치 오래 찾아오던 보물과 맞닥뜨린 듯 감격에 휩싸였다. 비로소 그토록 오래 찾아 헤매던 그리운 어떤 것의 실체를 만난 듯했다. 내 앞에도 뒤에도 아무도 없었다. 시간이 정지된 듯 사방이 고요했고 하늘 아래 이 세상에는 항아리와 나, 둘뿐인 것 같았다.

올리브 나무 아래
포도잎 쌈밥 돌마데스Dolmades

정오를 넘긴 시각, 니코스 카잔차키스가 잠들어 있는 베네치안 성벽의 요새에서 내려와 마리아 파란투리의 노래를 들으며 해안가 타베르나(Taberna, 그리스의 식당)로 갔다. 그곳 해안가에 가면 밀려왔다 밀려가는 물결 따라 부주키 선율에 맞춰 힘차게 발을 구르며 춤을 추는 조르바를 만날 수 있을까. 크노소스 궁의 미로에서 카잔차키스 무덤까지 돌아보는 동안 태양은 정수리 위에서 번쩍였다. 목이 말랐고, 현기증을 일으키며 급격하게 허기가 몰려왔다. 우선, 허기를 채

■ 크노소스 궁전의 프레스코 화 중 미노아 문명을 대표하는 이미지로 쓰이는 그림. 인물 주변에 백합꽃이 그려져 있었다 하여 붙은 전신 실물 크기의 그림이다.

우는 것이 순서였다.

지난 20년 가까이 세상을 돌아다니며 나는 여행지에서의 식사는 점심 또는 저녁, 둘 중의 한 끼에 집중하곤 했다. 크레타에서 내가 선택한 점심은 포도잎 쌈밥 돌마데스와 장작불에 구워낸 양갈비 요리. 사흘 간의 그리스 여행에서 내 입맛을 사로잡은 것은 그 고장 특유의 올리브와 돌마데스라는 전채요리였다. 다진 고기와 야채로 볶은 밥을 포도잎으로 감싼 돌마데스는 지방마다 다른 듯, 델피 같은 중부 내륙에서는 포도잎이 아닌 뽕잎과 양배추쌈 돌마데스였고, 더 북쪽 기암괴석 위에 지어진 수도원 지대인 메테오라에서는 피망과 토마토 안에 볶은 밥과 허브로 채워서 오븐에 구워내는 게미스타였다.

크레타 고유의 돌마데스를 기대하며 타베르나에 들어섰다. 넓은 정원에 올리브 나무들이 눈에 띄었고, 나무를 중심으로 식탁들이 모여 있었다. 석조로 지어진 본채로 들어갔다. 둥그런 화덕이 실내 중앙을 차지하고 있었다. 그 안에는 타오르는 장작불에 양고기가 검누릇하게 구워지고 있었다. 산길을 가든 해안가를 가든 도로가를 떼지어 걸어가는 양떼들과 마주치곤 했다. 장작불의 열기 탓인지 이른 아침부터 쉬지 않고 40도에 육박하는 강한 태양빛 속을 떠돌아 다녀서인지 입 안이 바짝 말라 있었다.

이라클리온 산 화이트 와인 한 잔을 들고 정원으로 나왔다. 근처 해변에선가 부주키 선율이 아련하게 들려왔다. 태양빛이 너무 강해서 모든 것은 보는 순간 본성만 남기고 하얗게 변해버리는 듯했다. 소리도 마찬가지였다. 리듬은 익숙하나 모르는 노래였다. 올리브 나무 옆 그늘에 앉아 시원한 와인으로 목을 축였다. 그리고 찝찔한 올

‡ 그리스 사람들이 즐겨 먹는 양갈비 장작구이
‡ 그리스 전통 음식 포도잎과 양배추 쌈밥 돌마데스

리브 한 알을 입에 넣었다. 그러자 크노소스 궁에서 그토록 나를 사로잡았던 올리브 항아리가 연인의 얼굴처럼 눈앞에 어른거렸다. 곧 돌마데스가 나왔다. 그리스 인 조르바가 세상을 멋지게 사는 방법으로 귀뜸해준 한마디밖에 할 말이 없었다. "찬미하라." 포도잎 쌈밥 돌마데스를 반으로 썰어 얼른 입에 넣었다. 그리고 천천히 입안에 도는 포도잎과 올리브 오일의 향기와 밥의 맛을 음미했다. 방금 떠나온 카잔차키스 무덤 묘비에 새겨진 명문장이 감탄사로 터져 나왔다.

　"나는 아무것도 바라지 않는다. 나는 아무것도 두려워하지 않는다. 나는 자유다."

절대 파랑의
에게 블루 속으로

크레타 크노소스 궁전을 한순간 재 속에 파묻어버린 화산 폭발의 현장 산토리니를 향해 오전 10시 플라잉캣4 호에 승선했다. '날쾡이'라는 이름의 이 배의 총길이는 52.7미터, 승선인원 446명. 크레타 이라크리온 항에서 산토리니 신항 아티니오스까지의 운항시간은 두 시간.

　산토리니로 가는 바다 빛은 그동안 내가 보았던 매혹적인 파랑의 절정, 절대 시간과 절대 공간을 압도하는 절대 블루, 영원의 순수 파랑이었다. 이에 시인 고은은 에게 블루라 부르며 "독극물을 쏟아 부은 듯 지독하게 푸르다"고 경탄했고, 니코스 카잔차키스는 조르바의 입을 빌어 "죽기 전에 에게 해를 여행할 행운을 누리는 사람은 복이 있다"고 찬탄했던 것. 우리가 눈으로 볼 수 있는 색은 빛처럼 고정되어 있지 않다. 그것은 한순간의 현상일 뿐, 꿈과 같은 것이다. 인간은 꿈을 좇는 존재, 예술은, 특히 회화는 우리가 본 것, 우리가 꿈꾸는 색에 대한 갈구와 실험의 쉼 없는 도전. 그리하여 인류의 화가들은 쏟아지는 햇빛에, 흘러가는 구름에, 스쳐지나가는 바람결에, 흔들리는 풀과 꽃에, 그리고 그 모든 것을 시간으로 응축시킨 흙과 돌에서 비법을 구하고자 길을 떠나지 않았던가. 그리고 그것은 고스란히 우리의 영혼과 육체를 단단하게 진화시키는 음식으로 깃들지 않던가.

크레타에서 플라잉캣4 호를 타고 유난히 출렁이는 파고波高를 헤치며 산토리니에 간 것은 백색의 태양빛 아래 절대 파랑이 심연처럼 펼쳐져 있는 에게 해의 물결과 세상에서 가장 아름다운 일몰과 일출의 장관을 직접 눈으로 확인하고, 그 태양빛에 빚어진 산토 와인과 그 바다에서 자란 해산물 요리를 맛보기 위해서였다.

산토리니 아티니오스 항구에 도착하니, 정오. 선착장은 화산이 폭발하면서 생긴 바닷물 웅덩이 안쪽에 형성되어 있었고, 바다로 트인 한 면을 제외하고는 가파른 절벽이 병풍처럼 버티고 있었다. 지그재그로 아슬아슬하게 난 커브 길을 돌고 돌아 절벽을 타고 올라가니 40도가 넘는 태양빛이 모든 것을 하얗게 탈각시켜버릴 듯이 맹렬히 내리쬐고 있었다. 너무 밝은 빛은 어둠을 거느리고 있는 법, 사방이 거뭇거뭇해 보였다. 잠시 눈을 감고 빛살을 고른 뒤 눈을 떴다. 멀리 칼데라 절벽 끝에 하얀 회벽의 집들이 게따지처럼 달라 붙어있는 풍경이 눈에 들어왔다. 그리고 가까이 눈앞에는 관광객들을 실어 나르

⤒ 에게 해의 칼데라 화산섬 산토리니의 신항구 아티니오스
⤓ 피라의 구항구 580계단을 오르는 당나귀 행렬

는 스쿠터들이 엔진 소리 요란하게 내며 언덕길을 줄지어 달려가고 있었다.

낮의 산토 와인 아티리Athiri와 수주카키아Soutzoukakia

산토리니는 에게 해 남쪽 키클라데스 군도 최남단에 떠있는 칼데라 화산섬. 초승달 형상의 섬은 여섯 마을로 이루어져 있고, 이중 북쪽의 이아oia 마을과 중앙 피라Fira 마을에 사람들이 몰려 살고 있다. 피라 마을 절벽의 '엘 그레코'라는 아파트형 숙소에 짐을 풀고 스쿠터들과 동키(당나귀) 택시와 부타리(와이너리)를 지나 산토 와인을 맛볼 수 있는 포도원 식당으로 갔다. 산토리니의 대부분은 포도밭. 그렇다 해도 척박한 화산 토양에다가 섬 규모가 제주도의 1/4의 크기라 생산되는 포도의 양은 제한적이어서 산토 와인을 맛보기란 현지 아니면 쉽지 않다.

콩요리 파바와 돌마데스, 타지키를 곁들인 전채요리 수주카키아

산토리니 피라 마을 모도원 창밖 풍경
멀리 이아 마을이 보인다

점심을 위한 첫 시음으로 화이트 와인 '아티리'를 선택했다. 라벨에는 이 지역 아티리에서 생산한 와인으로 3천 병 한정이라고 씌어있다. 포도 농사에 가장 중요한 것은 품종에 맞는 일조량과 토양. 화산 토양 특유의 화기火氣와 건기가 내리쬐는 태양빛을 받아 알알이 영근 맛이라고 해야 할까. 한 모금 입 안에 흘려 넣자 창밖 포도밭 평원 위로 하얗게 퍼져 있던 뜨거운 복사열이 시야에서 말끔히 거두어질 정도로 산뜻하다. 이어 감귤과 레몬과 자스민 향이 은근히 뒤따라오고, 목젖을 타고 흘러내려가는 뒤끝이 상쾌하다.

전채요리는 타지키Tzatziki와 돌마데스, 콩 요리 파바Fava를 곁들인 수주카키아였다. 이는 다진 고기를 레드 소스와 향초와 함께 튀겨낸 요리이고, 타지키는 신선한 요거트에 마늘과 오이, 허브를 넣어 만든 걸쭉한 그리스 전통 소스이다. 이 소스는 올리브와 함께 그리스 어디를 가나 매끼 식탁에 빠지지 않는데, 수주카키아 같은 미트볼이나 돌마데스 같은 찐 쌈밥에 상큼하게 잘 어울린다. 수백 개의 섬을 거느린 해양성 기후 탓인지 그리스 요리는 대체로 짠 맛이 강하다. 그리스의 바다는 염분 농도가 매우 높아서 수영을 못하는 사람이라도 부력浮力으로 해수욕을 즐길 수 있다.

점심 후 피라 근처 페리사 비치 바닷물에 잠시 몸을 담갔다. 용암에서 흘러나온 모래가 발바닥을 온통 검게 만들었다. 바닷물이 입으로 잘못 들어가 짠맛을 제대로 체험했다. 그것은 포도잎 쌈밥과 콩 요리 파바, 오븐 요리 무사카에 그대로 배어 있던 날카로운 짠맛이었다.

세상에서 가장 아름다운 일몰,
이아 마을의 선셋 페스티벌

한여름 해질녘이면 산토리니 곳곳에 퍼져 있던 이방인들은 섬 북쪽 끝 이아 마을로 모여든다. 이아 마을로 가는 길에 문득 산토리니에 도착한 이후 어떤 음악도 귀에 담지 않았음을 깨달았다. 에게 블루란 절대 시간, 절대 공간의 압도적인 파랑. 귀에 흐르는 어떤 것도 마음을 흔드는 어떤 것도 허용하지 않는 절대 파랑의 세계. 그러나 그 파랑은 해가 높이 떠있을 때에 살아 있는 세계, 서쪽으로 해가 기울어지는 시간에는 소리도 조금, 마음도 조금 기울어지는 법. 기울어지는 만큼, 열고, 듣고, 느끼는 법. 이아 마을로 가는 해변도로를 달리는 동안 그리스 출신의 음유가수 조르주 무스타키의 샹송이 울려 퍼졌다.

일몰을 가장 잘 볼 수 있는 끝에 이르도록 올라가고 내려가는 골목길들이 미로와 같다. 산토리니에서 가장 아름다운 마을답게 길을 잃을수록 가슴은 뛰고, 눈은 정화된다. 골목골목 기웃거리며 섬 끝에 다다르니 이미 네다섯 시간 전부터 축대 위에 자리잡고 앉아 일몰의 순간을 기다리는 이방인들로 발 디딜 틈이 없다. 태양이 바다 속으로, 아니 바다 너머로 사라지려면 30분은 족히 더 있어야 할 듯했다.

등 뒤에서 갑자기 물 속에서 솟구치듯 피아노 선율이 올라와 귀청을 때렸다. 피아노 소리는 북소리와 트럼펫, 심벌즈 소리까지 가세해 바다로, 바다로 점점 퍼져나갔다. 얼른 소리 나는 쪽으로 돌아보니, 스무 살 정도 되었을까. 구릿빛으로 그을린 연인 둘이 스마트폰

동영상으로 야니(Yanni. 그리스 출신의 세계적인 피아니스트이자 작곡가)의 아크로폴리스 공연 실황을 재생하고 있었다. 어디에서 어느 순간에 듣느냐에 따라 음악은 본래 가지고 있는 힘을 능가하는 감동을 선사한다. 고대 에게 문명의 바다 한복판에서 그리스 인 야니가 현대적으로 축조한 뉴에이지 음악을 듣는 것은 축복이다. 피아노 선율은 타악기, 현악기, 관악기와 대화하듯 주고받으며 하늘에서 바다로, 다시 바다에서 뭍으로 울려 퍼졌다. 어디에서 왔든 어떤 언어를 구사하든 거기, 이방인들은 이 순간 가슴 속으로 물밀 듯이 밀려드는 장엄과 숭고의 황홀경에 빠져 오직 한 방향만을 바라보았다.

밤의 산토 와인 닉테리Nykteri와 오카포디Okapodi

산토리니의 석양은 아주 서서히 바다 속으로, 아니 바다 너머로 사라졌다. 석양빛이 붉을수록 어둠은 깊다. 일몰의 여운은 캄캄한 밤, 섬을 다시 돌아 피라 마을로 오기까지 지속되었다. 구항구, 580계단위, 산토리니 해산물 전문 타베르나 니키. 절벽, 바다로 툭 트인 테라스에 앉았다. 석양과 함께 바다도 사라지고 대양은 깊은 어둠, 오직 심연과 내통한 칼데라 호수만이 암청색으로 출렁였다. 일몰 뒤에 오는 것들은 사랑 뒤에 오는 그것들과 같이 혼신의 피로를 가져왔다. 출출했다.

　산토리니에서의 마지막 밤, 멀리 별처럼 깜박이는 이아 마을의 불빛을 바라보며 '밤'이라는 뜻의 닉테리 산토 와인과 문어요리 오카

↕ 이아 마을의 일몰 페스티벌
↕ 세상에서 가장 아름다운 이아 마을의 일몰

‡ 수정처럼 반짝이는 밤의 산토리니
‡ '밤'이라는 이름의 와인 닉테리와 문어요리 오카포디

포디를 선택했다. 그리스의 대표적인 해산물은 멸치와 오징어, 문어. 오카포디는 문어 다리를 숯불에 구워 볶은 리조토(밥)와 레몬을 곁들여 내는 전채요리이다. 수정처럼 투명하게 황금빛이 감도는 닉테리의 향이 코끝에 닿자 일몰의 잔영이 화산 불꽃처럼 되살아나며 미각을 자극했다. 숯불에 구운 문어 다리 한 조각을 입에 넣고, 닉테리 한 모금을 머금었다. 입 안에 퍼지는 자스민 향에 뒤이어 배 한 조각이 자아내는 은은한 맛이 평생 한 번 보는 풍경을 본 자의 눈과 가슴을 촉촉이 적셔주었다. 닉테리 한 잔으로 짧지만 깊은 잠을 자고, 몇 시간 뒤 새벽 트레킹에 나설 것이었다.

C z e c h

카프카, 쿤데라,
그리고 실레의 길 위에서

보헤미안의 에너자이저, 필스너 우르켈과 카흐나

프라하는 카프카 없이는 생각할 수 없을 정도로 프라하 자체였다. 그러나 과거의 유산 아래 현재의 표정을 살피는 일이란 후배들의 움직임을 통해서 가능한 것. 지금 현재의 현장으로 들어가기 위해서는 고국을 떠나 끊임없이 두 체제 사이에서 소실을 매개로 시모를 비추어 보고 있는 밀란 쿤데라의 귀향담을 들어볼 필요가 있었다.

환각 같은
짧은 여행

2012년 7월 30일, 마침내 프라하에 도착했다. 대홍수 이후, 10년 만이었다. 내가 처음 보헤미아 땅을 밟은 것은 2002년 8월. 빈에서 열차를 타고 중앙역을 통해서였다. 유럽 예술 기행의 일환으로 베를린에서 시작되는 동유럽 답사 중이었다. 슈프레 강(독일 베를린), 엘베 강(독일 드레스덴), 블타바 강(체코 프라하), 다뉴브 강(오스트리아 빈), 도나우 강(헝가리 부다페스트)으로 연결되는 한 줄기 강의 다른 나라, 다른 이름의 여정에 오르면서 나는 황홀경에 사로잡혔었다. 강줄기를 따라 열차를 타고 이동하는 이 매혹적인 여행을 위해 나는 몇 년을 준비해온 터였다.

그런데, 빈에서 프라하라니? 원래 독일 작센 주의 주도 드레스덴에서 프라하로 입성하는 것이 정상이었다. 그러니까 그해 빈에서 프라하로의 하루 열차 여행은 비정상적인 행로였다. 꿈에도 상상할 수 없었던 돌발사태가 벌어진 결과였다. 베를린에서 부다페스트에 이

프라하 한복판을 흐르는 블타바 강에 어둠이 내린다. 유럽에서 가장 오래된 다리 중 하나인 카를 교가 보이고 그 너머 언덕에 프라하 성이 보인다

르는 한 줄기이나 다른 이름들의 강물이 일제히 범람한 것이었다. 역사상 100년 만의 일이라 했다. 역들은 물에 잠겼고, 열차는 끊겼다. 내가 임시로 선택할 수 있는 여정은 드레스덴과 프라하 대신 라이프니츠를 거쳐 빈으로 가는 우회로밖에 없었다.

빈에서 사흘을 머물며, 호시탐탐 프라하로 가는 열차가 다시 개통되기를 엿보았다. 나흘째 되는 날 아침 TV 뉴스를 통해, 프라하 행 열차가 움직이기 시작했다는 소식을 접하고는 즉시 역으로 달려갔다. 역사 바닥과 벽, 플랫폼에서 거미줄처럼 뻗어나간 철로들이 축축하게 젖어 있었다. 인간은 어쩔 수 없이 상황에 민감하게 반응하는 족속. 열차가 천천히 움직이기 시작하자 벅찬 감정이 솟구치면서 온몸에 전율이 일었다. 오스트리아 국경선을 넘어 보헤미아로 들어설 때 객실 밖 복도로 나와 창문을 활짝 열고 보헤미아의 산야를 하염없이 바라보았다. 수마水魔가 훑고 지나간 들판은 황폐했지만 하늘은 그럴 수 없이 파랗고 흰 구름 흘러가는 풍경은 평화롭게까지 느껴졌다.

열차는 달리고, 옆 식당 칸으로부터 익숙한 멜로디가 바람결을 타고 귓전에 와 부딪혔다. 소녀시절부터 막둥오라비의 다락방에서 들려오는 소리에 아스라하게 마음이 흔들렸던 밥 딜런의 〈하늘의 문을 두드리며Knockin' on heaven's door〉였다. 하늘의 문을 두드려요, 두드려요! 청춘 시절 유럽 전역을 열차를 타고 떠돌아 다닐 때 수시로 내 입에서 흘러나오던 노래. 가끔, 이유는 정확히 알 수 없으나, 어쩌면 밥 딜런 특유의 염세적이고 체념적인 음색이 불러일으키는 원초적 고독감 때문이었는지, 노래를 흥얼거리며 눈물을 흘리기도 했었다.

그런데 가만히 들어보니 옆 칸에서 들려오는 노래는 밥 딜런의 음색이 아니었다. 나도 모르게 식당 칸으로 다가갔다. 문을 열고 들어서니 머리를 붉게 염색을 한 청년이 장사를 준비하고 있었다. 커피를 한 잔 시켰고, 보헤미아 어로 부르는 밥 딜런의 노래를 들었다. 가사는 알아들을 수 없었으나 내용은 마디마다 훤했다. 이름 모를 보헤미아 가수가 부르는 독특한 창법이 눈앞을 스쳐 지나가는 낯선 풍경만큼이나 새로운 감흥을 불러일으켰다.

그날 내가 프라하에 머물 수 있는 시간은 반나절이 채 되지 않았다. 우여곡절 끝에 가긴 갔으나 카프카가 묻혀 있는 묘지도, 블타바 강 건너 성城도, 카프카가 「변신」을 썼던 성내城內 황금소로黃金小路의 누이의 오막살이집도 금지되었다. 프라하 한복판을 흐르는 블타바(몰다우) 강물은 여전히 사나웠고, 카를 교는 폐쇄되었으며, 묘지의 묘석들은 유실되었다.

나는 카프카의 얼굴이 벽에 부착된 생가만 맴돌다가 구시청사 광장가에 앉아 체코 맥주를 홀짝이며 낮의 환각 같은 짧은 여행의 의미를 속절없이 되새길 뿐이었다.

성스러운 맛,
필스너

빈에서 열차로 프라하로 향했던 10년 전과는 달리 비행기를 타고 프라하 국제공항에 내렸디. 오후 3시 반, 어릅날 오후의 태양이 보헤미아의 수도를 뜨겁게 내리쬐고 있었다. 10년 전 보헤미아 땅에 처

⁝옛 시청사 광장 옆 골목의 프란츠 카프카 거리, 고독했던 그의 청동 얼굴상이 생가生家 벽에 부
 착되어 있다
⁝신新유대교 묘지에 있는 카프카의 묘지

음 진입할 때 나를 사로잡았던 밥 딜런과 반나절의 환각 속에 찾아 헤맸던 카프카의 흔적 대신 비행 내내 내 귀에는 조근조근 읊조리다가 포효하듯 폭발하는 존 레논의 〈진실을 말해줘Tell me some truth〉가 메아리쳤고, 내 손에는 밀란 쿤데라의 『향수』가 들려 있었다. 1989년 체코슬로바키아 현대 역사의 전환점인 블루벨벳을 이끈 체코 청년들의 정신적 기둥 역할을 한 이가 비틀즈의 멤버 존 레논이었다는 것은 이번 체코행을 준비하면서 새롭게 안 사실이었다.

"내가 원하는 건 진실, 진실만 좀 말해줘."

밀란 쿤데라는 체코 출신의 프랑스 망명 작가. 『향수』는 소련의 침공으로 자유를 잃은 프라하의 봄을 다룬 정치-연애소설 『참을 수 없는 존재의 가벼움』으로 세계적인 명성을 얻은 그가 처음이자 마지막으로 쓴 귀향담. 1975년 파리에 정착, 모국어인 체코 어 대신 망명국어인 프랑스 어로 창작 활동을 해온 그로서는 통과제의에 해당하는 소설로 체코에 찾아온 자유 체제에 대한 망명 작가의 삶과 죄의식을 형상화한 것이다.

쿤데라가 말하는 '향수L'ignorance'란 망명 후 고국의 그 누구와도 접촉이 금지된 채 떠나온 사람들의 소식을 듣지 못한 20년의 단절이 가져온 고통을 의미한다. 고향을 떠난 사람들이 앓는 향수병과는 달리 자신이 떠나온 뒤 그곳에 남은 사람들에 대한 무지無知로 인한 괴로움이 그것이다. 쿤데라는 자신과 자신의 모국에 덮씌워진 오욕의 20세기를 마치고 21세기를 열기 위해 인류 최초의 서사시인 호메로스의 위대한 귀향담 『오디세이아』를 끌어들인다. 쿤데라에 따르면, 인류 역사상 가장 위대한 향수병자는 오디세우스(영어명 율리시즈). 그는 고대의 서사시의 귀향담이자 영웅담을 자신의 처지와 삶을 대변할 인물로 한 명의 강력한 주인공이 아닌 이레나와 조제프라는 남녀 두 인물을 통해 향수라는 동병同病의 다른 귀향담을 재현한다.

이번 체코 행 직전, 행복하게도 나는 즐거운 고민에 빠졌다. 프라하에는 누구와 함께 갈 것인가. 혈통이야 어떻든 체코 출신의 글쟁이라면 카프카, 라이너 마리아 릴케, 밀란 쿤데라, 보후밀 흐라발이 있었고, 예술가라면 스메타나, 드보르작, 야나체크, 무하가 있었다. 분명한 것은 프라하를 찾는 사람은 누구도 카프카를 피해갈 수 없었다. 나도 예외는 아니었다. 아니 나는 누구보다 철저하게 카프카의 족적을 지도에 세밀하게 그려오기까지 했다. 프라하는 카프카 없이는 생각할 수 없을 정도로 프라하 자체였다. 그러나 과거의 유산 아래 현재의 표정을 살피는 일이란 후배들의 움직임을 통해서 가능한 것. 지금 현재의 현장으로 들어가기 위해서는 고국을 떠나 끊임없이 두 체제 사이에서 소설을 매개로 서로를 비추어 보고 있는 밀란 쿤데라의 귀향담을 들어볼 필요가 있었다.

20년 전 공산체제 하의 고국을 떠났던 이레나(『향수』의 여주인공)가 프라하를 처음으로 방문했을 때, 프라하는 그녀를 호락호락하게 받아주지 않았다. 작가는 20년 동안 고국을 떠나 있던 이레나에게는 특별한 입국 절차, 어떤 통과제의를 고안, 배치했다. 이레나가 프라하 땅을 밟았을 때 갑자기 이상 고온으로 한여름 날씨로 변하고, 이레나가 반쯤 잊혀진 친구들의 주소록을 보며 그들을 위해 기쁜 마음으로 준비한 오래된 보르도 산 포도주는 거부되었다. 고국을 떠나 있는 동안 이레나는 프라하의 생활 감각, 곧 현실감을 잃어버렸던 것. "보헤미아에서는 좋은 포도주를 마시지 않을 뿐 아니라 여간해서는 오래된 포도주를 간직하지도 않는다"는 사실. 체코는 독일에 버금가는 맥주의 나라. 이레나 친구들은 늘 마시는 맥주에 변함없는 애정을 표했고, 그들에게 "맥주는 진실성을 표시하는 성스러운 음료이며, 그것을 마시는 사람들로 하여금 솔직함에 오줌을 누게 하고 순진하게 살을 찌게 하는, 일체의 위선과 예절상의 코미디를 사라지게 하는 묘약"(밀란 쿤데라, 『향수』)이다.

10년 전, 구시청사 광장가 파라솔 펍Pub에 앉아 맥주 한 잔 홀짝이고는 황급히 빈으로 돌아갔던 때와는 달리 이번에는 망명객 이레나를 당혹스럽게 했던 보헤미아 인들의 고유한 맛을 제대로 음미하고 싶었다. 블타바 강 옆 레지던스에 여장을 풀고, 어마어마한 여행객들 인파를 뚫고 찾아간 곳은 구시청사 인근 요제포프(유대인 지역) 골목에 있는 '로칼'이라는 비어홀.

손에 약도를 들고서도 '탄코베 피보(탱크에 담긴 필스너 우르켈)'로 유명한 프라하 전통 비어홀 로칼에 닿기까지 골목 근처를 세 번이나 빙빙 돌았다. 입구가 두 곳, 들로우하 거리와 리브나 거리 양쪽에 있었다. 일반 여행자가 찾아가기에는 조금 외진, 구시청사 광장에서 두 블록 정도 떨어진, 프라하 맥주광들의 단골집이었다. 긴 비행으로 축적된 피로를 보리향이 강한 필스너 우르켈 한 모금이 날려버렸다. 잔 가득 두텁게 감싸고 있는 크림을 입술로 헤치며 적색이 감도는 필스너 한 모금을 깊숙이 들이마셨다. 이들이 변함없는 애정을 넘어 성의를 表하는 '성스러운 맛'을 이제 막 도착한 이방인은 아, 라는 감탄사로밖에 표현할 수 없었다.

허스키한 여성 보컬이 부르는 체코 노래가 존 레논의 음성이 가시지 않은 귓속으로 파고들었다. 주인에게 저 노래를 부르는 가수가 누구냐고 물었다. 루치에 빌라. 〈사랑은 사랑이다〉. 처음 들어보는 이름과 노래였다. 사랑은 사랑이다, 물론, 그렇지. 노래에 응답하듯 리듬을 타며 한 모금, 두 모금 필스너를 마시며 중얼거렸다.

잔을 내려놓자마자 주문한 요리가 한 접시 푸짐하게 나왔다. 체코 전통식 베프르조 크네들로 젤로Vepro-knedlo-zelo. 체코식 찐빵 크네들리키Knedliky와 양배추를 소금에 절여 레드 와인으로 졸인 사워 크라우트, 그리고 뭉근히 쪄낸 돼지고기 요리이다. 입안에 깊게 밴 보리향을 끌어올리듯 콧숨을 들이마시며 크네들리키 한 조각을 입에 넣었다. 아주 어릴 적 학교에서 돌아오면 엄마가 쪄주었던 술빵처럼 구수하고 혀에 닿는 촉감이 부드러웠다.

이레나가 잃어버렸던 고향의 맛을 온전히 알 수는 없어도, 필스너 한 모금 마실 때마다 마음이 안정되고, 크네들리키 한 조각 씹을 때마다 은근한 힘으로 편안함을 느낄 수 있었다. 한 명 두 명 로칼의 단골들이 문을 열고 들어왔고, 프라하에 어둠이 내리고 있었다.

여행 속
여행하기

프라하에 머문 지 나흘째, 여행지에서의 또 다른 여행을 감행했다. 목적지는 프라하 남서쪽 180킬로미터 떨어진 오스트리아 국경지대에 있는 아름다운 체스키크룸로프Cesky Krumlov. 전날 프라하에서 남

⠇ 프라하 맥주광들의 단골 주점인 전통 비어홀 로칼. 옛 시청사 유대인 지역 들로우하와 루비나
  거리 양쪽에 입구가 있다

←⋯ 로칼의 생맥주 필스너 우르켈 한 잔. 탄코베 피보(탱크에 담긴 필스너 우르켈)가 유명한 집에서
  판매한다

⋯→ 체코 보헤미아 전통 요리 베프르조 크네들로 젤로. 체코의 찐빵 크네들리키와 붉은 양배추를 와
  인에 절인 사워 크라우트, 그리고 삶은 돼지 요리

밤의 프라하

동쪽 모라비아 지방의 브루노에 이어 두 번째 행로였다. 체코는 프라하를 중심으로 한 다섯 개의 보헤미아 지방과 브루노를 중심으로 한 모라비아 지방, 그리고 오스트라바를 중심으로 한 북모라비아와 슐레지엔 지방으로 구성되어 있다. 그러나 대개 서쪽은 보헤미아, 동쪽은 모라비아로 통한다. 프라하는 중앙보헤미아, 체스키크룸로프는 남보헤미아에 속한다. 크룸로프는 독일어로 '구불구불한 강 옆의 풀밭', 체스키는 '체코의'라는 뜻. 그러니까 그날 아침, 내가 서둘러 프라하 중앙역으로 향한 것은 '체코의 구불구불한 강 옆의 풀밭 마을'에 가기 위해서였다.

지난 몇 년 동안 여름이 다가올 때면 나는 체스키크룸로프라는 길고 낯선 이름을 천천히 읊조리며 보헤미아 행을 엿보았다. 강이 마을을 감싸 안은 지형에 중세라는 시간에 멈춰져 있는 체스키크룸로프의 형상을 직접 눈으로 확인해보고 싶었다. 그런데 그곳에 가려고 프라하 중앙역에 당도해서 보니 체스키크룸로프라는 시골역에 도착하기까지 하루 이상의 시간이 더 필요했다.

사정이 있었다. 전날 아침, 전철로 중앙역에 도착하자마자 계단을 두 개씩 뛰어올라 7번 플랫폼으로 갔다. 프라하에 체류하는 동안 두 번의 지방 여행을 계획했고, 단연 체스키크룸로프가 우선이었다. 그런데 플랫폼에 뛰어오르자마자 눈앞에서 열차가 떠나가고 있었다. 시계를 보니 9시 17분. 다음 열차는 두 시간 후. 순간 머릿속이 복잡해졌다. 일정을 변경하든지, 다음 열차를 기다려야 했다. 문제는 다음 열차를 탈 경우, 체스키크룸로프에서 돌아와야 하는 마지막 열차 시간이 너무 일찍 끊긴다는 데 있었다. 차선책으로 직행 열차가 매

시간마다 운행되는 브루노로 일정을 변경했다.

돌발성과 지연, 그리고 우회는 여행의 기본 항목. 10년 전 바로 이곳 프라하 역에서 나는 100년 만의 대홍수라는 돌발 상황에 맞닥 트려 우회라는 것이 여행의 중요 요소 중의 하나임을 터득하지 않았 던가. 브루노 행으로 행선지를 바꾼 뒤, 한 시간 반의 시간이 주어졌 다. 그 즉시, 프라하에서 방문하려고 했던 장소들의 목록을 꺼내 가 장 가까운 곳을 선택했다. 지척에 체코 국립박물관과 오페라극장, 그리고 안톤 드보르작(Antonin Dvořák, 1841~1904, 체코의 작곡가) 기념관 이 있었다.

프라하를 설명할 때 빼놓을 수 없는 것이 음악. 체코필하모닉이 상주하는 웅장하고 화려한 루돌피눔(Rudolfinum, 1884년에 완공된 신르네 상스 양식의 극장) 매년 5월이면 프라하의 봄 축제를 여는 스메타나 홀 (프라하 시민회관 내에 있는 공연장. 체코슬로바키아의 독립이 선언된 역사적인 장 소), 카를 교와 구시청사의 재즈 악사들과 블타바 강변 말라스트라나 (Malá Strana, 프라하 역사지구 내의 소시가지. 바로크 풍의 건물로 유명함) 뒷골목 의 거리의 악사들까지 다양한 멜로디가 울려 퍼지는 곳이 바로 프라 하다.

체스키크룸로프로 향하는 열차 안에서 전날 7번 플랫폼에 당도해 서 떠나가는 열차를 그저 바라보기만 할 뿐 속절없이 발길을 돌려야 했던 순간을 환기했다. 목적지의 순서가 바뀌었을 뿐, 오히려 열차 를 놓쳤기 때문에 안톤 드보르작 기념관을 방문할 수 있는 행운을 누렸다.

프라하에서 체스키크룸로프로 가는 길은 다양하다. 나처럼 열차로 갈 수도 있고, 여행사에서 주관하는 상품을 구입해서 전용버스를 이용할 수도 있고, 자동차로 자유롭게 갈 수도 있다. 배낭여행을 하는 대학생들이 아니면 대부분 두 번째 여행 상품을 이용한다. 버스는 프라하에서 곧바로 체스키크룸로프의 한복판(주차장)으로 진입한다. 그럴 경우 체스키크룸로프 역의 독특한 분위기와 역에서 20여 분 걸으면서 내려다보는 전체적인 조망, 그리고 블타바 강을 건너 부데요비치 문Budejovice Gate을 통과해 마침내 도시로 들어가는 절차를 놓치고 만다. 이 절차야말로 여행자에게는 본질에 다가가기 전에 반드시 거쳐야 할 탐색 과정과 같은 것이다. 프라하에서 나흘 동안 머물면서 체스키크룸로프나 브루노로의 여행을 감행하는 것은 프라하를 충분히 보고 느꼈기 때문이 아니었다. 프라하는 다음에 또 올 수 있을 수도 있고 영영 올 일이 없을 수도 있었다. 그럼에도 불구하고 프라하를 등 뒤에 두고 멀리 동으로 서로 떠난 것은 보헤미아의 자연과 그곳에 뿌리내리고 사는 사람들의 풍경을 잠시 바라봄으로써 프라하와 체코를, 나아가 세계를 이해하는 눈과 마음이 좀더 다채롭게 열릴 수 있기 때문이었다.

**아득한 피난처,
체스키크룸로프**

체스케부데요비체에서 완행열차로 갈아 탄 후, 일체의 음악 소리를 배세한 채, 사창 뷔으로 펼쳐지는 보헤미아의 초원과 밑밭, 삼림에 빠져들었다. 체스키크룸로프가 가까워지자 삼림이 깊어졌고, 완행열차

체코 남서부 오스트리아 국경지대에 위치한 중세도시 체스키크룸로프. 고지대의 역에서 마을로 내려가면서 조망한 도시 전경이 마치 한 폭의 그림과 같다

답게 간이역들마다 정차를 했다. 역마다 한두 명 내리는가 싶더니, 열대여섯 살 정도로 보이는 소녀 둘이 올라탔다. 무엇이 그리 재밌는지, 둘은 나란히 앉아 이야기를 나누며 발작적으로 까르르 웃곤 했다.

소녀들을 바라보다가 문득 어떤 한 생각이 떠올랐다. 가방에 애써 챙겨 넣어온 얄팍한 화집 한 권을 꺼냈다. 10년 전 빈에서 대홍수로 발이 묶여 있을 때, 프라하로 가는 철길이 재개되기를 호시탐탐 엿보면서 하루의 대부분을 빈 벨베데레 오스트리아 갤러리와 레오폴트 미술관에서 보내면서 아트숍에서 구입한 타센 판版 에곤 실레

체스키크룸로프 성. 프라하 성 다음으로 체코에서 규모가 크다

(Egon Schiele, 1890~1918 오스트리아의 화가. 인물, 초상, 환상 풍경을 주로 그렸다)
화집이었다. 실레가 그린, 삶과 죽음을 관통하는 격렬한 〈포옹〉 장
면을 보면서 나는 '살면서 몇 번이나 그림 속 그들처럼 포옹을 할 수
있을까' 자문하곤 했다. 특유의 에로틱하고 병적인 인물과 표정, 강
렬한 색채와 캐리커처적인 선으로 20세기 초 오스트리아는 물론 세
계 화단畵壇에 일대 충격을 주었던 실레.

　흔들리는 열차 안, 맞은편에 앉아 속삭이는 소녀들을 보면서 나는
실레가 화폭에 그린 소녀들이 내 눈앞에 튀어나와 실재하는 듯한 착

각에 빠졌다. 불그스름한 머리칼과 초록색 눈동자, 불안정하게 그러나 폭발하듯 환하게 웃는 눈과 그 눈으로 인해 순간순간 변하는 얼굴 표정. 에곤 실레의 소녀들을 관찰하고 있는 동안 열차는 곧 체스키크룸로프에 도착했다.

열차에서 내리니 프라하에서는 느낄 수 없었던 찌는 듯한 더위가 엄습했다. 자전거를 앞세운 하이킹 족들이 역사를 빠져나가고, 청년 둘이 광장이랄 것도 없는 조그마한 시골역을 뒤로 하고 천천히 햇빛 속을 걸어 내려갔다. 나도 그들을 따라 걸었다. 더위를 견디며 10여 분 땡볕 속을 걷자 저 아래 오렌지색 지붕의 집들이 구불구불 흘러가는 강물 사이 빼곡히 들어차 있는 정경이 한눈에 들어왔다. 중앙에 높이 치솟은 성의 원형탑을 확인하고는 내리막길을 10분 여 더 걸어 부데요비체 문에 이르렀다. 이 문은 일종의 성안으로 들어가는 관문으로 블타바 강 건너 세워져 있었다.

체스키크룸로프에 가본 사람들은 프라하를 축소해놓은 듯하다고 평한다. 그런데 부데요비체 문을 통과해 내가 받은 인상은 좀 다른 것이었다. 강이 감싸 안은 듯 흐르는 지형의 도시는 내게 처음이 아니었다. 나는 같은 형태의 도시를 지난 몇 년간 여름마다 프랑스의 브장송에서 경험해왔다. 프랑스와 스위스의 국경도시인 브장송이 견고한 요새형 도시라면, 체코와 오스트리아의 국경도시인 이곳은 보헤미안, 곧 이방인들이 잠시 가던 길을 멈추고 하루 이틀 머물고 가기 좋은 아늑한 피난처 같은 분위기였다.

유럽의 고도古都들은 모든 길이 성과 광장으로 통한다. 중세와 르네상스 기에 집중적으로 건축되고 단장되어 18세기 이후 전혀 변하

┇에곤 실레 아트센터. 오스트리아의 대표 화가 에곤 실레는 어머니의 고향인 이곳에 자주 와서 체
　류했다
┇옛 양조장을 개조하여 현재 에코 뮤지엄 형태로 문을 열고 있는 에곤 실레 아트센터

지 않은 이 특별한 마을을 돌아보는 데에는 두 시간 안팎이면 충분했다. 모두들 성으로 달려가는 것에 반하여 나는 오래된 시로카 거리에 있는 〈에곤 실레 아트센터〉로 향했다.

블타바 강을 건너 성 안을 걷는 몇 분 동안 이국적이면서도 매우 익숙한 장면과 맞닥뜨렸다. 그것이 의아하게 생각되었는데 에곤 실레 아트센터에 들어서자 곧 해명이 되었다. 체스키크롬로프는 실레 어머니의 고향. 실레는 유년기부터 자주 어머니를 따라 이곳 외가에 들러 머물곤 했다. 화가가 되어서는 한때 이곳에서 작업을 하기도 했다. 그런 연유로 시로카 거리의 옛 양조장 건물은 그의 이름을 딴 아트센터로 탈바꿈했다. 놀랍게도 이곳은 20세기 후반부터 새로운 흐름을 이끌고 있는 에코 뮤지엄 형태의 전형을 보여주었다. 퇴폐적이고 성도착적인 에곤 실레의 이미지에서 친환경적인 뮤지엄 형태가 흥미롭게 느껴졌다.

한편, 4층의 실레 관을 돌아보면서, 그동안 내가 보아온 실레의 그림들이 거의 피상적인 수준임을 부끄럽게 자각했다. 동시에 실레가 그린 마을과 집들, 인물들을 표현한 색과 선은 모두 이곳, 어머니의 고향인 중세 마을 체스키크롬로프에서 비롯되고 있다는 것을 확인하는 것만큼 즐거운 일은 없었다.

7시 마지막 열차를 타기 전에 조금 일찍 저녁식사를 하기 위해 보헤미아 요리로 소문난 라제브니키 교 옆의 '파르칸'으로 찾아갔다. 강변 테라스에 자리를 잡고 앉으니 이곳의 명물인 성이 정면으로 올려다 보였다. 발 아래에서는 강물이 요란한 소리를 내며 힘차게 흘러갔다. 수시로 두세 사람이 한 조가 된 카누가 물결을 타고 쏜살같

- 보헤미아 전통 오리오븐요리 카흐나. 허브를 얹어 오븐에 구워낸 오리와 양배추를 소금에 절여 와인으로 조리한 사워 크라우트와 체코 찐빵 덤플링(크네들리키)
- 굴라시는 헝가리와 체코의 전통요리. 헝가리에서는 비프 스튜(수프) 형태이고, 체코에서는 메인 요리. 체스키크롬루프에서 맛본 굴라시는 큼직한 쇠고기 덩어리가 담긴 수프다

이 지나갔다. 파란 하늘을 지루하지 않게 장식했던 하얀 구름이 밀려가고 성 뒤편에서 먹구름이 밀려오고 있었다. 식사 시간보다 이른 시간이어서 그런지 지배인과 요리사들이 테라스에 나와 한 테이블을 차지하고 있었다.

우선 그곳 전통 맥주인 부데요비체 부드바르Budejovice Budvar를 청했다. 씁쓸한 듯 시원한 여운이 감도는 황금빛의 맥주 한 모금. 이 맥주가 세계적인 맥주 브랜드 버드와이저의 기원이라고 했다. 시원한 부드바르를 서너 모금 주욱 들이킨 후, 메뉴판을 정독하며 굴라시Goulash와 카흐나Kachna를 찾았다. 열차에서 햄버거로 대충 먹었던 점심을 보충할 겸 얼큰한 보헤미아식 비프 수프 굴라시와 오븐에 구워낸다는 오리요리 카흐나를 주문하려고 했다. 미소를 띠며 다가온 지배인은 내가 찾는 요리는 건너편 집에서 한다고 알려주었다. 나는 맥주는 파르칸에서 저녁은 건너편 집에서 하기로 유쾌하게 생각을 바꾸었다. 파르칸을 나서면서 지배인과 요리사들을 슬쩍 돌아보았다. 열차에서 만난 소녀들처럼, 실레의 인물들이 그들에게 오버랩되었다.

새로움은 가장 오래된 것, 가장 깊은 것에서 비롯될 때 진정성을 갖는다. 체스키크롬로프가 새삼 나를 사로잡은 것은 과거의 유적지로 머물지 않고 에곤 실레라는 현대 예술가의 출발점으로 지금 이 순간과 소통하고 있기 때문이다. 뼈째 오리 한 마리를 오븐에 구워내온 엄청난 양의 보헤미아 식 저녁식사를 하는 동안 밖에서는 천둥번개가 치고 삽시간에 강물이 불어났다. 그러나 지나가는 비였으므로, 식사가 끝날 때쯤엔, 언제 그랬냐는 듯이 말끔히 그칠 것이었다.

아코디언과 레긴토의 선율,
선인장 향에 취하다

전통 소스 살사메히카나와 토르티야, 풀케와 데킬라

아코디언과 레긴토로 구성된 2인조 악사가 부르는 〈베사메 무초〉, 나는 참지 못하고 자리에서 일어나 그들에게 갔다. 그리고 리듬에 맞춰 스텝을 밟았다. 여기저기 박수소리가 커졌고, 그럴수록 레긴토와 아코디언 선율이 울창하게 퍼져나갔다. 도대체 나는 무슨 용기로 자리를 박차고 악사들 사이로 끼어든 것일까!

태평양을 건너
수천만 개의 불빛 속으로

곧 멕시코시티에 착륙할 거라는 기내 안내 방송이 나오자 나는 이어
폰을 벗고 창밖을 내려다보았다. 태평양을 건너는 내내, 아니 북미
밴쿠버에서 캘리포니아를 지나 중남미로 날아오는 내내 귓속에는
냇 킹 콜Nat King Cole의 감미로운 음성이 흘렀다.

"키싸스, 키싸스, 키싸스Quizas, quizas, quizas!"

여자의 가장 아름다운 한때, 터질 듯한 순간의 매혹과 회한을 그
린 왕가위 감독의 홍콩 영화 〈화양연화〉를 휘감던 멜로디. 그녀(장만
옥)와 그(양조위)가 좁은 복도를 사이에 두고, 낡은 계단을 사이에 두
고, 어두운 골목을 사이에 두고, 스치듯, 스미듯, 서로 깊이 빠져들
고야 마는 뜨거운 무드(분위기)를 제어하는 것은 바로, 이 〈키싸스, 키
싸스, 키싸스〉라는 멕시코 음악.

"난 그대에게 늘 묻곤 하지요. 언제, 어디에서, 어떻게라고. 그러
면 그대는 내게 늘 대답하지요. 어쩌면, 어쩌면, 어쩌면이라고."

아즈테카 유적지 인근 선인장 농장에서
레긴토와 아코디언을 연주하는 악사

단지 영화의 무드에 빠져서, 스페인 어를 할 줄도 모르면서, 심지어 그것이 원래 멕시코 인들이 애창하는 대중가요라는 것도 모른 채, "키싸스, 키싸스, 키싸스"를 시도 때도 없이 흥얼거렸었다. 그러다 한동안 잊었었다. 그동안 내 가슴을 무엇이 사로잡았을까. 아니, 그동안 무엇이 내 삶을 꽉 움켜쥐고 있었을까?

"그렇게 날들은 지나가고, 나는 절망에 빠져듭니다. 그런데도 그대는 대답하지요. 키싸스, 키싸스, 키싸스!"

같은 노래라도 누가 부르는가에 따라, 또 어떤 감정 상태에 듣느냐에 따라 감흥은 사뭇 달라진다. 〈화양연화〉에 흐르던 냇 킹 콜의 노래는 영화가 '홍콩에서 만난 두 남녀 간의 사랑의 무드(영어명은 〈In the mood of love〉)'를 겨냥하듯이 멕시코의 토속적인 음색을 싹 빼고, 감미로운 남저음男低音으로 연가戀歌를 들려준다.

아무리 오래 〈화양연화〉의 무드에 젖어 살았다 해도, 비행기가 멕시코시티로 하강하면서는 냇 킹 콜 대신 트리오 로스 판초스Trio Los Panchos의 노래로 바꿨다. 멕시코 밖에서는 미국의 재즈 뮤지션 냇 킹 콜의 〈키싸스 키싸스 키싸스〉가 어울리지만, 메히코 데에테(현지인들이 멕시코시티를 부르는 말)에서는 묘하게 이질적으로 들린다. 메스티조(인디언과 백인의 혼혈)의 나라에서는 그들의 음색과 리듬으로 들어야 제격이다. 멕시코 사람들이 애청하는 혼성 라틴 3인조 트리오 로스 판초스의 〈키싸스, 키싸스, 키싸스〉에서는 바로 이러한 세 겹의 목소리, 세 마디의 간격이 느껴진다. 겹과 마디 사이에 놓인 행간이 읽혀진다. 이들 밴드 특유의 레긴토(기타와 비슷하나 약간 고음을 낸다) 반주에 끝을 살짝 올리며 던지는 그들의 세 마디는 '어쩌면, 어쩌면, 어쩌면'보다는, '그럴 수도 있겠지, 그럴 수도 있겠지, 그럴 수도 있겠지'라는 수긍으로 세상사 사무친 모든 것들을 훌쩍 뛰어넘는다.

비행기가 착륙에 들어가면서 좌우로 크게 기울어질 때마다 가까스로 몸의 균형을 잡으며 밤의 멕시코시티를 내려다보았다. 순간, 현기증 때문인가, 나는 깜짝 놀랐다. 수천만 개의 불빛이 마치 나에게 신호를 보내듯 어둠 속에서 동시에 반짝이고 있었다. 인구 2천만 명이 사는 멕시코시티 밤풍경은, 그동안 하늘에서 보아온 수많은 이국의 도시들 중 가장 찬란했다. 찬란하다 못해 꿈처럼 몽환적이었다. 해발 2,240미터의 중앙아메리카의 고도高都 멕시코시티는 밤의 환각처럼 단번에 나를 사로잡았다.

아즈텍 유적지 테오티우아칸 가는 길,
선인장 농장에서의 점심식사

그것은 꿈이었을까. 어젯밤 까만 밤하늘에서 내려다본 까만 밤의 멕시코시티, 그 위를 수놓았던 수천만 개의 불빛들. 그 아름다운 빛들은 모두 어디로 사라졌을까. 멕시코시티 도심을 벗어나 북서쪽으로 40킬로미터 떨어져 있는 아즈텍 유적지 테오티우아칸(해발 2,300미터 멕시코 고원에 있는 고대 도시) 가는 길. 시의 경계를 벗어나자마자 어젯밤 까만 밤하늘에서 내려다보았던 불빛들만큼이나 많은 창문들이 시야를 장악했다. 창문이 거의 집한 채에 해당되는 거대한 판자촌이 끝을 알 수 없는 하늘 저편까지 퍼져 있었다.

나는, 트리오 로스 판초스의 〈베사메 무초〉가 흐르는 이어폰을 벗

멕시코시티 경계로부터 외곽으로 펼쳐지는 거대한 빈민촌

어놓고, 뿌옇게 흐린 하늘 아래 거대하게 펼쳐진 누옥陋屋들에서 환각인 양 어젯밤의 불빛을 찾았다. 내가 보고 있는 것은, 아니 보았다고 생각하고, 또 믿는 것은 얼마나 위태롭고, 허구적인가! 107년 전, 인천 제물포항에서 1천33명이 새로운 삶을 찾아서 일포드 호에 몸을 싣고 태평양을 건넜으나, 실상은 에네켄(선인장) 농장으로 팔려 갔던 최초의 한인 멕시코 이민자들이 품었던 꿈 또한, 처절하게도, '맹탕 헛것'이 아니었던가! 나를 멕시코로 이끈 결정적인 것은 바로 그 맹탕 헛것에 홀린 1천33명 가운데 열 한 명의 뒤를 소설로 쫓은 김영하의 『검은 꽃』이 아니었던가!

해발 2천 미터가 넘는 고도에 위치한 관계로 멕시코시티에 도착한 이후 고산증세로 숨이 가빴고, 수면 부족 탓인지 끌로 관자놀이께를 약하게 찢듯이 머리가 아파왔다. 몇 년 전 마추픽추(해발 2,280미터)에 가느라 머물렀던 페루의 옛 잉카 제국 수도 쿠스코(해발 3,400미터)와 인근 우루밤바(해발 2,800미터)에서 밤을 보내며 심하게 겪었던 두통이 미세하게 되살아나는 듯했다. 두통의 원인이 고산증 때문인지, 세계에서도 혼탁한 도시로 손꼽히는 매연 때문인지는 알 수 없었다.

차가 누옥지대를 벗어나 한적한 농촌을 달릴 즈음 두통은 시나브로 사라졌다. 오전에 소칼로Zocalo 광장 옆의 대통령궁 2층 회랑에 그려진 디에고 리베라의 벽화 대작 〈멕시코 민중사〉를 관람하고, 아즈텍 문명의 피라미드 유적지 테오티우아칸으로 향하는 길이었다. 아즈텍 인들에게 이곳은 신의 도시인 동시에, 죽은 인간이 신이 되는 곳. 달의 피라미드(Luna)와 태양의 피라미드(Sol)의 신화가 바로 그것. 세계적으로 잘 알려진 이집트 피라미드는 왕의 무덤, 즉 분묘

‡ '신들의 도시'를 뜻하는 테오티우아칸 신전의 채색 벽화
‡ 달의 피라미드에서 바라본 태양의 피라미드

형태이나, 이곳 멕시코의 피라미드는 제단祭壇, 곧 신을 모시는 신전이다. 거대한 피라미드 유적지를 일일이 걸어서 둘러보려면 세 시간 이상의 시간이 소요될 것이었다. 점심식사를 위해 인근 선인장 농장에 들렀다.

마당에 들어서자, 이젠 익숙해진 레긴토와 아코디언 선율이 마당 안쪽 식당 테라스에서 들려왔다. 그리고 마당가에 자라고 있는 내 키를 훌쩍 넘는 거대한 용설란이 눈길을 끌었다. 선인장 줄기는 내 팔뚝보다 굵었다. 가까이 다가가 보니, 끝에 가시가 나 있었다. 가시를 피해 줄기에 손을 대보았다. 댔을 뿐인데, 힘이 느껴졌다. 표면이 밀가루 반죽처럼 매끄러웠다. 마당에서 몇 발짝 옮기자 용설란뿐만이 아니라 멕시코시티 대통령궁 뜰에서 보았던 다양한 선인장들이 기세 좋게 자라고 있었다. 비로소 선인장의 나라에 온 기분이 들었다.

마당 쪽 악사 옆에 자리를 잡았다. 판초를 닮은 악사가 내게 물었다.

"무슨 노래를 들려드릴까요, 세뇨라?"

"오, 베사메 무초, 포르 파보르Por Favor! 그라시아스Gracias!"

베사메무초가 멕시코 민중가요라는 것을 나는 멕시코에 와서야 알았다. 나는 얼마나 다양한 버전으로 이 노래를 들어왔던가! 〈키싸스, 키싸스, 키싸스〉와 마찬가지로 이 노래 역시 처음 내 귀를 사로잡은 것은 냇 킹 콜의 감미로운 목소리였고, 최근에는 놀랄 만큼 아름다운 애니메이션 재즈음악 영화 〈치고와 리타〉에서 리타의 매혹적인 변주였고, 그리고 멕시코에 와서 줄곧 귀담아 들어온 트리오

⋯ 선인장 농장에 핀 선인장 꽃
⬍ 옥수수를 으깨 동그랗게 밀어 화덕에 구운 토르티야
⋯ 멕시코 전통 소스 살사메히카나와 빵

로스 판초스의 전통적인 선율이었다.

아코디언과 레긴토로 구성된 2인조 악사가 부르는 〈베사메 무초〉, 나는 참지 못하고 자리에서 일어나 그들에게 갔다. 그리고 리듬에 맞춰 스텝을 밟았다. 부엌에서는 토르티야가 화덕에서 구워지고 있었고, 식탁에는 선인장술 풀케Pulque가 놓이고 있었다. 줄곧 경직된 특유의 표정으로 앉아 조용히 점심을 먹던 북유럽계 이방인들에게서 하나 둘 휘파람 소리가 터져 나왔다. 여기저기 박수소리가 커졌고, 그럴수록 레긴토와 아코디언 선율이 울창하게 퍼져나갔다. 도대체 나는 무슨 용기로 자리를 박차고 악사들 사이로 끼어든 것일까! 방금 마당 선인장 옆에서 마신 풀케 한 잔이 용설란처럼 치솟는 힘을 선사한 것일까. 코끝에는 풀케의 선인장 향과 한 조각 썰어 짜 넣은 라임(레몬의 일종) 향이 감돌고 있었다.

가슴이 터질 것 같았고, 찰나적으로 행복감이 스쳤고, 이내 행복

 레몬의 일종인 라임
 멕시코 접시와 데킬라
 선인장즙으로 만든 술 풀케와 데킬라

다음에 오는 서글픔이 스며들었다. 마당 한편에서는 한 사내가 선인
장에서 뽑아낸 실로 묵묵히 베틀을 돌리고 있었고, 또 한편에서는 그
가 엮은 천에 염료를 입히는 또 한 사내가 묵묵히 작업을 하고 있었
고, 그리고 나에게 풀케를 만들어준 선인장은 떼어낸 제 살도 아랑곳
않고, 거침없이 사방으로 줄기들을 뻗고 있었다. 이 모든 것, 이들 이
면의 모든 것, 내가 그동안 듣고 새겨오고 흔들려온 모든 것들이 멕
시코시티와 테오티우아칸 사이, 어느 붉은 흙의 마당가 식당 테라스
에서 북받쳐 오른 것이다.

　"내게 키스해줘요……내일 아침이면 난 여기에서 멀리에 있을 거
예요……내게 키스해줘요. 마치 오늘 밤이 마지막인 것처럼……."

　노래가 끝나고 자리에 앉자 누군가 시원한 멕시코 맥주 한 잔을
선냈다. 이어 옥수수를 으깨어 밀전병처럼 동그랗게 민들이 회덕에
서 막 구운 토르티야와 토마토, 양파, 마늘, 고추, 고수풀 등을 잘게

썰어 만든 멕시코 전통 소스 살사메히카나를 내왔다. 살사메히카나의 상큼하면서도 톡 쏘는 매운 맛을 나는 사랑했다. 선인장즙으로 부쳐낸 선인장전, 선인장즙으로 버무려낸 선인장소스 샐러드, 선인장즙으로 만든 술 풀케, 그것을 증류해서 만든 술 데킬라. 눈 닿는 데마다 선인장, 또 선인장이었다.

나는 토르티야 한 장을 펼쳐 살사메히카나와 샐러드전 한 조각을 넣고 돌돌 말아 타코를 만들었다. 그리고 타코 옆에 선인장소스 샐러드를 한 스푼 덜어놓았다. 보기에, 훌륭했다. 누군가 등 뒤에서 이방인이 데킬라 한 잔을 건넸다. 동시에 여기저기에서 휘파람과 함께 환호성이 울렸다. 〈라 팔로마〉! 〈켄 세라〉! 악사들은 "꾸꾸루꾸꾸꾸"라는 후렴구로 우리 귀에 익숙한 〈라 팔로마〉(흰 비둘기)를 연주하고, 이방인들은 한 마음으로 흥얼거리며 선인장 요리들을 음미했다.

선인장 농장의 식당은 금세 축제장으로 변했다. 타코를 한 조각 썰어 먹고, 이어 선인장소스 샐러드로 마무리한 다음, 데킬라 한 모금을 마셨다. 알코올 도수 40의 데킬라는 혀끝에 닿을 때는 불태울 듯 강렬했지만, 목구멍으로 흘려 보낼 즈음엔 신기루처럼 사라지고 향만 은은히 입안에 맴돌았다. 사막의 꽃 선인장, 태양의 맛이라고 해야 할까! 태양의 피라미드가 있는 테오티우아칸은 여기에서 얼마나 될까! 태양은 구름에 가려 보이지 않았다.

C u b a

관능의 리듬이 흐르는 아바나,
선사 쥐라기 지형의 비날레스

낯의 모히토 밤의 다이키리, 시가 농장 마을의 로컬 푸드

아바나가 내 가슴에 남긴 여운은 진한 슬픔의 정서였다. 미국과 같은 바다에 면해 있으면서
도 이데올로기의 상덕으로 고립뙨 채 낡고, 녹슬고, 허물어지고, 비껴져기고 있는 모습은 자
본에 대해, 혁명에 대해, 인간에 대해, 예술에 대해 새롭게 돌아보는 계기를 안겨주었다.

치코와 리타,
21세기 쿠바 재즈 여행의 새로운 유혹

이런 명제가 있다. 길이 끝나자 비로소 여행이 시작된다. 최근 재즈
음악 마니아들에게서 찬사를 받고 있는 아바나를 배경으로 한 애니
메이션 음악영화 〈치코와 리타〉가 나에게 권하는 여행의 경우가 그
러하다. 쿠바로 떠나기 전부터 몇 차례 이 영화를 보려고 시도했다.
그런데 그때마다 도중에 돌발적인 상황에 맞닥트려 발길을 돌리곤
했다. 결국 영화를 보지 못한 채 쿠바 행 비행기에 올랐고, 돌아오자
영화는 더이상 상영하지 않았다.

　아바나에서 돌아온 지 한 달, 휴일에 영화의 전당에 들렀다가 상
영 목록에서 〈치코와 리타〉를 발견했다. 그러자 희미해지고 있던 아
바나의 열기가 확 되살아나면서 가슴이 벅차 올랐다. 영화는 1940년
대 아바나의 천재적인 피아니스트 치코와 가난한 가수 리타의 숙명
적이고도 어긋난 사랑의 서사시로, 북미와 남미 사이 숨은 듯 바다
위에 떠 있는 섬나라 쿠바의 수도 아바나는 치코와 리타의 만남과

유네스코 세계문화유산으로 등재된
말레콘 해변 거리의 오래된 자동차들

환희, 그리고 이별의 아픔이 교차하는 곳으로 그려졌다.

이 영화가 표방하는 것은 '음악과 사랑, 관능과 색채가 어우러진 재즈 애니메이션의 세계'. 도대체 애니메이션으로 관능을 어떻게 표현한단 말인가. 쿠바로 떠나기 전 몇 번에 걸쳐 시도한 것은 아바나가 무대로 등장하고, 라틴 재즈 피아니스트 베보 발데스Bebo Valdes의 연주를 감상할 수 있는 특별함도 있었지만, 그보다 더 화끈하게 나를 유혹한 것은 한 번도 본 적 없는 '관능의 애니메이션 표현'이었다.

아바나를 다녀온 아우라 덕분인지 스페인 출신의 세계적인 아티스트이자 일러스트레이터 디자이너인 하비에르 마리스칼Javier Mariscal의 손끝에서 재현된 치코와 리타, 특히 리타의 일러스트는 경탄, 그 자체였다. 카리브 해의 쿠바란 세 가지의 물결, 세 가지의 인종, 세 가지의 언어가 섞인, 혼종성의 진수. 인디오 아메리카 인과 스페인 인, 그리고 아프리카에서 건너온 흑인이 그것. 하비에르 마리스칼은 이 세 가지 혼종성이 빚어낼 수 있는 가장 매혹적인 존재로 리타를 창조해냈다. 하여, 치코와의 첫 만남에서 리타가 부른 〈베사메 무초〉는 내가 그동안 들었던 수많은 〈베사메 무초〉들 가운데 압권이었다.

"내일 아침이면 난 여기에서 멀리에 있을 거예요……내게 키스해 줘요. 마치 오늘 밤이 마지막인 것처럼……."

같은 노래라도, 어디에서 듣느냐에 따라, 또 누가 부르느냐에 따라 판이하게 감상이 달라질 수 있다. 나는 서울은 물론, 쿠바로 떠나기 전 멕시코시티에서, 또 칸쿤에서 악사들이 부르는 〈베사메 무초〉

를 들었었다. 멕시코에서 쿠바로 떠날 때에는 그들의 자랑인 트리오 로스 판초스의 창법에 푹 빠졌었다. 그리고 쿠바에 도착하자, 멕시코의 음색과는 또 다른 쿠바 악사들의 다양한 〈베사메 무초〉를 만났다. 리타의 〈베사메 무초〉는 쿠바에 다녀온 나에게 뜻밖에 주어진 뒤늦은 선물 같았다.

낮의 모히토Mojito,
애플민트와 라임, 그리고 럼의 향연

아바나가 내 가슴에 남긴 여운은 진한 슬픔의 정서였다. 미국과 같은 바다에 면해 있으면서도 이데올로기의 장벽으로 고립된 채 낡고, 녹슬고, 허물어지고, 버려져가고 있는 모습은 자본에 대해, 혁명에 대해, 인간에 대해, 예술에 대해 새롭게 돌아보는 계기를 안겨주었다.

미국과는 단교하며 혁명의 자존심과 기품을 지키려는 그들이지만, 아이러니컬하게도 아바나 관광의 큰 수입원은 미국인 소설가 헤밍웨이가 남겨놓은 흔적들에 기대고 있었다. 이런 지정학적, 정치적, 예술적 특수 환경은 아바나에 도착해서 떠나는 순간까지, 발길 닿는 모든 곳, 보이는 것 모든 것에 대해 여행자가 누리는 자유로운 또는 낭만적인 감상을 방해했다. 과거, 프라하나 파리에 버금 갈 만큼 예술적 기품을 거느린 카리브 해의 자존심 아바나, 그러나 21세기의 현실은 기울 대로 기운 서양빛의 서글픔만이 항구와 요새와 클럽과 광장과 뒷골목과 성당을 휘감고 있었다.

↕ 산 카를로스 성곽 위에서 만난 카리브 해의 석양
↕ 라임, 애플민트, 7년 산 아바나 클럽(럼)으로 만든 모히토

집채만 한 파도가 하얀 포말을 일으키며 방파제 넘어 몰아치는 말레콘 해변이나, 모로 요새의 성벽 위에 걸터앉아 아바나 만으로 지는 석양을 바라보고 있노라면, 마치 세상 끝에 도달한 것처럼, 아니 사랑 끝에 도달한 것처럼, 야릇한 슬픔과 허무의 감정에 휩싸였다. 해변이든, 뒷골목이든, 식당이든, 의자에 앉으면 다가와 노래를 불러주는 악사들. 그들의 리듬에 취해 몸을 흔들고, 흔들다 못해 일어나 누군가의 손을 잡고 함께 춤을 추고야 마는 곳, 아바나. 가슴속 시름에 대해, 사람에 대해, 인생에 대해, 예술에 대해, 세계에 대해 한 발짝 물러서서 노래하고, 춤을 추게 만드는 마술의 아바나. 애플민트와 라임과 럼의 혼합주 모히토의 맛이라고 할까. 오뗄 나시오날Hotel national de Cuba 정원 벤치에 앉아 모히토를 천천히 음미하면서, 시큼하면서도 사랑스럽고, 향기로우면서도 상큼하게 톡 쏘는 맛이, 원래 아바나의 그것은 아니었을까, 하는 생각이 들었다.

내가 오뗄 나시오날 라운지에서 오후 시간을 흘려보낸 것은 그곳이 '부에나 비스타 소셜 클럽Buena Vista Social Club'이라는 쿠바 재즈 그룹의 무대 〈살롱 1930〉의 장소이기 때문이었다. 그들을 만난 지 10년이 지났지만 내 음악 목록에는 그들의 〈찬찬〉과 〈그리고 그들은 어떻게 되었니?〉 〈치자꽃 두 송이〉가 자리를 차지하고 있었다. 평균 연령 70세가 넘는 노익장을 과시하며 전세계 재즈팬들을 경악에 가까운 열광의 도가니로 몰아넣은 것은 독일 감독 빔 벤더스Wim Wenders가 제작한 동명의 다큐멘터리 영화 덕분이었다. 영상에 비친 아바나에 흘러넘치는 음감과 고색창연한 풍광은 동경 그 자체였고, 여행에의 모험심을 거세게 자극하기에 충분했다.

한 번 가기 쉽지 않은 머나먼 여행지의 호텔에서 여유롭게 오후 시간을 모두 흘려보낸다는 것은 흔치 않은 일이다. 그날, 모히토와 함께 오뗄 나시오날에서의 추억은 〈치코와 리타〉를 통해 뜻밖에 의미가 배가되었다.

〈베사메 무초〉로 서로를 확인한 무명의 피아니스트 치코와 가수 리타는 하룻밤을 함께 보내고, 치코는 사랑의 여운으로 〈나만의 향기〉를 작곡해 리타와 함께 경연에 나가 우승을 했다. 우승자에게는 바로 그 오뗄 나시오날의 뮤직홀에 한 달 간 설 수 있는 기회가 주어진 것. 오뗄 나시오날은 단순히 호텔의 의미를 넘어 아바나를 대표하는 공간이다. 처칠과 같은 국가 원수들과 세계적인 스타, 학자들이 이 호텔에 묵었다. 호텔 지하에는 훌륭한 뮤직홀이 있었고, 치코와 리타는 우승의 특전으로 이 무대에 설 수 있었던 것이다.

그런데 이곳은 이 연인에게 환희의 장소인 동시에 아픔의 장소. 치코의 피아노 반주에 맞춰 리타가 우승곡이자 그들 사랑의 찬가인 〈나만의 향기〉를 부르는데, 관객 중 뉴욕에서 온 공연 기획자의 눈에 리코가 들었던 것. 그는 리코만을 캐스팅해서 뉴욕으로 가고, 이후 치코와 리타의 47년에 걸친 사랑은 재회와 이별의 여정이었는데, 바로 그 첫 장소가 여기 오뗄 나시오날이었던 것이다.

치코와 리타의 극적인 여정만큼은 아니지만, 쿠바에 이르는 길은 쉽지 않았다. 쿠바는 한국과 국교 비수립국이고, 멕시코나 캐나다를 경유해야 하고, 달러 비사용국이고, 절대적으로 생필품과 음식 부족을 겪고 있었다. 그런데 문밖을 나서면 춤과 노래가 있고, 그것은 새벽까지 끝나지 않는다. 시간이 흐를수록 아바나를 알려고 하면 할수록 미궁에 빠지는 기분을 떨칠 수 없었다. 수도관은 녹슬어 녹물이 흐르고, 어른이나 아이나 할 것 없이 사람들은 집밖 문지방에 앉아 지나가는 사람들을 구경하며, 사진이나 영화에서는 멋지게 보이지만 굴러다니는 자동차들이 내뿜는 매연은 숨을 쉴 수 없을 정도가 아닌가.

혁명을 꿈꾸는 진정한 사람들의 세상은 무엇일까. 혹, 내 귀를 사로잡고 놓아주지 않는 매혹적인 노래와 춤이 당장의 황홀감을 세뇌시키며 사람들의 눈을 가리고, 혼을 흐리게 하고 있지는 않은가. 쿠바의 시인이자 혁명가 호세 마르티Jose Marti의 이름을 딴 아바나의 〈호세 마르티 문화원〉에서 만난 쿠바를 대표하는 시인과 작가들 중에는 조심스레 혁명 이후 오늘의 쿠바 현실을 우회적으로 문학으로 표현하고 있음을 고백했다. 아픔 없는 사랑은 가능하지 않는 것일까. 헛된 동경, 아니 망상 탓이었을까. 나는 아바나에서 숨쉬기가 편치 않았고, 모히토를 한 모금 머금고 허름한 골목을, 그 너머 푸른 카리브 바다의 물결에 시선을 던질 때에야 비로소 입 안에 감도는 럼과 애플민트 향기처럼 아바나를 가슴에 품을 수 있었다.

"천년이 흘러도 그 이상이 흘러도 영원한 사랑이 존재하는지 몰라도 그곳에서도 지금처럼 입 안에 머금을 거예요."-〈나만의 향기〉

밤의 다이키리Daiquiri,
보석처럼 반짝이는 카리브 해 물결 건너 아바나를 바라보며

쿠바 아바나를 찾는 여행자의 행보의 대부분은 미국 출신의 소설가

어니스트 헤밍웨이의 족적에 바쳐진다. 나도 예외는 아니었다. 그의 흔적은 내가 며칠 동안 숙소로 머물렀던 아바나 북동쪽 대서양 연안의 운하 마리나 헤밍웨이 지구로부터 아바나 도심의 유서 깊은 비헤야Old Habana지구의 곳곳, 아바나 만 건너 남쪽으로 10여 킬로미터 떨어져 있는, 소설 『노인과 바다』의 현장인 작은 어촌 코히마르Cojimar까지 뚜렷했다.

아바나에 도착한 날 저녁 대성당 근처 골목에 있는 그의 단골 주점 라 보데기타 델 메디오La Bodeguita del Medio ■를 찾았었다. 그에게 최상의 모히토를 만들어주던 혈색 좋은 사내는 없었지만 클럽을 찾은 이방인들의 발길은 끊이지 않았다. 클럽 안은 악사가 악기를 켜기 불편할 정도로 발 디딜 틈이 없었고, 클럽 밖 좁은 골목은 아바나의 그 어느 곳보다 군중들이 몰려 있었다. 만약 헤밍웨이가 아니었다면, 그토록 모히토가 세상 사람들에게 사랑을 받을 수 있었을까. 골목을 빠져나오며 뜬금없이 의구심이 들었다.

며칠 뒤 쿠바 중부 담배 농장과 선사시대 유적지로 유명한 비날레스Vinales ■■에 다녀오는 길에, 아바나에서의 마지막 밤을 위해 모로 요새로 향했다. 요새 안쪽 산 카를로스 요새 꼭대기에서 9시에 발포

■ 생전의 헤밍웨이는 "나의 모히토는 라 보데기타 델 메디오에 있다"고 말해 더욱 유명해졌다.
■■ 쿠바 아바나에서 서쪽으로 120킬로미터 떨어져 있다. 계단식 해안단구, 절벽 등으로 이루어진 독특한 카르스트 해안은 지형학적·지질학적 변화과정이 잘 나타난다. 이 지역에서는 담배, 커피, 기타 작물들을 수백 년 동안 이어져 내려온 전통적인 농업 방식으로 재배하고 있다. 1999년 유네스코에서 세계자연유산으로 지정했다.

‡헤밍웨이가 자주 들러 모히토를 마셨던 올드 아바나의 단골 술집 라 보데기타 델 메디오
‡라임, 설탕, 분쇄 얼음에 럼을 칵테일한 다이키리

식을 거행할 것이었다. 단 한 번의 발포 장면을 보기 위해, 그 엄청난 소리에 귓구멍을 막을지라도 까만 카리브 해의 창공 위로 날아가는 대포의 위력을 경험하기 위해 수많은 인파들이 요새로, 성으로 몰려갔다. 나도 그들 속에 끼어 확 트인 바다와 창공을 향해 가슴을 활짝 펴보았다. 밤의 아바나가 물결치는 카리브 해 한가운데에 보석처럼 반짝이고 있었다. 대포는 쏘았는지 쏘지 않았는지 분간할 수 없을 정도로 순식간에 발사되었다. 대포 소리는 허망했지만, 거기에 몰려든 아바나 사람들의 물결은 장관이었다.

요새에서 내려와 바닷가 식당에 자리를 잡았다. 코히마르의 헤밍웨이 단골 식당 '라 테레사La Terraza'에서 맛보았던 다이키리를 청했다. 다이키리라는 곳의 철광산 광부들이 노동의 피로를 잠시 달래기 위해 마셨다는 럼 칵테일이었다. 라임의 시큰하고, 설탕의 달콤하고, 갈아넣은 얼음의 얼얼하고, 사탕수수 증류주 럼의 뜨거움이 심장 한가운데를 찌르며 깊숙이 파고들었다. 아바나에서의 마지막 밤이 황홀하게 흘러갔다.

야자수가 자라는
쥐라기 시대로의 여행

아바나 체류 사흘째 되는 날 아침, 숙소인 마리나 헤밍웨이를 출발해 비날레스로 향했다. 차창 밖으로 펼쳐지는 풍경을 바라보며 전날 헤밍웨이의 단골 식당 라 테레사 식당 악사들에게 산 CD를 틀었다. '평평한 땅'이라는 뜻의 아바나와 마찬가지로 카리브 해의 섬나라

: 코히마르, 헤밍웨이의 단골 식당 라 테레사 앞의 화방
: 코히마르, 헤밍웨이의 집 핑카비히아 별채 집필실. 핑카비히아란 '망루 농장'을 뜻히며 탑 형태의
별채 건물 꼭대기에 위치한 이 방은 사방이 유리여서 아바나 시내가 한눈에 내려다보인다

선사시대 세계자연유산 비날레스 가는 길

쿠바의 자연 환경도 평평하고 평온해 보였다. 파란 하늘의 흰 구름과 밭가에 홀로 서있거나 마을길을 따라 일렬로 서있는 야자나무들, 그 옆에 비뚜름하게 서있는 전봇대, 그리고 살아 숨쉬듯 불그스름한 대지.

"관타나메라Guantanamera, 과히라, 관타나메라⋯⋯."

차는 달리고, 흰 구름 따라 멜로디가 입에 따라 붙었다. 〈관타나메라〉. 이 곡은 한 번 들으면 뜻도 모른 채 따라 흥얼거릴 만큼 경쾌한데, 정작 가사를 해독해보면, 쿠바 독립운동에 참여했던 호세 마르티의 시답게 경쾌함보다는 소박함과 진솔함이 깃들어 있다.

"관타나모의 소녀 농부여, 나는 야자수가 자라는 마을에서 태어난 성실하고 순박한 사람이라오. 내가 죽기 전에 내 영혼의 시를 여기 사랑하는 사람들에게 바치고 싶습니다."

선사시대의 특이 지형인 석회층 계곡으로 세계자연유산으로 등재된 비날레스는 아바나 남서쪽 180킬로미터에 위치. 입출국 절차가 까다로운데도 전세계의 여행자들이 쿠바에 와서 이곳을 찾는 이유는 두 가지, 선사 시대의 계곡과 동굴 등의 지형과 세계 최고의 품질로 공인된 시가(Cigar, 담뱃잎을 썰지 않고 통째로 돌돌 말아 만든 담배. 일명 엽궐련)의 생산 현장을 돌아보는 것이다.

아바나를 떠나 소박한 시골에 난 도로를 두 시간여 달렸던가. 차가 비날레스로 진입하는 삼거리에 이르자 체 게바라(Che Guevara, 1928~1976. 아르헨티나 출신의 쿠바 정치가·혁명가)의 얼굴이 새겨진 대형 현수막이 길가에 펄럭이고 있었다.

오전 10시 무렵이었고, 사람들을 태운 트럭이 신호에 걸려 체의

건조 중인 시가잎

얼굴을 가린 채 정차해 있었고, 어떤 이는 자전거를 타고 있었다. 또
몇몇은 줄지어 걸어 가고 있었다. 그들은 어디로 가는 것일까. 비날
레스 도심에는 쿠바의 국책 사업인 시가 제조공장이 있고, 나는 그
곳에 가려던 참이었다. 세계적인 명성에 비해 비날레스라는 곳이 면
사무소 소재지 정도의 크기라니, 시가 공장에 들러 몇 발짝 거리를
걸어 다니다 보면, 그들과 마주칠 것도 같았다. 그들은 활기차 보이
지는 않았지만, 〈관타나메라〉 노래에서처럼, 순박해 보였다. 비로소
사람 사는 마을에 당도한 기분이 들었다.

시가 공장의
책 읽어주는 남자

파스텔톤의 페인트칠이 된 2층의 고풍스러운 건축물들이 가로를 따라 늘어서 있는 비날레스는 화려하지는 않지만 아름다웠던 과거의 형상을 짐작하게 하기에 충분했다. 이곳에 온 적이 없고, 그러므로 이곳을 떠난 적이 없는데, 정수리 위에서 은근히 따갑게 번지는 아침 햇살 탓인지, 나는 이곳에 오자마자, 어떤 아련한 향수鄕愁를 느꼈다. 아바나에서 편안하지 않았던가. 고작 두 시간 여를 달려와서 아바나를 돌이켜보다니. 아바나로 돌아가면, 마지막 밤을 도심의 호텔에서 보낼 것이었다.

내가 사흘 동안 머문 곳은 헤밍웨이가 낚시를 즐겼던 아바나 북동부 마리나 헤밍웨이, 운하 지역이었다. 항도 아바나가 면한 대부분의 바다는 카리브 해, 내가 머문 마리나 헤밍웨이는 대서양 연안. 쿠바와 미국 간의 관계는 헤밍웨이가 본국으로 추방되던 1961년부터 현재까지 악화 상태에서 나아지지 않고 있었다. 그것은 자본이 필요한 모든 분야의 마비를 의미했고, 그 여파로 근사한 외양과 운치에 비해 속에선 녹물이 흐르고, 밖으론 허물을 벗듯 건물마다 페인트칠이 벗겨져 있었다. 그래서인지, 마치 절에 갈 때 마음에서 되풀이해서 울리는 '나무관세음보살'처럼, '관타나메라'가 나도 모르게 흘러나왔다.

"관타나메라, 과히라, 관타나메라…… 관타나모의 소녀 농부여, 이 땅의 가난한 사람들과 함께 행운을 나누고 싶습니다."

시가 공장으로 통하는 문은 좁고, 내부는 어두웠다. 들어서자마자

아바나에서 180킬로미터 남서쪽 내륙에 위치한 비냘레스의 도심 풍경

습기와 건초향이 느껴지는 찐 담뱃잎 냄새가 콧속에 끼쳐 들어왔다. 작업장은 뜰을 가운데 배치한 서구 건축물의 정형에서 입구를 제외한 디귿 자 형태의 세 곳을 사용하고 있었다. 마치 봉제 공장에 들어선 듯한 착각이 잠시 들었고, 네다섯 명을 한 팀으로 하는 긴 작업대가 열 줄 정도로 배치되어 있었는데, 남녀 노동자들이 숙련된 손놀림으로 각자 맡은 바 분업에 충실하면서도 세계 각지에서 온 여행자들을 의식하며 때로 눈을 맞추며 미소를 짓기도 했다. 여행자들은 담배 농장에서 건조해 온 큼지막한 이파리들이 여러 과정을 거쳐 한 개비의 시가로 탄생하는 광경을 관람하며 천천히 걸어 나갔다. 나는 그들 틈에 끼어 누군가가 들려준 시가 공장의 책 읽어주는 남자를 눈으로 찾았다.

담배를 마는 노동자들 옆에서 책을 읽어주는 사람. 내 귀를 솔깃하게 했던 이 흥미로운 존재는 그러나 지금은 찾을 수 없었다. 라디오 시대를 거쳐 스마트폰의 시대를 구가하고 있는 이 시대에 그 사람이 여전히 존재하리라고 기대하지는 않았다. 그래도 그가 앉아 있었을 법한 자리라도 눈으로 확인하고 싶었다. 어디에도 책 읽어주던 사람의 자리는 눈에 띄지 않았다. 공장에서 빠져나와, 문득, 그를 대신해 재밌는 이야기를 들려주던 라디오는 혹시 있었던가 돌이켜졌다. 기억나지 않았다. 라디오 한 대쯤 옆에 있었던 것으로 부러 생각했다.

쿠바 시가 중 최상품에는 '몬테크리스토' '로미오와 줄리엣' '코히바' 등의 이름이 붙여져 있다. 풍문에 의하면, 이들은 시가 공장의 책 읽어주는 남자들과 관계가 깊었다. 라디오가 없던 시절, 하루 종일 앉아서 담배를 말아야 하는 노동자들의 지루함을 덜어주기 위해 현장에는 책 읽어주는 사람이 배치되어 있었던 것. 이들이 읽어주는 책 가운데 가장 인기가 높았던 작품이 『몬테크리스토』와 『로미오와 줄리엣』. 이 중 여행자들이 가장 선호하는 시가는 '몬테크리스토'. 체 게바라가 즐겨 피웠다는 후문이 인기에 한몫을 하고 있었다. 카리브 해의 섬나라, 좁고 컴컴한 공장에서 온종일 담배를 마는 사람들, 그들의 귀를 사로잡았던 몬테크리스토 백작과 로미오, 그리고 줄리엣은 얼마나 먼 나라의 이야기들인가. 자신들이 마는 담배 한 개비를 월급의 반으로 살 수 있는 사람들에게. 소설이나 문학을 떠나 이야기란 새삼 무엇인가라는 생각이 시가 제조공장을 돌아 나오는 내내 뒤통수에 따라붙었다.

파란 눈의
담배 농가 농부의 식탁

시가 제조공장에서 곧바로 비날레스 교외 담배 농장으로 향했다. 사방에 담배밭이 펼쳐졌고, 담배밭에는 붉은 흙이 맨몸을 드러내고 있었다. 아바나에서나 쿠바의 시골 마을에서 쉴새없이 내 눈을 사로잡은 것은 사람들의 이동 방법. 아바나는 '올드 카 뮤지엄'이라 불릴 만큼 전세계의 자동차가 질주한다.

이곳 비날레스에서 사람들은 주로 걷거나, 자전거나 말을 타고 다닌다. 비날레스는 해발 600미터 높이의 동글동글한 산들이 병풍처럼 에둘러 있고, 야자수들이 서있는 초원이 펼쳐져 있고, 밭에는 말

↑ 비날레스의 형성 과정과 인류의 진화 과정을 거대한 암벽에 표현한 벽화
↓ 담배 농가의 담배밭과 담배 건조창고

들이 띄엄띄엄 풀을 뜯고 있거나, 사람을 태우고 길을 간다. 담배밭 가에는 홀로 홀쩍 자란 야자수 나무가 허공을 가르며 서 있고, 야자수 옆에는 온통 밀집으로 지붕을 길게 내린 담뱃잎 건조창고가 지어져 있다. 이들 풍경 앞에 서면 순간적으로 시간이 멈춰 버린 듯한 진공 상태에 빠져버리는데, 그때마다 관타나모의 소녀 농부에게 바치는 노랫소리가 귓가에 맴돌며 희미하게나마 현실을 일깨워준다.

"나는 야자수가 자라는 시골 사람, 내 영혼의 시를 사랑하는 사람들에게 바치고 싶네."

팻말을 따라 야자수 서있는 담배 농가 마당으로 걸어 들어갔다. 마당을 가운데 두고 본채와 담배 창고 두 채로 이루어져 있었고, 이 집을 빙 돌아 담배밭이었다. 담배는 막 심겨져 뿌리를 내리고 이파리를 키워가고 있었다. 야자수 옆에는 담배 건조창고가 지어져 있었다. 서부영화에서 나올 법한 훤칠한 사내가 윗주머니에서 시가를 꺼내 건넸고, 부엌에서는 어머니와 며느리가 직접 재배해서 볶은 커피로 커피를 내려 주었다.

그러고 보니, 멕시코와 함께 쿠바는 적도 부근의 커피 생산지. 사실 추운 겨울이 없으므로 농작물은 2모작, 3모작까지 가능할 것 같았다. 그러나 농부의 말에 의하면, 이곳 담배 농사에는 철칙이 있었다. 담배라는 것은 1년에 단 한 번, 다른 작물 농사와 병행하면 안 되고, 오직 담배 재배에만 온 정성을 기울여야 한다는 것. 다량 생산은 불가능하고, 일정한 생산량만을 유지할 수 있다는 것. 어머니와 며느리가 온종일 앉아 만든 시가 한 개비를 입에 대보았다. 빛과 그늘과 습기와 대기가 여러 날 잎맥을 타고 들고 난 시가 표면의 건조한 보드라움과 안에서 뭉근하게 느껴지는 붉은 흙의 촉촉함이 첫 키스의 달콤함처럼 전율을 일으켰다.

유기농 로컬푸드 양배추 토마토 샐러드, 타로토란, 그리고 검정팥밥 아로스 콩그리

쿠바 시가는 절대적으로 비날레스의 기후와 토양의 산물이다. 이 시가와 함께 쿠바의 상징으로 알려진 것은 선사시대 쥐라기 지형이 그대로 간직되어 있기 때문이다. 이러한 자연환경에서 담배와 사탕수수가 자라고, 토마토와 타로토란, 그리고 팥 등이 재배된다. 담배 농가 인근에 있는 계곡에 그려져 있는 벽화와 석회동굴인 인디오 동굴을 깊숙이 탐사한 뒤, 점심식사를 위해 로컬푸드를 자랑하는 핑카 산 비센테 식당에 자리를 잡았다.

멕시코나 쿠바 어디를 가도 자리에 앉으면 악사들이 연주를 시작했는데 이곳도 예외는 아니었다. 다만, 이곳은 비날레스답게 붉은 기와지붕을 기둥으로 받친 채 사방이 훤히 열린 공간으로 해를 가릴 만한 데까지 정갈하게 식탁이 차려져 있었고, 중앙에는 4인조 밴드가 연주를 하고 있었다. 그리고 식탁 가까이 제법 채마밭이 가꾸어져 있어서, 식탁에 올라오는 식재료들의 신선함을 그대로 느낄 수 있었다.

코히마르와 아바나에서 마셨던 모히토와 다이키리 대신 시원한 쿠바 맥주 크리스탈로 목을 축였다. 시가와 럼이 쿠바를 대표하는 특산이라면, 21세기 새롭게 부상하고 있는 것이 쿠바의 로컬푸드.

유기농 로컬푸드 양배추 토마
토 샐러드
숯불돼지바베큐
검정팥밥 아로스 콩그리와 타
로토란

아바나에서 며칠을 보내면서 서서히 느끼기 시작한 것이 이들의 검박한 식탁이었다. 이곳의 음식들은 거의 조미하지 않은 생식 위주였는데, 조미를 하더라도 최소한으로 보조하는 정도였다.

　나는 처음 그것이 식량 부족으로 인해 음식 문화가 개발되지 못한 것으로 여겼다. 그러나 비날레스에 이르면서 점차 생각이 바뀌었다. 이곳의 자연 그대로의 토양과 그 토양에서 자라는 야채들을 보면서, 최소한의 것으로 소박한 행복을 찾으려는 것이 이들의 삶의 원칙, 곧 살아가는 법칙이 아닐까. 어떤 것도 자극적이지 않았는데, 특히 어릴 때 엄마의 손맛으로 길들여진 검정팥밥의 맛은 묘한 향수를 불러일으켰다. 비날레스에서의 점심식사, 혀끝에 닿을 때 미끌하면서도 담백한 타로토란의 맛은 아바나를 떠날 때까지 아련히 되살아나곤 했다.

F r a n c e

혀와 눈을 사로잡는 오감의 왕국,
프랑스 여섯 고장의 황홀

파리의 에스카르고에서 아를의 카마르그 흑소 등심스테이크,
옹플뢰르의 폼므칼바도스까지

라틀랑티드의 농어구이는 담백한가 하면 뜨겁고, 뜨거우면서 향기로운, 한마디로 사랑스러운
맛이라고 해야 할까. 팡테옹 언덕 아래, 파리에서 가장 오래된 무프타르 골목의 라틀랑티드
에서 맛보는 에스카르고와 농어구이의 맛, 내겐 영원히 질리지 않는 담백하면서도 사랑스러
운 파리의 맛이다.

내가 사랑하는 그곳,
팡테옹 언덕 아래 무프타르 골목

거의 매년 찾는 파리는 내게 여행지라기보다 여행과 삶이 공존하는 이중적인 공간이다. 유럽에서의 모든 여행은 파리에서 시작되거나 파리에서 마무리가 되곤 한다. 나는 일년 중 한 달을 여기(일상)가 아닌 다른 곳으로 떠나 여행자로 살아가는 것을 원칙으로 삼고 있는데, 한동안 파리에서 여름 한 철을 보내면서 여행이자 일상의 삶을 도모해왔다. 무프타르 거리는 내가 한 달 간 세 내어 거처하는 라틴 지구의 작은 아파트의 인근에 위치해 있어서 팡테옹 언덕 너머 뤽상부르 공원까지 아침 조깅을 나가면서 지나가곤 했다.

파리는 걷기를 속성으로 하는 현대 플라뇌르(Flâneur, 목적지 없이 거리를 한가하게 돌아다니는 산책자)에게 천국으로 통한다. 19세기에서 20세기 초까지 세계 예술의 수도답게 새로운 유형의 현대인들이 파리에 출몰했는데, 그들은 하나같이 거리를 좋아하고, 노천카페를 사랑한 플라뇌르들이다. 나 역시 샤를 드골 공항에서 파리 도심으로 들어서

프랑스 루아르 강둑에 도열한
고성古城들과 가문을 상징하는 깃발들

는 순간부터 떠나는 순간까지 최대한 오랫동안 파리의 곳곳을 두 발로 걸어 다니는데, 가장 좋아하는 골목이 무프타르임은 두말 할 나위가 없다. 파리에서 가장 유서 깊은 골목답게 가장 오래된 시장과 그에 걸맞는 작고도 특별한 식당들이 좁은 골목 양편에 보석처럼 박혀 있기 때문이다.

여행, 또 하나의 삶
– 파리지엔으로 한 달

파리의 상징이 에스카르고Escargot, 곧 달팽이 형상으로 달팽이 요리가 유명하지만, 정작 내가 달팽이 요리를 제대로 음미한 것은 파리를 드나든 지 10년이 흐른 뒤, 무프타르의 단골 식당 '라틀랑티드(La Atlantide, 아틀란티스라는 뜻)'에서이다. 파리가 예술의 도시이자 맛의 도시이지만, 대부분 프랑스 사람들을 비롯한 파리지엥들은 외식보다는 끼리끼리 모여 음식을 만들어 내놓으며 조촐한 파티를 즐긴다. 고백하자면, 내가 생애 첫 김치를 담근 곳은 파리인데, 파리에 도착하면 제일 먼저 노트르담 대성당으로 달려가 호흡을 가다듬은 뒤(참고로 난 가톨릭 신자는 아니다), 13구 이탈리아 광장가에 있는 '진씨상가(아시아의 식재료를 파는 중국인 마켓)'에 가서 무와 배추 등속을 사고, 돌아오는 길에 무프타르 시장에 들러 빵과 포도주를 산다. 고춧가루와 태국산 생선소스로 대충 깍두기를 담고, 비로소 파리의 거리로 나간다. 그리고 며칠 뒤에는 파리 밖으로, 나아가 프랑스 밖으로 나갔다가 며칠 뒤 돌아오는 여행으로서의 삶을 실천한다.

처음 내가 프랑스를 꿈꾼 것은 스무 살 어름, 대학에서 프랑스 시를 프랑스 어로 읽던 시절이었다. 어느 날, 프랑스 시편들을 묶은 제본책에서 폴 발레리의 「해변의 묘지」라는 장시를 읽다가 한 장의 흑백 사진에 시선이 꽂혔다. 시 말미의 유명한 결구, "바람이 분다 살아야겠다"에 이르자 옆 페이지에 시의 무대이자 시인이 묻혀 있는 해변의 묘지 사진이 실려 있는데, 내 눈에는 막 떠올라 새롭게 생성되는 태양빛 속에 죽음의 표지들이 눈부시게 타오르고 있는 것처럼 보였다. 그것은 무어라 형언할 수 없는 격한 감정을 일으켰다. 그 한 장의 흑백 사진으로부터 촉발되어 나는 다소 엉뚱한 꿈을 머지않은 미래에 걸었다. 그것은 서른 살이 되기 전에 오로지 내 힘으로 벌어서 프랑스에 가리라, 아니 그곳에 가고 말리라 다짐한 것이었다. 그리고 나는 서른 살이 되기 전에 파리에, 그 지중해 언덕의 해변의 묘지에 갔다.

지중해안의 해변의 묘지로 향하던 그날로부터 나는 얼마나 멀리 와 있는가. 수없이 파리를 찾았고, 그때마다 성지순례 하듯 몽파르나스 묘원에 잠든 사르트르 보부아르의 합장묘와 근처에 영면해 있는 뒤라스와 보들레르, 그리고 베케트를 찾았다. 페르라세즈 묘지의 가족묘에 잠들어 있는 에디트 피아프도 가끔 찾았는데, 〈장밋빛 인생〉의 가엾은 피아프를 만나고 돌아오는 길에 습관적으로 들르는 생미셸의 지베르 죠제프에서 파트리시아 카스의 앨범 「카바레」를 발견하기도 했다.

내게 상송의 역사는 음악광이었던 오빠 방에서 가끔 들려오던 에디트 피아프나 밀바, 실비 바르탕으로부터 시작되었지만 동일한 정

‡ 파리에서 가장 유서 깊은 시장 골목 무프타르 거리의 와인가게 와인들
⋮ 예술교에서 시테 섬의 퐁네프 다리와 베르갈랑 공원을 찍은 앙리 카르티에 브레송의 사진 복제
　본이 보인다. 센 강둑 헌 책방 사진첩

서로 친근하게 녹아든 것은 대학 시절 전후 프랑스 문화원의 샹송 클럽에서 가사 해독을 하며 자주 부르던 파트리시아 카스의 노래들이었다. 이번 카스의 「카바레」는 19세기 말 화려했던 벨에포크(La belle epoque, 아름다운 시절) 시대로부터 1930년대에 이르는 파리에 바치는 송가. 아코디언의 멜로디로 감싸며 화려했던 파리의 아련한 향수를 담고 있다. 수록곡 중 〈행운은 절대 오래 가지 않아〉를 흥얼거리며 플라뇌르가 되어 몽마르트르 언덕으로, 센 강으로, 시테 섬으로, 생 제르멩 데 프레Saint-Germain-des-Prés로, 팡테옹 언덕으로 밤늦도록 흘러 다녔다.

에스카르고와 농어구이,
담백하고 사랑스러운 파리의 맛

파리, 또는 프랑스에서만 제 맛을 찾을 수 있는 것들이 있다. 푸아그라와 퐁듀, 에스카르고 등이 그들이다. 파리에서 멀리, 사흘이나 나흘 열차를 타고, 또는 자동차로 남프랑스 국경지대나 국경 너머 스페인이나 이탈리아까지 다녀온 경우, 얼큰한 신라면이나 구수한 미역장국으로 생래적으로 간절했던 요기를 하고, 다음날 카스의 〈행운은 절대 오래 가지 않아〉를 되풀이해 들으며 충분히 휴식을 취한 뒤 저녁에는 무프타르의 단골 식당 라틀랑티드에 간다. 모처럼 파리 식 정찬을 위해 성장을 준비한다. 거울 너머로, 창문 너머로, 카스의 서늘하게 허스키한 목소리가 휘발되어 날아간다.

"행운은 바람처럼 빨리 달려 숨 넘어갈 듯 시간을 건너지. 행운은 교묘히 잘도 빠져나가네. 머물러 있는 건 잠깐 뿐. 너 자신을 봐. 그리고 물어봐. 인생은 어디로 가버렸니?"-〈행운은 절대 오래 가지 않아〉

에스카르고는 메인 요리가 아니다. 식욕을 돋우기 위해서 본 식사 전에 나오는 전채요리이다. 라틀랑티드는 길고 긴 무프타르 골목에서 더 작은 길로 갈라져 나온 포드페르(철냄비라는 의미)라는 아주 작은 골목 중간에 있는 지중해 해산물 전문 식당이다. 달팽이 요리는 파리를 지배했던 로마 시대로 거슬러 올라간다. 무프타르 골목과 팡테옹 언덕 일대를 '카르티에 라탱(라틴 구역)'이라 부르는 연원도 달팽이 요리의 그것과 동일하다.

달팽이 요리는 껍질 속의 헬릭스포마티아Roman Snail를 꺼내 식초로 절인 뒤, 양파와 당근, 마늘, 파슬리 등을 잘게 으깨어 무염 버터와 화이트 와인, 레몬 즙으로 조리해 다시 채워 넣은 것이다. 달팽이 요리의 맛은 이 헬릭스포마티아가 포도잎을 좋아하기에 최고의 포도주 재배지를 산지로 둔 달팽이가 최고의 식감을 자랑한다. 현재 프랑스에서 주요 달팽이 산지는 북부 샹파뉴와 중부 부르고뉴. 지난 몇 년 동안 여름마다 내가 집중적으로 돌아본 포도의 고장들이다. 10년 넘게 라틀랑티드에서 내가 선호하는 걸작 메뉴는 에스카르고와 농어구이. 에스카르고를 위해 식전주로 검도록 울창한 숲으로 뒤덮여 있던 샹파뉴 산 스파클링 와인을, 늑대라는 이름이 스며들어 있는 불타는 농어 구이를 위해서는 황금빛이 감도는 부르고뉴 산 화이트 와인 코트 드 본느를 선택한다.

↑ 무프타르 거리의 단골 식당 라
  틀랑티드는 해산물 전문. 이곳
  에서 내가 주로 찾는 요리는
  농어구이와 파리의 상징 에스
  카르고(달팽이)

⋯ 식초에 절인 뒤 양파와 당근,
  마늘, 파슬리를 으깨어 무염
  버터와 화이트 와인, 레몬 즙
  으로 조리한 헬릭스포마티아

↓ 화덕에 굽다가 불이 붙은 상태
  로 내오는 농어구이 요리

무프타르의 많고 많은 식당들 중에 내가 라틀랑티드를 단골로 찾는 이유는 골목에서 보면 매우 작은 규모처럼 보이지만 식당 문을 열고 들어서면 실내 전면에 주방을 배치하고 주방 한편의 화덕에서는 불이 이글거리고 있기 때문이다. 라틀랑티드의 농어구이는 화이트 와인과 레몬 즙, 로즈마리 등의 허브를 얹어 화덕에서 굽다가 불이 붙은 상태에서 내오는데, 마치 화덕에서 횃불 한 자락을 내 앞으로 그대로 옮겨오는 듯 뜨거운 감동을 받는다. 담백한가 하면 뜨겁고, 뜨거우면서 향기로운, 한마디로 사랑스러운 맛이라고 해야 할까. 팡테옹 언덕 아래, 파리에서 가장 오래된 무프타르 골목의 라틀랑티드에서 맛보는 에스카르고와 농어구이의 맛, 내겐 영원히 질리지 않는 담백하면서도 사랑스러운 파리의 맛이다.

대리석 문양의 푸아그라와
루비빛이 감도는 딸기향의 소뮈르 레드 와인

프랑스 동부 요새 도시 브장송Besançon에서 아침 10시 경에 출발해 프랑스 중서부 소뮈르Saumur에 도착했을 때 시간은 오후 3시 경이었다. 브장송과 소뮈르 간의 거리는 약 500킬로미터. 파리를 떠난 지 나흘째 되는 날이었다. 라디오는 '프랑스 퀼튀르(문화)' 채널에 고정되어 있었다. 신간 소개와 명작 기행, 작가 인터뷰 중간중간 샹송이 흘러나왔다. 그중 한 노래가 내 귀를 사로잡았다. 사르트르가 극찬한 음성, 줄리에트 그레코Juliette Greco였다. 노래는 〈사랑한다고 말해줘요Parlez moi d'amour〉. 피아노 반주만으로 음송하듯 속삭이는 그레코의 감미로운 음성은 귓속에 들어오는 즉시 증발해버리듯 담백했다. 노래가 전하는 내용인즉, '환상이 없다면, 인생이란 너무 씁쓸한 것. 말해줘요, 사랑한다고. 그 말을 믿지 않지만, 그래도 자꾸 듣고 싶다'는 것.

줄리에트 그레코가 들려주는 간절한 사랑 노래에 감염되어, 기타만으로 속삭이듯 음송하는 카를라 부르니의 CD를 카스테레오에 넣었다. 그녀가 대통령의 아내가 되기 전 프랑스 사람들이 듣기 좋아하던 노래는 제1집 표제곡 〈누군가 내게 말하길Quel'un qui m'a dit〉. 몇 번이고 되풀이해서 듣고 흥얼거리며 진전되면서 줄어드는 거리감을 즐겼다.

"삶은 별거 아니라더군요, 한순간 빠르게 시들어가는 장미와 같이 스쳐 지나가버린다고요. 흘러가는 시간은 고약한 녀석, 우리의 슬픔으로 외투를 만든다고요. 하지만, 누군가 내게 말하길, 당신이 아직 날 사랑한다는군요. 그게 가능한가요?"

브장송에서 투르Tours를 지나 소뮈르까지 500킬로미터에 달하는 먼 거리를 끝없이 펼쳐진 평원과 평원 위의 파란 하늘, 그리고 그 하늘 곳곳에 떠 있는 흰 구름을 감상하며 달렸다. 뭉게뭉게 흰 구름은 손으로 잡을 듯 가깝게 다가왔다 사라졌고, 평원 곳곳에 풍력발전기들이 창공을 가르며 거대한 날개를 펼치듯 돌아갔다.

음유시인처럼 읊조리는 카를라 브루니의 허스키한 음성에 실려 자동차는 오를레앙과 투르를 지나 어느덧 루아르Loire 강변으로 들어섰다. 마을을 잇는 다리를 중심으로 강 양쪽 둑에는 수십 개의 깃발들이 바람에 힘차게 펄럭이고 있었다. 마치 환영이라도 하듯 잿빛 허공을 가르며 도열하고 있는 색색의 깃발들은 이 마을이 중세의 유산을 계승하고 있음을 온몸으로 드러내 보여주는 형국이었다. 성城은 강을 사이에 두고 형성된 마을의 위쪽 기슭에 백색으로 우뚝 솟아 있었다. 성의 이름은 소뮈르, 마을의 이름도 그와 같았다. 그러니까 형형색색의 다양한 깃발들은 이 소뮈르 성을 비롯해 소뮈르 인근의 또 다른 성주들의 가문家紋을 드높여주는 것이었다. 중세기에는 봉건계급의 표지로, 현대에는 자본, 곧 와인 산지로서의 홍보 역할을 맡고 있는 셈이었다.

소뮈르 성이 내려다보고 있는 마을 한복판을 흐르는 강의 이름은 루아르이다. 루아르 강은 나에게 낯설지 않다. 청춘시절부터 여러 시기에 걸쳐 이 강줄기를 따라 달리기도 했고, 숨바꼭질하듯 넘나들기도 했다. 루아르 강은 프랑스 중부에서 대서양으로 흘러드는 길이가 장장 1천 킬로미터가 넘는, 프랑스에서 제일 긴 강으로 기록되고 있다. 강을 따라 아름다운 숲들이 펼쳐져 있고, 크고 작은 고성古城들이 이 숲속에 자리잡고 있다. 어떤 성은 숨은 듯 은밀한 정취를 거느리고 있고, 어느 성은 호령하듯 당당한 품격을 자랑하고 있다.

루아르 강을 중심으로 한 고성 여행은 소뮈르 인근의 투르가 거점지이다. 파리가 수도로 정해지기 전까지 프랑스의 중심지는 투르였다. 투르와 루아르 강, 그리고 루아르 강을 따라 끝없이 펼쳐진 비옥한 땅, 그 토양에 자라는 포도나무, 그 포도나무 열매로 생산하는 와인, 그 모든 것을 관장하는 샤토(城, Chateaux). 원래 샤토 중의 샤토는 왕의 영역, 왕의 가족들, 곧 공작과 백작 등등이 성주로 군림하는 세계. 투르를 중심으로 루아르 강변의 80여 개의 샤토들은 이곳이 파리 이전의 수도 역할을 수행했음을 말해준다. 실제 이 시기 프랑스의 왕들은 즉위식을 대주교가 있는 투르의 생 가티엥 대성당에서 거행했고, 자연히 왕들은 투르를 중심으로 정무를 수행하고, 휴식과 여가를 즐겼다.

이처럼 루아르 강 양안의 성들은 사용 목적에 따라 크기와 외양, 속내가 다르게 조성되었다. 프랑수아 1세가 정무를 보았던 앙부아즈 성은 루아르 강변 언덕에 위풍당당 서있는데, 군더더기 없이 남성적인 선을 특징으로 한다. 반면, '여섯 귀부인의 성'이라 불리는 슈농소 성은 울창한 숲속 깊숙이 자리잡고 있고, 귀부인의 우아함과 격조를 특징으로 한다.

파리 몽파르나스 TGV 역에서 보르도 행 초고속 열차를 타면 투르까지 1시간 10분 소요된다. 처음 유럽에 발을 들여놓았을 때, 나에게 가장 충격을 준 것은 노트르담 대성당이나 에펠탑보다도 국경들을 건너지르는 철길과 그 위를 달리는 국제 열차들이었다. 파리를 중심으로 한 다양한 종류의 프랑스 여행법 중의 하나는 투르와 인근 루아르 고성지대의 하루 코스, 또는 같은 시간대에 왕복 가능한 렌느와 인근 몽생미셸의 하루 코스 등이 있다. 어느 성을 목적지로 하든 늘 열차를 이용하곤 했는데, 지난 몇 년 간은 자동차로 투르를 지나 블루아와 앙브와즈에 들렀다. 대서양 연안의 항구 보르도나 피레네 국경 지대로 가는 길에 잠시 들르는 식이었다. 루아르 지역 특유의 싱꿰한 와인과 정통 크레프(Crepe. 밀전병처럼 얇게 부친 뒤 안에 꿀이나 잼, 뉴텔라 초코 등을 넣어 먹는 프랑스 전통 간식류)를 맛보는 즐거움이 있었다.

소뮈르 식
저녁식사의 황홀

오래 전부터 투르를 향해 열차를 탈 때면, 소뮈르를 꿈꾸었다. 그러나 앙브와즈 성이나 슈농소 성, 그리고 프랑스에서 두 번째로 큰 규모의 샹보르 성 등 여러 차례 고성지대를 여행하면서도 소뮈르에는 선뜻 가 닿지 못했다. 소뮈르를 찾는 발길은, 와인 찬미자들의 다양한 품종의 포도밭과 그에 따른 카브(Cave, 포도주 저장 동굴) 순례와 함께 울창한 가로수 길을 달리는 자전거 레이서들, 또는 아주 가끔 나처럼 발자크의 소설 무대를 쫓아다니는 소설 옹호자들이다. 루아르지방은, 세계 예술사에서 창조자의 반열에 올라 있는 위대한 소설가 발자크의 태생지로 『골짜기의 백합』 『외제니 그랑데』 등의 소설 무대이다. 특히 『외제니 그랑데』는 소뮈르를 사진으로 찍어 보여주는 듯이 생생하게 담고 있다.

소뮈르 성 바로 아래, 루아르 강변 둑길에 있는 안느 당제 호텔 Hotel Anne d'Anger에 여장을 풀고, 호텔 뒤 오르막길을 걸어 성으로 올라갔다. 수확기인 9월을 향해 포도알이 알알이 익어가는 언덕의 포도밭을 지나, 해자垓字를 건너 성으로 들어갔다. 강바람이 시원하게 불어왔고, 성벽에 내걸린 깃발들이 기세 좋게 펄럭였다. 성 안팎은 자정에 있을 '소리와 빛의 축제' 준비로 한창이었다.

성을 한 바퀴 돌아 '소뮈르 읍내 위쪽으로 난, 성으로 올라가는 오르막길의 맨 끝에 자리잡은 집'을 찾아 내리막길을 두리번거리며 걸었다. 그 집은 발자크의 소설 『외제니 그랑데』의 그랑데 영감의 집, 곧 소설 주인공 외제니의 집이었다. 나폴레옹이 검으로 세계를

소뮈르 성 아래 소뮈르 식 전통요리를 맛볼 수 있는 레스토랑 메네스트렐(환하게 불 켜진 곳)

⋮ 루아르 강에서 서식하는
  생선과 그 강물을 젖줄
  로 재배한 토마토, 가지,
  호박, 파프리카로 조리한
  꼬지
⋯ 대리석 문양의 푸아그
  라와 무화과젤리소스,
  그리고 파슬리 샐러드
⋮ 커피와 티라미스와 젤리
  를 곁들인 디저트 구르메

제패하려고 했다면, 발자크는 펜으로 소설의 제국을 건설하려던 야망의 사나이였다. 그런데 그의 소설 속 세상이란 거창함보다는 소뮈르처럼 소읍에 살고 있는 그랑데라는 포도주 통장수로 자수성가한 수전노와 그의 외동딸의 별것 아닌 인생사에 집요할 정도로 초점이 맞춰져 있다. 『외제니 그랑데』를 읽는 것은 소뮈르의 소소한 일상과 한 집안에 흐르는 지루하리만치 세밀하고 방대한 분위기를 경험하는 것이다.

외제니의 집 근처 골목을 배회하다 강변으로 내려왔다. 브장송에서 먼 거리를 쉬지 않고 달려온 탓에 벌써부터 시장기를 느끼고 있었다. 성으로 오르기 전에 숙소인 호텔 별채에 있는 '메네스트렐(Menestrel, 중세 음유시인)'이라는 레스토랑에 소뮈르 식 저녁식사를 예약해놓은 상태였다. 사실 오늘날은 호텔로 사용하지만, 소뮈르 성의 '부속 건물(성관)'이었다. 25년 동안 예술가 정신으로 미식 개발을 해온 메네스트렐은 호텔(저택)의 안뜰 구석에 딸린 건물로 일반 여행자들의 발길을 피하듯 조금 떨어져 있는데, 일단 식당 문을 열고 들어가면 중세풍의 골격에 현대적인 디자인을 융합한 매우 세련된 실내를 보여준다.

오랜 세월 프랑스를 왕복하면서, 줄기차게 루아르 강변의 고성지대를 찾는 이유는 몇 가지가 있는데, 그중 으뜸은 와인, 곧 가장 프랑스적인 미각을 추구하는 요리이다. 셀 수도 없이 많은 포도주 샤토들과 동굴들, 그리고 크레프를 비롯한 다양한 재료로 거위 간을 응결시킨 푸아그라Foie gras와 미각뿐 아니니 시각을 황홀하게 해주는 연골요리들과 디저트들. 소뮈르 한복판 루아르 강둑에 도열해 펼럭이는 깃발들처럼 소뮈르 와인의 명성은 세상에 자자한데, 나는 특히 고혹적인 루비빛이 감도는 딸기향의 소뮈르 레드 와인 애호가이다. 소뮈르에서의 저녁식사를 위해 나는 점심도 거른 채 브장송에서 쉬지도 않고 달려왔는지도 모른다.

오늘의 저녁식사는 대리석 문양의 푸아그라에 무화과즙으로 조리한 젤리 스타일의 소스, 파슬리 샐러드를 앙트레로 정하고, 루아르강에 서식하는 생선과 그 강물을 젖줄로 재배한 호박, 가지, 당근, 파프리카 꼬지를 메인으로 선택했다. 아주 작게 푸아그라 한 점 떼어 입에 넣으니 입 안 가득 거위 간과 버터가 어우러진 농후한 맛이 혀끝에서부터 목젖까지 자욱이 퍼져나간다. 푸아그라 특유의 부드럽고 기름진 느낌을 완화시키기 위해 뒤끝이 상큼한 소뮈르 로제 와인 한 모금 머금고 창밖으로 눈을 돌린다. 뜰 한가운데 연녹색으로 반짝이는 이파리의 보리수나무 옆에는 곧 달처럼 둥근 조명이 켜질 것이고, 자정에는 천 년 세월을 휘감은 채 잠자고 있는 고성古城의 지붕 위로 순간순간 찬란하게 불꽃이 터질 것이다. 그 모든 것에 앞서 지금 이 순간 소뮈르 식 저녁식사의 황홀이 있다.

엑상프로방스Aix-en-Provence의 생선 요리 부이야베스Bouillabaisse

그라스Grass를 비롯 알프스-지중해안 지역의 향수香水의 고장들을 순례하다가 엑상프로방스에 이른 것은, 그 집, 여신들이 물줄기를 내뿜는 원형 분수대 근처 골목에 있는 식당을 잊지 못해서였다. 아니, 그 집에서 맛본 지중해식 생선요리인 부이야베스와 홍합탕의 유혹을 차마 떨쳐버리지 못해서였다. 홍합탕은 그렇다 치고, 부이야베스라니! 그것은 열차로, 또는 자동차로 30분쯤 달려가면 닿는 마르세이유의 대표적인 잡어탕이 아닌가? 프랑스 최대 항구도시 마르세이유의 옛 항구 선창가에서 맛보는 부이야베스야말로 진짜 중의 진짜라 할 수 있지만, 지중해로부터 30킬로미터 떨어진 내륙의 프로방스에서도 그곳 산해山海의 고유한 맛을 음미할 수 있다.

쪽빛 바다 물결이 아름다운 니스Nice에서 동쪽으로 동쪽으로, 레몬의 도시 망통Menton을 거쳐 국경 너머 이탈리아 음악의 도시 산레모까지, 또 니스에서 서쪽으로 또 북쪽으로, 칸을 거쳐 그라스, 엑상프로방스까지, 앙리코 마샤스Enrico Macias의 매끄러운 남저음이 동행했다. 그의 〈어린 시절의 프랑스〉를 들으면, 열어놓은 창문으로 쉴새없이 들락거리는 바람처럼, 꽉 닫혔던 내 어린 시절 추억의 창문이 활짝 열리는 자유로운 기분이 된다.

"내 어린 시절의 프랑스는 지중해와 경계를 하고 있었어요. 내가 태어난 프랑스는 올리브 나무 아래 평화로이 사람들이 살고 있었어요……."

앙리코 마샤스의 〈어린 시절의 프랑스〉는 마치 프랑스 국가 〈라 마르세이예즈La Marseillaise〉처럼 쪽빛 하늘에 우렁차게 울려 퍼지는데, 사실 그는 프랑스 출신이 아닌, 프랑스 변방, 프랑스 령 알제리 출신. 스페인 인 아버지와 프랑스 인 어머니 사이에 알제리에서 태이닌 혼혈 샹송 가수이다. 19세기 밀 이민 징려 징책에 의해 많은 사람들이 알제리로 건너갔고, 프랑스 인과 스페인 인, 또는 프랑스 인

칸에서 엑상프로방스로 향하는 A8 고속도로에서 포착한
생 빅투아르 산

과 터키 인 등 혼혈 이민 가족이 탄생하게 된다.

앙리코 마샤스처럼 이러한 알제리의 혼혈 가정 출신으로 프랑스가 자랑하는 작가 알베르 카뮈가 있다. 카뮈 역시 프랑스 인 아버지와 스페인 혈통의 어머니 사이에 알제리에서 태어난 혼혈이다. 카뮈 문학의 자양분은 지중해 건너 북아프리카의 강렬한 태양과 바다, 그리고 돌과 향기로운 꽃들. 알제리 음색의 앙리코 마샤스의 샹송을 듣자니, 엑상프로방스 지척의 뤼베롱 산간 고원마을 루르마랭Lourmarin에 묻혀 있는 카뮈 생각이 간절해진다.

출발지 칸에서 엑상프로방스까지는 40분 정도 소요. 노선은 프랑스 남부를 동서로 관통하는 A8과 A9번 고속도로. 도로표지판의 맨 위에는 바르셀로나가 적혀 있다. 그러니까 내처 대여섯 시간 달려가면, 피레네 산맥 넘어 카탈루니아의 주도 바르셀로나, 가우디의 바르셀로나, 스페인 축구의 정상 바르셀로나인 것이다. 그대로 달리고 싶은 충동적인 마음이 언제부터인지 전방 우측 멀리에서 기다리듯 서 있는 생 빅투아르 산에 눈길이 닿자 질주 욕망은 깜짝 봄눈처럼 순식간에 사그라진다.

몇 년 만에 다시 찾은 것인가. 엑상프로방스의 상징인 샤를 드골 광장의 로통드(원형) 분수대와 거기에서 이어지는 꾸르 미라보(미라보 가로수 길), 그 사이 구시가지 골목 입구에 있는 프랑스라는 이름의 호텔과 그 옆 이름은 잊었지만 부이야베스를 맛보았던 그날 밤의 황홀은 잊은 적이 없다.

물의 도시
엑상프로방스

엑상프로방스는 프랑스 남동부 알프스-코트다쥐르 지방의 유서 깊은 도시 중 하나로, 프랑스에서 지성과 예술, 그리고 맛의 중심지이다. 엑상프로방스를 우리말로 풀이하면 '프로방스에서도 물이 많은 곳'이라는 뜻으로, 샘(泉)을 가리킨다. 도시명 앞에 엑스가 붙으면, 물이 풍부하고 좋은 온천지대를 일컫는다. 엑상프로방스에는 100여 개의 샘과 분수가 곳곳에서 청량한 물소리를 낸다. 엑상프로방스와 더불어 프랑스에서 물 좋기로 이름난 곳은 론-알프스 지방의 온천 휴양지 엑스레벵(Aix-les-bains, 뱅은 '목욕'이라는 뜻)이 있다.

이러한 엑스라는 접두어는 로마 제국의 지배에 기원을 두고 있는데, 원형경기장(아레나)을 심장처럼 품고 있는 이웃 아를Arles만큼은 아니지만 곳곳에 로마의 유산이 공기나 토양, 혈육에 희미하게 배어 있다. 엑상프로방스가 고향인 화가 폴 세잔Paul Cézzane은 이탈리아 이민 가족 출신이다. 모자 제조업에 종사하던 조부모가 가난을 못 이겨 가족을 이끌고 엑스로 왔고, 부친은 은행업으로 자수성가한 인물. 고압적인 사업가의 사생아로 태어난 세잔은 부친의 희망에 따라 대학에서 법학을 전공했으나 어린 시절부터 프로방스의 다채로운 색감에 매혹되어 끝내 법학을 포기하고 중학교 동창생 에밀 졸라의 절대적인 지지를 받아 파리에서 독학으로 화업을 이루었다.

엑상프로방스를 찾는 이의 대부분은 바로 근대 회화사에 한 획을 그은 이 세잔의 족적을 쫓기 위해서인데, 작지만 깊이 있는 풍산답게 소소하게 하루 여행을 도모하는 즐거움이 크다. 도심 외곽 숲속

↕ 세잔의 아틀리에, 구시가지 북쪽 레 로브 언덕에 있고 구도심에서 걸어서 20여 분 걸린다
↕ 세잔이 즐겨 그렸던 과일 대상들, 세잔의 아틀리에 현관에 들어서면 제일 먼저 만난다

에 세잔이 그림을 그리고 말년을 보낸 아틀리에가 그대로 남아 있고, 아틀리에 뒤편으로 이어지는 도로를 따라 좀더 올라가면, 멀리 생 빅투아르 산이 눈에 들어온다. 아를이나 생레미 프로방스가 반 고흐의 무대라면, 엑상프로방스는 세잔의 태생지이자 화제畵題의 공간이다. 이 아틀리에는 작품보다는 생가 및 아틀리에로서의 역할이고, 작품은 파리나 뉴욕, 런던에 가 있다. 여기에서 간과해서는 안 되는 것이, 엑상프로방스에서의 세잔의 의미는 아틀리에나 화폭이 아닌 '생 빅투아르'라는 현장이다.

매번, 세잔을 찾아갔던가. 나는 한 여름에도, 한 겨울에도 엑상프로방스를 방문했다. 한 번은 마르세이유에서 열차를 갈아타고 역을 통해 발을 들여놓았고, 또 한 번은 자동차로 고속도로를 질주해 도시로 진입했다. 처음 엑상프로방스에서 내게 가장 인상적이었던 것은 명성에 비해 작고 소박한 규모의 역과 도심의 명물인 미라보 거리의 웅장한 플라타너스 길과 그 울울하고 대단한 플라타너스 이파리들 속에서 맹렬하게 울어대던 매미 소리였다. 파리에서 마르세이유에 이르는 A7 고속도로는 태양의 도로라고 일컬을 만큼 프로방스의 여름은 뜨겁다. 그 중심 엑상프로방스는 숨이 막힐 정도로 무더워서 느지막이 덧창이 열리는 파리나 다른 휴양지들의 아침과는 달리 이른 시간에 일과가 시작된다.

프로방스를 대표하는 음식은 주로 여름철 요리. 그중에는 아이올리Aioli와 부이야베스가 있다. 아이올리는 마늘과 레몬주스, 올리브유로 만든 소스이고, 부이야베스는 손질한 갖가지 생선을 올리브유와 마늘, 양파, 허브를 넣고 끓인 탕이다. 원래 부이야베스는 어부들이 팔다 남은 생선으로 만든 섞어찌개에서 유래한다.

　내가 엑상프로방스에서 부이야베스를 맛보게 된 것은 순전히 동행했던 선배 시인 덕분이었다. 10여 년 전, 2000년 여름이었다. 파리를 중심으로 북서부 브르타뉴와 중서부 루아르 고성 지대, 그리고 중부 아비뇽과 남부 코트다쥐르에 이르기까지, 우정으로 여정을 이끌었던 나에게 평소 말 수 적은 성품의 시인은 서툰 발음으로 부이야베스를 언급했고, 나는 즉시 그에 맞춰 부이야베스가 생선 메뉴에 특별히 강조된 프로방스 식 전통 식당이 우리가 머무는 호텔 바로 옆에 있다는 사실을 알아내고 저녁 정찬 예약을 했다.

　선배 부부와 나는 저녁에 맛볼 부이야베스에 잔뜩 기대를 품고 느린 걸음으로 세잔과 졸라가 다녔던 중학교와 중세 이전에 건립된 아름다운 생 소뵈르 성당을 둘러보았다. 오후에는 도심을 벗어나 세잔의 아틀리에까지 걸어가 1, 2층을 오르내리고, 아틀리에 정원 끝까지 세잔의 발걸음으로 사색하며 걷다가, 내처 아틀리에 뒤쪽 2차선 도로를 따라 올라가 생 빅투아르 산의 형세까지 관망하고 난 뒤 다시 도심으로 돌아왔다. 서머타임제로 밤 10시가 되어야 어둠이 깃드는 남프랑스의 여름은 밤 8시 30분이 되어야 식사가 시작된다. 유럽, 특히 여름 시즌 프랑스에서의 저녁식사는 어디를 가든 축제의 흥취를 느낄 수 있다. 어쩌면, 여름이 되기 전부터 내가 유럽으로 떠날 계획을 잡는 것은, 일상에서는 좀처럼 만끽할 수 없는 여행지만의 자유롭고도 향기로운 축제 분위기, 그로 인해 한껏 유연해지고 너그러워진 마음 상태를 갈구하기 때문일 것이다.

　10여 년 만에 다시 찾은 엑상프로방스. 처음에는 옛 시가지 부근

◄··· 화이트 와인과 마늘, 허브로 국물을 낸 프로방스 식 홍합탕. 항상 감자튀김과 함께 한다
···► 산과 바다의 맛이 어우러진 프로방스 식 부이야베스. 선창에서 어부들이 팔다 남은 생선으로 끓
    인 잡어탕에서 유래했고 마르세이유가 본고장이다

사람들의 발길이 새벽까지 이어지는 식당 골목 초입에 프랑스라는
이름의 호텔에 묵었으나, 이번에는 도심에서 조금 벗어나 저택 지역
에 있는 '플로리디안느'라는 레지던스를 구했다. 저택을 개조한 콘
도형 숙소이므로 이른 아침 미라보 거리를 기점으로 골목골목을 산
책하고, 돌아오는 길에 전통시장이 열리는 것으로 알려진 리쉐름 광
장에 들러 프로방스 전역에서 도착한 신선한 과일과 양치즈, 그리고
막 구워낸 바게트와 크루아상을 한 아름 사 안고 돌아와 아침상을
차릴 것이었다.

숙소에 여장을 풀고 곧장 저녁식사를 위해 옛 식당을 찾아갔다.
화덕은 그 자리 그대로 빨간 불꽃을 내며 타오르고 있었으나, 실내
디자인은 도시적으로 모던하게 바뀌어 있었다. 그래서였는지, 그 집
을 지나쳐 골목을 몇 번 오고갔고, 문을 열고 들어가 화덕을 확인한

후에야 그때 그 집이라는 것을 깨달았다. 나는 부이야베스 요리를 찾아 구도심의 좁고 오래된 골목길을 탐색했고, 생 소뵈르 성당 근처 식당에서 프로방스 식 부이야베스를 주문할 수 있었다.

부이야베스가 마르세이유의 잡어탕, 또는 매운탕이라고 불리지만, 한국의 그것과 결정적으로 다른 점은 고춧가루를 사용하지 않고, 토마토 잘게 으깬 것과 마늘, 양파, 샤프란, 회향풀을 넣고 오랫동안 은근히 끓여 향기롭고 구수한 국물 맛을 내는 것이다. 마르세이유가 아닌 엑상프로방스에서 맛본 부이야베스는 토마토를 으깨 넣어 걸쭉하게 하는 대신 샤프란을 넣은 생선 육수에 파프리카와 양파, 레몬을 얹은 맑고 담백한 맛이다. 곁들이는 와인으로는 알프스 계곡에서 발원한 론 강의 물줄기로 자란 포도로 제조한 코트 드 론 Cote de Rhone 화이트 와인.

따끈한 부이야베스 국물을 한 숟가락 입에 넣는 순간, 현기증이 날 정도로 강렬한 프로방스의 향초들이 말라가며 내는 건조하고 깊은 향기가 콧속을 휘돌며 국물과 함께 온몸에 스며드는 듯했다. 다시 한 숟가락 국물을 뜨는데, 내일은 프로방스를 사랑했던 앙리 카르티에 브레송(Henri Cartier Bresson, 프랑스 출신의 세계적인 사진가. 세상에 포토저널리즘을 소개한 인물)이 말년을 보내며 찍었던 들판으로 나가봐야지, 하는 생각이 찰나적으로 들었다. 90년 넘는 평생 동안 작품 속에 자신의 모습을 담은 것이라고는 고작 두 편, 그것도 마지막 초상은 그림자였다. 〈프로방스〉라는 제목의 그 사진은 '늦은 오후의 햇살이 긴 그림자를 만들 때 자신의 그림자를 함께 촬영'한 것으로 일명 '그림자 초상화'라 불린다. 그러고 보니, 썩 괜찮은 생각이었다. 세잔과 부이야베스, 그리고 앙리 카르티에 브레송, 엑상프로방스의 밤이 깊어갔다.

보석처럼 박힌
반 고흐의 흔적들

엑상프로방스에서 아를로 향하는 아침 제일 먼저 머릿속에 떠오른 것은 카뮈의 아름다운 산문 「알제의 여름」의 첫 문장이다.

"우리가 어떤 도시와 주고받는 사랑은 흔히 은밀한 사랑이다."

어떤 도시, 카뮈는 파리나 프라하, 피렌체 같은 도시들을 어떤 도시로 예를 들었는데, 나는 파리나 프라하, 피렌체 같은 예술의 성소聖所들의 목록에 아를을 포함시키기를 좋아한다. 세상 사람들에게 아를은 화가 반 고흐의 공간으로 잘 알려져 있지만, 조금 더 문학적으로 들여다보면 아를은 알퐁스 도데의 소설 무대로도 유명하다. 공교롭게도 반 고흐와 도데는 동명의 작품을 남겼는데, 〈아를의 여인 L'Arleresinne〉이 그것이다. 그런데 동명의 이 두 작품은 '아를'이라는 이름을 제외하고 내용은 서로 관계가 없다. 반 고흐 그림의 주인공은 단골 카페의 중년 여주인이고, 도데 소설의 여인은 주인공 장이 상사병으로 죽게 만드는 치명적인 존재, 집시이다. 이 집시 여인은 정작 소설에는 단 한 번도 직접 등장하지 않는 그저 풍문으로만 전하는데, 과거 고대 로마에 이어 아를을 지배했던 스페인의 전통이 문맥 속에 스며들어 있음을 알 수 있다. 〈아를의 여인〉이라는 제목의 작품이 하나 더 있는데, 도데의 소설을 각색한 조르주 비제의 오페라가 그것이

←··· 반 고흐의 〈별이 빛나는 밤에〉의 배경이 된 론 강. 반 고흐가 화구를 앞에 놓고 구도를 잡은 곳
　　에서 바라본 풍경이다

···→ 저물녘의 아레나. 고대 로마 원형극장 유적. 아레나를 빙 돌아 프로방스 특유의 빨간 기와지붕의
　　집들이 에워싸고 있다

다. 아를은 도대체 어떤 곳이기에 이토록 사랑을 받는 것일까.

"방앗간에서 내려와 마을로 가려면 길가에, 팽나무를 심은 넓은 뜰 안쪽에 서있는 농가 앞을 지나게 됩니다."

이것은 도데의 소설 「아를의 여인」의 첫 문장이다. 가을 학기가 시작되면, 나는 문청들에게 도데의 아름다운 단편 「아를의 여인」을 천천히 낭독해주곤 한다. 한 문장 한 문장 공명하면서 청자가 집중하는 것은 장이라는 청년이 떠돌이 집시 여자에 대한 상사병으로 죽는 '사건'의 서사적 맥락이지만, 그와 더불어 음미하는 것은 이야기를 전하는 세부적인 묘사에 등장하는 프로방스 스타일의 마을 구성과 가옥 구조, 즉 인간과 환경이 빚어내는 '정경情景'이다.

"집은 진짜 프로방스 지방의 지주 저택으로, 빨간 기와지붕 꼭대기에는 바람개비가 달렸으며, 갈색을 띤 넓은 정면에는 일정하지 않은 크기의 창이 났습니다. 그리고 건초를 걷어 올리는 활차滑車와 불쑥 비어져 나온 건초 몇 단이 눈에 띕니다."-알퐁스 도데, 「아를의 여인」

독자는 이 짧은 단편에서 아를의 정체성, 나아가 소설이 하나의 예술 작품이라는 것을 확인할 수 있다. 팽나무, 빨간 기와지붕, 바람개비, 활차, 건초, 그리고 포석 깐 마당……. 아를에 머무는 1년 동안 아를과 아를 사람들을 화폭에 담아 그린 반 고흐 덕분에, 아를은 가보지 않고도 누구에게나 정겹게 다가온다. 반 고흐의 시선에 포착되고 구현된 색과 선과 형상들에 매혹된 영혼이라면, 알퐁스 도데의 짧은 단편들에 묘사된 아를을 통해 깊이 있게 경험할 수 있다. 그리하여 어느 날에는 배낭을 메고 훌쩍 그곳으로 떠나기까지 한다. 프로방스의 파란 하늘과 태양, 사방에 흐르는 향초들의 향기를 폐부 깊숙이 들이마시게 되면, 피터 메일이란 영국의 잘 나가는 광고쟁이의 경우처럼, 아예 그곳 농가를 구입해 일년을 살아보는 짜릿한 용기를 내기도 한다(피터 메일의 경험을 담은『프로방스에서 보낸 1년』은 전세계적으로 베스트셀러가 되었다).

세잔의 고장 엑상프로방스에서 반 고호의 공간 아를까지 자동차로 50분, 시내로 진입하자 오래 전 아를에 처음 왔던 어느 여름이 떠올랐다. 그때 나는 아비뇽 세계 연극축제에 파리의 연극쟁이들과 어울려 밤낮없이 연극을 보다가 지중해안의 세트라는 작은 항구를 경유하는 일주일 가까운 남프랑스 여행 계획에 아를은 끼어 있지 않았다. 그런데 아를은 아를이었다. 어떻게 아를을 그냥 지나친단 말인가. 일찍이 작은 로마로 불리며 프로방스의 보석처럼 빛나는 작으나 고고하고 아름다운 아를을.

기차가 론 강을 건너 아를 역에 정차하자, 무심코 창밖을 내다보던 나는 짐을 챙겨 내리고 말았다. 아를이라는 푯말에 적힌 알파벳과 작고 단아한 아를 역의 모습에 홀린 것인가. 기차는 떠나고, 덩그러니 아를 역의 플랫폼에 남은 나는 그제야 그날 도착해야 했던 목적지 생각이 났다. 떠난 기차를 다시 붙잡을 수는 없는 법, 나는 천천히 아를의 역 광장으로 발걸음을 옮겼다. 그리고 아를에서의 이틀이 꿈같이 펼쳐졌다.

역에서 곧바로 이어지는 라마르딘 광장 가의 카빌르리 문을 통해 도심으로 들어서자마자 무거운 짐을 부려놓을 숙소를 찾았다. 성수

↕ 반 고흐가 수감생활을 했고 그림으로 그렸던 아를시립병원. 현재는 문화센터로 활용되고 있다
↕ 악트 쉬드 출판사. 사진과 예술서, 외국소설 번역물을 출간하는 프랑스의 영향력 있는 출판사로,
  파리가 아닌 아를에 있다.

기라 빈 숙소가 없었고, 아레나 옆 골목골목 발품을 판 뒤 '오뗄 드 뮈제(박물관호텔)'의 2층 방을 잡았다. 체류하던 파리나, 잠시잠시 떠나곤 했던 마드리드, 암스테르담, 피렌체 등지에서 여행의 중심이 박물관이었던 시절이었다. 반 고흐라는 표상을 한 꺼풀 벗겨내면 아를은 로마의 통치를 받던 곳이자 훗날 잠시 스페인의 지배 아래 있었던 탓에 고대 로마의 유적과 스페인의 풍습이 그대로 사람들의 삶 속에 깊이 뿌리내리고 있었다. 도심 한복판에 자리잡고 있는 원형극장(아레나)과 4월이면 대대적으로 열리는 투우 축제가 그것이었다. 그러고 보니 아를은 나와 매우 긴밀한 곳이기도 했다.

떠나오기 전 나는 아를에 있는 악트 쉬드Actes Sud 출판사에서 발행한 레이몽 장Raymond Jean의 베스트셀러 『책 읽어주는 여자La lectrice』의 한국 편집자였다. 반 고흐도 고흐려니와 뜻밖의 아를 여행에서 나를 감동시킨 것은 론 강 옆에 있는 악트 쉬드 출판사를 예기치 않게 방문한 것이었다. 악트 쉬드는 사진과 문학, 미학 책들을 전문으로 발행하는 종합출판사로 1층엔 서점, 그 위는 출판사의 형태를 띠고 있었다. 악트 쉬드 사에서 나는 그 여름 프랑스 전역을 뜨겁게 달궜던 아니 에르노Annie Ernaux의 소설 『단순한 열정』을 구입했고, 그것은 이후 지중해 여행 내내 나와 동행했다.

론 강변의 아를에서는 어디를 가나 반 고흐의 행적과 만난다. 암스테르담에 반 고흐 미술관이 있지만, 그리고 세계 유수의 미술관에 그의 걸작들이 전시되고 있지만, 이곳 아를은 도시 전체가 '살아 있는 반 고흐 박물관'으로 불러노 뷜 만큼 그의 흔적이 별처럼 박혀 있다. 처음과는 달리 이번 아를 여행에는 일행이 있었다. 불문학자와 문청, 그리고 소년. 아를에 처음 온 문청과 소년은 아를 고유의 유적과 반 고흐의 족적을 두 발로 답사하고, 나는 해질녘과 이른 아침 아를을 산책하며 끼니때에는 아를의 신선한 식재료로 부엌에서 간단 요리를 하고, 또 아를 사람들이 즐겨 먹는 음식을 맛보며 아를과 내밀하게 소통할 것이었다.

카마르그Camargue 흑소 등심스테이크와 꽃소금

아를에서 묵을 숙소는 포럼 광장 옆의 '르 바렘'. 광장 가에는 〈밤의 카페〉라는 작품의 무대인 '카페 반 고흐'가 있었다. 르 바렘은 아를 및 프로방스 지방의 특별 요리를 전문으로 하는 레스토랑과 함께 '클레바캉스CleVacance'라는 체인 형태의 아파트 호텔이었다. 집처럼 모든 것이 갖추어져 있어서 요리를 할 수 있는 장점이 있었다. 위치를 뻔히 알면서도 미로처럼 얽히고설킨 골목들을 빙빙 돌아야 했다.

그런데 막상 도착하니 아파트가 아니라 레스토랑이었다. 주소를 확인하고 문을 열고 들어갔다. 직원 모두가 각자 자리에서 분주했다. 식탁 중앙에 놓은 커다란 유리 화병과 가득 꽂힌 붉은 장미, 벽마다 걸린 강렬한 색채의 그림들, 그리고 자극적이지 않으면서 후각에 감도는 음식 냄새. 늘 하던 대로 한 시간 여 골목 식당들 메뉴 순례를 하며 한 곳을 정해 들어가던 방식을 접고 아를에서의 점심은 이곳으로 결정했다. 빨간 장미꽃이 꽂힌 식탁 옆에 잠시 감상에 빠져 서있던 나를 발견한 청년이 상냥한 표정으로 다가왔다.

↕ 반 고흐의 〈밤의 카페〉의 현장 '카페 반 고흐'
↕ 르 바렘. 골목 좌측 등 아래 나무가 우거진 입구. 외양은 평범하지만 고대 로마 석조 벽감과 현대
  적인 디자인으로 리모델링한 아파트호텔

내가 바우처를 내밀자 그는 어떤 체크인 절차도 밟지 않고 따라오라며 문을 열고 나갔다. 그리고 몇 걸음밖에 안 되는 짧은 골목을 빠져나가 이어지는 골목의 어느 한 집 앞에 섰다. 겉으로는 여느 골목에서 볼 수 있는 4층짜리 평범한 건물이었다. 그런데 청년이 열쇠로 문을 열어준 대로 안으로 들어가는 순간 눈이 휘둥그레졌다. 한 발한 발 실내를 돌아보며 절로 감탄사가 나왔다. 고대 로마 양식에 현대적인 스타일의 질료와 색채, 조명의 조화. 처음 아를에 홀렸던 것처럼, 나는 단번에 그곳을 사랑하고 말았다.

레스토랑 르 바렘의 특별요리는 카마르그의 흑소 등심스테이크. 카마르그는 아를과 지중해 사이에 광대하게 펼쳐진 천연 야생 습지로 바다 거품처럼 흰 백마와 태양의 흑점처럼 검은 소, 그리고 지중

⋯ 지중해와 아를 사이 천연 야생 습지 카마르그의 흑소 등심스테이크. 카마르그 산 꽃소금과 뤼베롱 산간 고원에서 자란 포도주로 밑간을 했다
⋯ 꿀과 잘게 부순 땅콩을 얹은 크렘 바닐르(바닐라 크림)

해 바다의 짠맛과 태양빛으로 빚어진 소금 '플뢰르 드 셀Fleur de Sel', 일명 꽃소금으로 정평이 나 있다. 이곳의 소금 제조는 이른 아침에 이루어지는데, 생태적인 흐름을 따라 인내를 가지고 기다리며 최적의 순간에 결정시킴으로써 하나의 작품으로 비유되었다. 뤼베롱 산간 고원마을에서 자란 포도로 생산한 레드 와인과 카마르그 꽃소금으로 밑간을 한 흑소 등심스테이크 한 조각을 입에 넣었다. 입 안에 퍼지는 은밀한 향이, 카뮈가 사랑한 도시들의 이름만큼이나 매혹적으로 미각을 일깨웠다. 동시에, 지중해로 가는 길, 거대하게 펼쳐진 습지의 초원을 거니는 백마와 홍학, 그리고 그들 사이에 점점이 박힌 검은 소들의 풍경이 눈앞에 펼쳐졌다. 내일 나는 카뮈가 묻혀 있는 루르마랭으로 갈 것인가, 카마르그로 갈 것인가. 내일의 행로는 내일에!

센 강 하구 예술가들이 사랑한
포구 옹플뢰르Honfleur

프랑스 여행의 마지막 여정은 인상파 화가들이 사랑한 북프랑스 도버 해협 연안의 아름다운 포구들과 식도락으로 정평이 나 있는 노르망디의 몇몇 고장들이었다. 투르와 소뮈르를 중심으로 한 프랑스 중서부 고성古城지대가 루아르 계곡과 강변을 따라 끝없이 펼쳐지는 포도밭Vignoble과 포도주 저장동굴들이 장관이라면, 루앙Rouen을 중심으로 한 프랑스 북부 노르망디 지역은 파란 하늘 아래 풍차가 돌아가는 드넓은 밀밭 평원과 전원 마을 사이사이 형성된 사과밭 풍경이 인상적이다.

풍차가 돌아가는 노르망디 대평원 풍경. 낙농과 사과 재배로 유명한 지역으로 치즈와 칼바도스의
산지이다

도빌Deauville, 트루빌, 퐁레베크, 옹플뢰르, 르 아브르, 에트르타 등, 일명 '시드르(Cidre, 노르망디 산의 사과주) 가도街道'로 불리는 국도 N13과 N17 인근의 포구와 마을들. 이름만으로도 예술사의 한 장을 차지하는 이들 노르망디의 명소들을 순례하다가, 갑자기 몰려온 먹구름에 비바람을 피해 잠시 옹플뢰르 포구에 들렀다. 파리 사람들의 최고 휴양지로 꼽는 도빌에서부터 플로베르의 소설 무대인 퐁레베크를 지나 옹플뢰르에 이르도록 영화 〈남과 여Un homme et une femme〉(1966)의 후렴구가 입에서 떠나지 않았다.

"우리의 목소리처럼 바다바다다~다다다다다……"

아누크 에메와 장 루이 트린티냥 주연의 이 영화를 텔레비전에서 보았던 때 나는 얼마나 어렸던가. 소녀는 일요일 밤 늦게 방영되던 명화극장에 푹 빠져버렸다. 〈바람과 함께 사라지다〉〈카사블랑카〉같은 세기의 러브 스토리들은 내 소녀시대의 일요일 밤을 앗아간 영화들이었다. 온몸으로 전해져오던 사랑의 전율과 우수는 세대를 넘어 세월이 흘러도 지워지지 않는 것. 하얀 포말을 일으키며 밀려왔다 밀려가는 물결, 안개 자욱한 도빌 해변을 무대로 한 이 영화에서 빼놓을 수 없는 것이 프랜시스 레이의 주옥같은 음악들.

"아주 낮게 노래하듯이 바다바다다~다다다다다, 우리 마음 거기를 보고 있네, 바다바다다~다다다다다, 기회처럼, 희망처럼……"

특히 대표곡 〈남과 여〉와 더불어 영화 속에 흐르는 〈사랑은 우리보다 강한 것〉은 사랑에 관한 한 흔들림 없는 진리를 대변한다. 사랑은 움직이지만, 사랑이라는 전념, 속성 자체는 변함없는 것, 영원한 것.

여기 파도치는 해변 백사장에 한 남자와 한 여자가 있다. 그들은

: 인상파 화가 부댕, 작곡가 에릭 사티의 고향 옹플뢰르. 15, 16세기 노르망디 스타일
의 독특한 목조 구옥舊屋들이 그대로 보존되어 있다
: 아누크 에메와 장 루이 트린티냥 주연 영화 〈남과 여〉의 무대. 북노르망디 영불 해
협 연안의 휴양도시 도빌의 플뢰리 해변

각자 파리에 살고 있다. 둘 다 아이가 도빌의 기숙학교에 다니고 있어서 주말이면 그곳으로 온다. 카레이서인 남자는 자동차로, 영화 스크립터인 여자는 기차로 온다. 각자의 아이를 찾아 도빌로 오며가며 만난 두 사람은 여자가 기차를 놓치는 바람에 남자의 차를 얻어 타고 파리에 간다. 남자도 여자도 가슴에 묻은 아픈 사랑이 있다. 남편과 사별한 여자와 아내와 사별한 남자는 사랑의 상처를 안고 새로운 사랑에 빠진다. 그러나 여자의 기억 속에는 남편이 여전히 살아 있고, 이로 인해 둘은 헤어진다. 그러다 둘은 우연히, 그러나 운명적으로 만난 이 사랑을 놓칠 수 없어 서로를 향해 플랫폼으로 달려간다.

"다시 한번 더, 모든 것이 시작되고, 인생은 새로 출발하지요. 얼마나 많은 즐거움이, 기막힌 드라마가 있을까요. 자, 여기 한 편의 긴 이야기가 있어요. 한 남자와 한 여자가 우연의 씨실을 엮어갑니다."-〈남과 여〉

한바탕 쏟아지는 소나기를 피해 포구에 즐비한 파라솔 아래로 뛰어들었다. 의자에 앉고 보니, 브르타뉴와 노르망디 일대의 전통 음식인 크레프 전문 식당이었다.

생 라자르 역 플랫폼에서 뜨겁게 포옹했던 그 남자와 그 여자는 그 후 어떻게 되었을까. 20년 후 감독과 주연 배우, 그리고 배경 음악을 만들었던 프랜시스 레이가 의기투합해서 〈남과 여-20년 후 이야기〉(1986)를 만들었다. 플랫폼에서 다시 시작될 것 같았던 사랑을 영화는 배반한다. 파리에서 둘은 각자의 현실로 귀속되었던 것. 스크립터였던 여자는 영화제작가가 되었고, 카레이서였던 남자는 레이싱팀 감독이 되었다는 후일담. 〈남과 여-20년 후 이야기〉는 한때의 애틋한 사랑이 추억으로 영원히 살아 있음을 보여주는 아련하고 아름다운 영화였다.

20년 후의 남과 여에 잠시 빠져 있다 보니, 파라솔 끝으로 뚝뚝 물방울이 떨어졌다. 신호라도 되는 듯 온몸에 오한이 들었다. 프랑스에서는 여름이라 할지라도 스웨터와 스카프가 필수. 잿빛 하늘에 음산한 날씨의 북노르망디 해안가를 여행하려면 〈쉘부르의 우산〉에서 카트린느 드뇌브가 우산을 들고 역 앞을 서성일 때 입었던 프렌치 코트 하나쯤 준비하는 게 좋았다. 나는 재킷 단추를 여미고 가방에서 파란 스카프를 꺼내 목에 둘렀다.

옹플뢰르에는 언제나 사람들로 붐빈다. 마침 일요일, 포구에 장이 섰다. 여행자와 거주자들이 어울려 앞서거니 뒤서거니 산지에서 직송해온 싱싱한 과일과 농산물, 잼과 꿀 등을 둘러보았다. 빨간 파라솔 아래 자리 잡고 앉아 빗방울을 털며 메뉴판을 살펴보았다. 건장한 가르송(웨이터)이 갓 부쳐낸 크레프를 양손에 들고 테이블 사이를 지나갈 때마다 화덕의 따끈한 기운과 달콤한 냄새가 없던 허기를 불러왔다. 메뉴판에는 크레프 종류가 무려 20개에 이르렀다.

크레프에는 두 가지 종류가 있다. 요기용과 간식용. 요기용이라면 장봉(Jambom. 베이컨)과 치즈를 넣고, 간식용이라면 설탕이나 꿀, 초콜릿, 갖가지 과일잼들을 넣는다. 크레프 애호가인 나는 옹플뢰르만의 특미를 선택하기 위해 섬세하게 연구했다. 연구에는 반드시 이전에 맛본 경험, 추억이 중요한 참고점이 되었다. 소설이든, 영화든,

‡ 갑자기 쏟아지는 소나기 돌풍에 휩싸인 옹플뢰르, 인상파 화가들과 시인 보들레르가 사랑한 센
  강 하구의 포구
‡ 네모 꼴의 포구를 빙 둘러 식당들이 즐비하다. 이곳 특산인 칼바도스 전문점이 포구 끝에 있다

요리든 나는 본질(전통)에 충실하면서 현재와 소통하려는 시도를 존중한다. 이때 시도란 창조 작업Creative work과 동의어이다.

어디라도, 여기만 아니라면
그 어디라도!

드넓은 구릉에 밀밭 평원을 자랑하는 노르망디 지역은 낙농과 사과 재배지로 유명하다. 전세계로 수출되는 카망베르와 브리 치즈의 산지이고, 다양한 사과로 제조한 시드르와 칼바도스(Calvados, 사과로 만든 브랜디)의 고장이기도 하다. 프랑스 전역이 미각의 천국이라고 할 정도로 지역마다 특징적인 요리와 맛을 자랑하지만, 노르망디로 향하면서 거는 기대는 인상파 화가들의 행로와 문학적인 정취, 그리고 깊이 있는 맛 기행이라고 할 수 있다. 파리 생 라자르 역에서 한 시간이면 루앙에, 두 시간이면 도빌에 닿는다. 옹플뢰르는 도빌에서 또는 르 아브르에서 40분 거리에 있다.

나는 옹플뢰르가 초행이 아니었다. 10년 전 신노르망디 대교(당시 세계 최장 현수교)가 개통된 직후, 인근 르 아브르 항에서 시외버스를 타고 대교를 건너 왔었다. 그때 나를 사로잡은 것은 영불 해협으로 흘러드는 센 강 하구의 마지막 포구라는 점과 15, 16세기의 목조 건축물들이 그대로 보존되어 있다는 독보적인 풍경 때문이 아니었다.

그것은 바로 세기말의 시인 보들레르, 최초의 현대인이자 이방인의 행적 때문이었다. 나는 스무 살 어름에 처음 만난 이후 20년 가까이 단 한 번의 흔들림도 없이 보들레르를 추종해온, 자칭 보들레리

신노르망디 대교, 르 아브르와 옹플뢰르를 잇는 현수교로, 1995년 완공 당시 세계 최장으로 기록되었다

안이었고, 현재도 변함이 없다. 여행을 또 하나의 삶으로 삼고 여름과 겨울 "어디라도, 여기만 아니라면 그 어디라도!"를 외치며 떠남을 도모하고 감행해온 것은 8할이 그에게 온 것이었다. 저 먼 곳을 향해 이륙할 때, 그리고 저 먼 곳으로 항해할 때 어김없이 가슴속 깊은 곳에서 치솟아 올라오는 것은 불멸의 시 한 구절, 그의 「알바트로스」였다.

"자주 뱃사람들은 장난 삼아 거대한 알바트로스를 붙잡는다. 이 한가로운 항해의 동반자는 깊은 바다 위를 항해하는 배를 따라간다. 창공에서는 왕자, 그러나 갑판 위에 잡아놓으니 서툴고 수줍어 그 큰 흰 날개를 노인인 양 옆구리에 질질 끄네. 날개 달린 이 나그네 (중략) 조금 전엔 그토록 멋있었는데, 어이하여 이토록 우스꽝스럽고 흉한지!"-샤를 보들레르, 「알바트로스」, 『악의 꽃』

보들레르가 수시로 옹플뢰르로 향한 것은 의부 오픽 장군이 죽고 어머니가 이곳의 별장으로 이사 왔기 때문이었다. 시인은 궁지에 몰려 괴로울 때면 어머니를 찾아왔고, 포구와 바다 위를 날아다니는 새들을 바라보며 젊은 날 항해 중에 구상했던 「알바트로스」를 떠올리곤 했을 것이었다. 알바트로스는 창공에서는 크나큰 날개로 '신천옹(信天翁, 하늘을 지배하는 자)'이라 불리지만, 지상에서는 오히려 그 큰 날개 때문에 뒤뚱거리는 불구의 모습(이상을 좇느라 현실에 적응 못하는 시인, 예술가)를 상징적으로 노래한 것이다.

옹플뢰르는 보들레르의 족적뿐만이 아니라 여백이 많은 현대적인

:: 에트르타 코끼리 형상 바위. 같은 장면을 그린 모네의 그림으로 유명하다
:: 폼므칼바도스크레프(칼바도스로 절인 사과) 크레프. 우리의 전통 녹두전이나 파전처럼 비오는 날
   시드르나 포모, 또는 칼바도스 한 잔과 곁들이면 맛이 일품이다

피아노곡으로 잘 알려진 작곡가 에릭 사티Alfred Eric Leslie Satie의 고향이자 화가 부댕Eugene Louis Boudin의 고향이다. 인상파 초기 마네, 쿠르베, 모네 등은 야외의 빛을 쫓아 화구를 메고 파리 북쪽의 생 라자르 역에서 기차를 타고 센 강을 따라 이곳 영불 해협 연안의 아름다운 포구들을 즐겨 찾았다. 온종일 빛의 흐름을 관찰하며 빛에 따라 순간순간 변화하는 자연의 풍광을 화폭에 담기 위해서였다. 옹플뢰르와 르 아브르, 에트르타, 디에프 등은 이들 일명 외광파外光派 화가들의 생생한 현장이었고, 특히 르 아브르에서 모네가 목격한 일출 장면은 〈해돋이 인상〉으로 명명되어 회화사에 '인상파'라는 하나의 장을 열었다.

급작스럽게 쏟아지던 비 냄새와 포구에 정박한 요트들의 접힌 돛 사이로 퍼지는 비안개가 한 여름 낮의 우수를 불러왔다. 그러나 건장한 가르송이 철판에서 갓 부친 밀전병에 폼므칼바도스(칼바도스로 절인 사과)를 얹은 뜨거운 크레프와 소름 돋듯 물방울이 유리에 맺힌 포모(Pommeau, 시드르와 칼바도스 혼합주) 한 잔을 내게 가져오자 언제 그랬냐는 듯 기분이 상기되었다. 숙성 발효된 사과향이 톡 쏘듯이 혀끝을 자극하는 칼바도스 기운 때문이라는 것을, 황홀하게도, 크레프 한 조각을 입 안에 넣는 순간 깨달았다. 포구 하늘을 잠식했던 먹구름이 바다 쪽으로 서서히 밀려가고 파란 하늘이 조각조각 드러났다. 〈남과 여〉 무대 도빌에서 시작된 노르망디 포구 기행은 보들레르의 옹플뢰르를 거쳐 주욱 계속될 것이었다. 시드르 가도를 따라 흐르는 사과향과 함께.

파리에서 떠나는 당일 바닷가 여행

생 말로와 몽 생 미셸,
영불 해협 바닷가에서의 경이로운 하루

파리 여행 중 하루 시간을 내어 또다른 여행을 감행한다면, 두 가지 길이 가능하다. 루아르 강변의 고성古城지대나 부르고뉴 지방의 포도밭으로 가는 내륙의 길과 영불 해협 연안에 포진한 아름다운 항구에 이르는 바닷길이다. 평생 한 번 기회를 만들어 파리 여행을 온 사람이든 나처럼 자주 파리에 체류하는 사람이든 생 말로Saint-Malo와 몽 생 미셸(Mont Saint Michel, 프랑스 서북부 노르망디 지방 망슈 해안 근처에 있는 작은 섬)은 파리에서 떠나는 하루 바닷가 여행의 진수이다.

파리에서 자동차를 빌려 생 말로를 향해 출발한 것은 4월 초, 햇살 따뜻한 청명한 봄날이었다. 생 말로는 파리 서쪽 379킬로미터 떨어진 브르타뉴 북부 해안의 항구. 계획대로라면 브르타뉴의 주도 렌느Rennes에서 그 지역 특식인 크레프와 시드르로 점심 식사를 하고, 오후 3시 경 생 말로에 닿는 것이었다. 그리고 오후의 햇실 속에 옆동네 몽 생 미셸로 향하는 것이었다. 생 말로와 몽 생 미셸은 영불

유럽 최대의 습지 위에 서 있는 몽 생 미셸의 위용

해협 연안의 항구이나, 전자는 브르타뉴, 후자는 노르망디 지역에 속했다. 생 말로는 초행이었고, 몽 생 미셸은 두 번째 방문이었다.

처음 몽 생 미셸에 간 것은 7월 한여름, 파리 몽파르나스 테제베 역에서 아틀란틱 행 새벽 기차를 이용했다. 채 두 시간도 안 되어 렌느 도착, 퐁트롱송 행 시외버스로 갈아탔다. 렌느에 도착하자 비가 추적추적 내리기 시작했는데 늦은 오후 돌아올 때까지 그치지 않았다. 이번 생 말로 여행에 이어 몽 생 미셸을 배치한 것은 전혀 다른 분위기를 거느린 영불 해협의 두 바닷가 풍경을 직접 확인하고 싶은 본질적인 이유와 함께, 교통편과 비로 인해 제한적이었던 10여 년

몽 생 미셸에서 바라본 개펄 풍경

전 첫 여행의 아쉬움을 달래보려는 욕망이 발동했기 때문이었다.

생 말로는 오래 전부터 나의 여행지 목록에 올라와 있었다. 처음 나를 이끈 것은 프랑스 낭만주의 문학의 대명사인 샤토브리앙 (Chateaubriand, 프랑수아 르네 드 샤토브리앙)▪이다. 샤토브리앙은 불문학도인 나에게 대혁명의 격랑과 브르타뉴의 야생적인 물결 속에 솟구친 청년 르네와 동의어였다. 생 말로의 몰락한 귀족 집안에서 태어

▪ 프랑스의 작가·정치가. 1768년~1848년. 화려하고 정열적인 문체로 낭만주의 문학의 선구가 되었다. 작품에 「아탈라」「르네」「기독교의 정수」 등이 있다.

나 바닷가에서 자란 그는 여행에의 막연한 동경과 모험심으로 아메리카까지 항해를 했고, 말년에는 생 말로 바닷가에 묻혔다. 질풍노도의 걷잡을 수 없는 열정으로 포효하는 샤토브리앙의 언어는 브르타뉴 특유의 거센 바닷바람에서 잉태된 야성의 문학이었다.

샤토브리앙 이후 나를 사로잡은 것은 영화 〈여름 이야기〉이다. 이 영화는 가장 문학적인 영화를 구사하는 프랑스의 영화감독 에릭 로메르의 사계절 연작 중 한 편으로, 생 말로 해안을 무대로 펼쳐진다. 바캉스 철의 다양한 인파 속에 흔들리기 쉬운 청춘의 복잡한 심리를 표출하기에 인상적인 공간이다.

그리고 마지막으로 나에게 다가온 것은 체류하던 파리 15구 샤를르 미셀의 아침 시장의 생선가게를 통해서였다. 길 양편으로 늘어선 이 아침 시장의 단골 생선가게는 생 말로에서 잡은 생선들을 새벽 내내 트럭에 싣고 와 팔았다. 생 말로 산産 대합과 홍합을 나는 일주일에 두 번 파리지엥들 틈에 끼어 사곤 했다.

마침내 생 말로에 도착한 것은 오후 2시. 시와 소설에서, 또 영화에서, 그리고 아침 시장에서 나에게 던져준 바다와 마주하고 섰다. 말로Malo라는 이름의 주교 이름에서 도시명이 비롯되었고, 동명同名의 요새형 수도원이 해안 가까운 화강암 섬에 세워져 있었다. 침목枕木들이 겹으로 띠를 두르듯 호선형의 해안선 끝까지 박혀 있는 모습이 시선을 사로잡았다. 모래밭 깊숙이 박힌 이 말뚝들의 행렬은 대서양의 물결이 얼마나 위력적인지, 그 물결을 타고 기습한 해적들이 얼마나 위협적이었는지 반증해주었다. 썰물 때라 화강암 요새섬까지 모래밭이 훤히 드러나 있었다. 몸을 날려버릴 듯 집요하게 달려드는 강풍과 싸우며 섬까지 걸었다.

수도원의 철문은 폐쇄되어 있었다. 성벽에 등을 기대고 햇빛 바라기를 하면서 방금 걸어온 모래밭과 항구를 바라보았다. 하늘을 향해 치솟은 첨탑을 중심으로 막강하게 성벽이 둘러쳐져 있었다. 드넓은 사빈沙濱 위로 맹렬하게 바람이 불었다. 조개껍데기들이 바위 틈새에 우르르 몰려 있었고, 모래알갱이들이 보석처럼 반짝였다. 바닷물이 빠져나가며 형성된 가느다란 길에 물이 흘렀다. 확 트인 시야 저 멀리 대양으로부터 바닷물이 겹겹이 몰아치고 있었다.

생 말로에서 몽 생 미셸 가는 길, 봄날 오후의 석양빛이 고즈넉했다. 산야에는 초록이 번지고 있었다. 빨갛게 상기되었던 얼굴이 따스하게 풀리며 마음마저 포근해졌다. 생 말로에서 몽 생 미셸까지의 거리는 100킬로미터. 대서양 연안 영불 해협의 두 항구는 우리의 동해와 서해만큼이나 다른 양상을 띠었다. 유럽 최대의 습지 끝자락으로 망망대해 위에 한 점 우뚝 솟은 섬이자 수도원이자 요새.

생애 처음 바다를 발견한 사람이 그러하듯 몽 생 미셸을 처음 본 사람은 자석에 끌리듯 탄성을 지르며 무작정 그쪽으로 걷기 시작한다. 습지에 자라는 풀과 풀을 뜯는 양떼들과 완만하게 흐르는 강줄기와 멀리 신기루와도 같은 요새섬, 아니 수도원섬. 오로지 원추형의 아름다운 섬을 향해 걷다 보면 문득 성城으로 들어서고, 성문을 통과하면서 언덕길이 시작되었다.

몽 생 미셸의 백미는 이 요새이자 수도원이자 성인 언덕을 나선형처럼 에두르며 진행되는 중세의 돌 깔린 언덕길을 설어 올라가다가 문득 뒤를 돌아보는 것이다. 사방으로 아득하게 펼쳐져 있는 개펄.

노르망디 식 홍합탕. 화
이트 와인과 레몬 즙, 허
브와 버터, 마늘 등으로
국물을 낸 프랑스 전통
해산물요리. 지방마다 다
양한 홍합탕이 발달했을
정도로 프랑스에서 즐겨
먹는 요리이다

노르망디 식 굴요리. 잘
게 채 썬 양파와 레몬 즙,
로제 비니거 소스와 싱싱
한 석화로 차린 굴요리.
11월부터 제철이다

프레살레. 몽 생 미셸의
특산 요리로 바다의 염분
에 절여진 풀을 먹고 자
란 새끼양고기찜이다

가다 서다 돌아보기를 몇 차례, 숨을 고르며 천천히 계단을 밟아 올라가면 파란 창공 아래 금빛 천사가 날아갈 듯 날개를 펼치고 있었다. 고딕 첨탑에 서 있는 주인공은 대천사 성 미카엘(프랑스 어로 생 미셸). 주교의 꿈에 나타난 대천사의 계시로 예배당이 지어진 것이 8세기 초. 이후 성채城塞, 감옥, 수도원 등으로 용도가 바뀌면서 로마네스코 양식과 고딕 양식의 건축물들이 추가되어 오늘의 입체적인 모습을 갖추었다.

생 말로와 몽 생 미셸, 영불 해협의 두 바닷가 여행의 끝은 어둠이 내린 초원, 국도변의 주막에서 맛보는 홍합탕 물(Les moules, 와인과 레몬 즙, 허브, 마늘 등으로 간을 한 프랑스 전통해산물요리)과 몽 생 미셸 해변 목장에서 자란 어린 양 스튜 프레살레(Pré-sale, 노르망디 특산요리로 해변의 소금에 절여진 풀을 먹고 자란 새끼 양고기찜). 파리 여행을 꿈꾸는 여행자라면 평생 기억할 만한 경이로운 하루 여행으로 이보다 더 좋을 수는 없을 것이다.

토스카나의 맛,
피렌체에서 시에나까지

티본스테이크의 기원,
피렌체 숯불장작구이 피오렌티노와 토스카나 와인 키안티

내가 꿈꾸는 여행지들은 단테나 레오나르도 다 빈치 같은 불멸의 문학예술가가 나고 자라고
활동하고 죽어 묻혀 있는 공간들이다. 그들을 키워낸 하늘과 바람과 공기를 호흡하고, 그 아
래 자라는 푸성귀와 열매를 맛보며, 그들이 어우러져 하나의 문장으로, 또는 색이나 음으로
표현되는 원리를 직접 확인하는 것이다.

피렌체의 맛,
세 번째 여행의 끝에서 처음 경험한 것들

2013년 한 해, 길 위의 삶을 목적으로 집을 떠났고, 유럽과 미대륙을 무대로 길게는 석 달, 짧게는 하루이틀을 끝으로 짐을 꾸리곤 했다. 여행지에서 또다른 여행지로 여행을 다녀오는 일도 빈번했다. 파리 체류 중에 하루이틀 브르타뉴의 생 말로나 루아르의 앙브아즈를 다녀오거나, 터키 체류 중에 보름 간 이탈리아에 다녀오는 것이 그것이다. 여행의 끝은 또 다른 여행의 시작을 의미했고, 뫼비우스의 띠처럼 회전하며 뻗어나갔다. 하여, 여행과 길의 명제는 매번 다시 씌어지곤 했다. 길이 끝나자 여행이 시작된다, 고.

　로마든, 파리든 여행지에서의 시작은 장을 보는 것이고, 그 끝은 성찬盛餐이다. 시작과 끝을 기분 좋게 전환시켜주는 것은 언제나 힘(에너지), 곧 요리에 있기 때문이다. 내가 꿈꾸는 여행지들은 단테나 레오나르도 다 빈치 같은 불멸의 문학예술가가 나고 자라고 활동하고 죽어 묻혀 있는 공간들이다. 그들을 키워낸 하늘과 바람과 공기

미켈란젤로 언덕에서 바라본
아르노 강과 피렌체 전경

를 호흡하고, 그 아래 자라는 푸성귀와 열매를 맛보며, 그들이 어우러져 하나의 문장으로, 또는 색이나 음으로 표현되는 원리를 직접 확인하는 것이다. 몇 년 몇 달 마음에 품고 기린 끝에 떠난 여행의 끝, 여행의 완성은 오랜 시간 그곳의 토양이 빚어낸 고유한 맛에 있다. 예이츠가 묻힌 아일랜드 이니스프리 호수 섬 근처 벤불벤 마을이나, 셰익스피어의 고향마을 스트랫퍼드어폰에이번Stratford-upon-Avon, 단테의 피렌체 여행의 끝은 그들의 살과 뼈, 그리고 그들의 혼에 각인된 그곳의 요리를 제대로 맛보는 것이다.

지난 10월 중순, 로마에서 베네치아에 이르는 보름 간의 이탈리아 여정 중 핵심은 단연 토스카나였다. 시에나와 피렌체, 그리고 빈치. 피렌체는 세 번째 방문이었다. 그러나 10여 년 전 로마에서 한 달 가까이 머물면서, 새벽 기차를 타고 달려왔다가 두오모와 미술관, 궁전과 정원을 둘러보고 밤기차를 타고 돌아가는 데 급급했기에, 아쉬움이 컸었다. 르네상스를 꽃피운 예술의 본향이자 이탈리아 예술의 수도답게 피렌체는 도시 전체가 박물관이라고 할 정도로 볼 것이 많아 적어도 사흘 이상 머물러야 하는 명소 중의 하나이다. 두오모 지척에, 그것도 눈 뜨고 감을 때까지 영화에서처럼 브루넬스키의 돔이 보이는 커다란 유리창을 가진 숙소를 얻은 것은 행운이었다.

처음 내가 피렌체를 꿈꾼 것은 영화 〈전망 좋은 방〉이나 〈냉정과 열정 사이〉의 영상이 불러일으킨 낭만적 동경 때문이 아니었다. 서양 최초로 자신의 예술 작품에 서명을 한 아르테미시아 젠틸레스키▪라는 17세기 여성 화가가 한때 머물렀던 공간을 답사하기 위한 것이었다. 하루는 우피치 미술관Uffizi Gallery에서, 또 하루는 피티 궁Pitti Palace에서 보냈다. 아르노 강변의 우피치 미술관에는 〈홀로페르네스의 목을 베는 유딧〉이, 그리고 베키오 다리 건너 피티 궁의 팔라티노 갤러리에는 〈홀로페르네스의 목을 벤 후의 유딧〉이 전시되어 있었다. 유딧Judith은 누구인가? 세기의 화가들, 그러니까 보티첼리도 클림트도 유딧을 그렸다. 유딧은 화가들이 즐겨 화제畵題로 삼는 신화와 성서 속 인물 중 하나이다. 포위당한 아군을 구하기 위해 미모로 적장 홀로페르네스를 홀려 칼로 목을 베어옴으로써 이스라엘을 구한 인물이 유딧이다. 여성 예술가가 희귀했던 시절, 아르테미시아의 유딧은 한 여성 예술가가 자신의 이름을 화폭에 서명을 하기까지 목숨처럼 이름을 걸고 남성(화가인 아버지와 화가인 연인)과 투쟁해야 했던 극적인 사연을 말해주고 있었다.

10여 년 만에 피렌체를 다시 찾은 이유는 아르테미시아의 우피치도 피티 궁전도 아니었다. 그렇다고 미켈란젤로의 〈다비드〉(아카데미아 소장)도 보티첼리의 〈아프로디테〉(우피치 소장)도 아니었다. 물론 예의를 갖추듯 하루, 또 하루, 이들 공간을 순례했다. 시간 맞춰 타야 할 로마 행 열차 때문에 쫓기듯 아르노 강변을 뛰다시피 걸을 필요가 없었고, 입장하려면 두 시간 넘게 줄을 서야 하는 우피치 미술관 관람객 행렬에서 이탈할까 말까 고민할 필요도 없었다.

피렌체는 며칠 간이라도 느림의 삶을 실현할 수 있는 몇 안 되는

■ Artemisia Gentileschi, 1593~1656?. 이탈리아 바로크시대를 대표하는 여성 화가. 성경과 신화의 주인공을 주제로 강력한 여성상을 그렸으며 서양 역사상 최초의 페미니스트 화가로 이름을 알렸다.

도시 중 하나. 광장과 골목, 강과 언덕, 성당과 궁전, 시장과 서점, 대학……. 지하철도 트램도 없어 도시 전체를 걸어서, 오직 걸어서 다닐 수 있는 곳. 그렇다. 세 번째 피렌체 방문 목적은 그저 '플로렌틴Florentine'이라 불리는 그곳 사람들처럼 그곳 삶의 속도에 맞춰 살아보는 것이었다. 피렌체 사람들처럼 밥을 짓고, 빨래를 하고, 빨래줄에 주욱 널어 노랑 빨강 파랑 집게들로 단단히 붙들어놓고, 때마침 들리는 두오모(Duomo, 정식 명칭은 산타 마리아 델 피오레 대성당으로, 피렌체의 대표적인 명소) 종소리를 들으며 소설을 쓰는 것이었다.

그러다 문득 일어나 베아트리체의 환영을 쫓는 단테처럼 석양빛이 아련한 골목들을 떠돌아다닐 수도 있고, 메디치 가문의 상술이 몸에 밴 피렌체 사람들의 아침 시장의 활기와 엄격함을 보고 겪기도 하며, 그 속에서 오늘의 프랑스 요리가 있기까지 배후에서 작용한 피렌체와 토스카나 요리를 경험할 수도 있을 것이었다.

두오모 옆 리카졸리 거리 15번지, 알베르티 오스왈도 씨의 집을 빌려 플로렌틴으로 살아본 닷새. 다음 여행지인 시에나siena로 떠나기 위해 집과 짐을 정리하고 가벼운 마음으로 산책 삼아 나갔다가 단테의 집에서 진짜 플로렌틴 Jo를 만났다. Jo는 베를린을 거쳐 우여곡절 끝에 토스카나에 정착한 화가로 피렌체 인근의 시골 올리브밭에 있는 포도주 저장소를 아틀리에로 개조해 살고 있었다. 단테의 집에서 〈안개 풍경〉이라는 전시회를 열고 있었고, 나와 만난 그날이 전시 마지막 날이었다. 올리브밭가에 있는 아틀리에에서 일주일에 한 번 오토바이를 타고 피렌체 시내로 외출을 하는데, 전시회 기간 중에는 예외였다.

창밖으로 두오모 성당이 보이는 피렌체의 아파트 부엌

143년째 문을 열고 있는 내장요리 전문 식당 네르보네. 피렌체 중앙시장 메르카토 첸트랄레 안에 있다

Jo의 예외적인 외출과 나의 마지막 산책에 어떤 우연이 작용했던 걸까. Jo와는 만나자마자 동족을 넘어서는 동지애를 느꼈고, 그것은 마치 오래전부터 정을 주고받아온 이들이 느낄 법한 애틋함이었다. 외로움 때문이었을까? Jo는 작별의 시간을 조금이라도 연장하려는 듯 전시장의 마지막 그림을 떼자마자 시계를 보고는 서둘러 나를 이끌고 두오모 앞을 가로질러 골목으로 향했다. Jo를 따라가긴 했으나 두오모를 중심으로 사방으로 나 있는 미로와 같은 골목들을 거의 한 두번 걸어보았기 때문에 낯설지 않았다. 메르카토 첸트랄레(중앙시장) 근처였다. 야채는 물론 올리브 오일과 발사믹 비니거 등 식재료를 사러 시장에 들르곤 했다. 특히 1872년부터 문을 연 네르보네

피렌체의 종이 장인

Nerbone의 이탈리안 내장요리는 이번에 발견한 진미였다.

Jo가 데리고 간 곳은 메르카토 첸트랄레 광장 옆 골목에 있는 '마리오'라는 이름의 작고 허름한 식당이었다. 예닐곱 명이 문밖에서 서성이며 안을 엿보고 있었다. 그들 사이로 안을 슬쩍 들여다보니 작은 공간에 다닥다닥 붙여놓은 식탁에 손님들이 바짝 붙어 앉아 있었다. Jo는 얼굴이 벌겋게 상기되도록 분주한 주인장을 붙잡고 큰소리로 대기 예약을 하고는 다시 나를 데리고 다른 골목으로 들어갔다. 보여줄 게 있다는 것이었다. 선심과 호의를 적절하게 받아들이는 것은 거절하는 것만큼이나 쉽지 않은 일이다. 그럴 경우 그 사람이 하고 싶은 대로 따라가주는 것이 최선의 방법이다.

Jo가 두 번째로 나를 이끈 곳은 피노키오의 아버지가 살았다는 집이었다. Jo가 가리키는 대로 2층 창문을 올려다보았으나, 사실 나는 피노키오 일가에 대해 그다지 관심이 있지 않았다. 그보다는 Jo와 함께 피렌체의 골목들을 걷는 즐거움이 컸다.

←·· 티본스테이크의 원조 피오렌티나 ····› 토스카나 키안티 와이너리의 햄과 치즈

↕ 토스카나 키안티 와이너리 전경. 제비꽃향과 과일향이 풍부한 산지오베제 포토 품종을 재배한다.
  약한 탄닌맛에 부드럽고 기분 좋은 신맛을 낸다
↕ 키안티 클라시코 와인의 상징인 검은 수탉 갈로 네로Gallo Nero

피노키오의 골목에 이어 Jo가 세번째 데리고 간 곳은 양장제본 공책 공방으로 3대째 가업을 이어온 곳. 작업 중이던 주인이 손을 잠시 놓고 Jo와 몇 마디 나누었고, 몇 개의 제본 샘플을 나에게 보여주었다. 가난한 Jo가 낯선 친구인 나에게 선물을 하려는 것이었다. 역시 거절의 어려움이 내 마음을 뜨겁게 했으나, 결국 즐겁게 받았다. 이번 전시회에서 그림을 팔아서 기분이 아주 좋다는 귀띔이 그녀의 호의를 거스르려는 내 마음의 방향을 돌려놓았다.

피노키오의 집과 양장제본 장인의 가게를 거쳐 마리오에 가니 마침 예약한 자리가 났다. 스칸디나비아에서 왔다는 여행자와 합석했다. 주문을 할 수 있는 메뉴는 몇 안 되었다. 주종이 파스타와 티본스테이크. 오후 3시 30분까지만 문을 여는 이 작은 식당에 들어오려고 서 있는 손님들은 문밖에 열댓 명. 우리가 앉은 시간은 2시 30분. Jo의 추천대로 비스테카 알라 피오렌티나(티본스테이크)를 주문했다. 물론 키안티Chianti 와인과 함께였다. 식전주로 와인을 건배한 뒤 한 모금 맛을 본 뒤, Jo가 웃으며 나에게 평소 스테이크를 좋아하지 않느냐고 물었다. 딱히 그렇지는 않다. Jo가 던진 질문의 요지는 피렌체를 세 번 씩이나 방문하면서도 정작 피렌체가 자랑하는 티본스테이크, 일명 비스테카 알라 피오렌티나를 맛보지 않았음을 환기하는 것이었다.

피렌체 다음 목적지는 시에나였다. 이탈리안 철도 패스를 이용해 시에나에 갈 예정이었다. 그러나 그날 나는 기차가 아닌 자동차로 피렌체를 떠났다. 아르노 강변의 미켈란젤로의 언덕에 가보자는 Jo의 마지막 호의를 마지막으로 받아들인 덕분이었다. 피렌체를 한 눈에 내려다볼 수 있는 전망대는 세 곳, 두오모의 종탑과 피티 궁전의 보볼리 정원, 그리고 아르노 강변의 미켈란젤로 언덕이었다. 앞의 두 곳은 이미 가본 곳이었으나 미켈란젤로의 언덕은 처음이었다. 시에나는 이 언덕길을 넘어 아름다운 토스카나의 시골길을 타고 갈 수 있었다.

미켈란젤로의 언덕에서 피렌체를 바라보았다. 두오모를 지나 메르카토 첸트랄레 광장으로 이어지는 골목들이 손바닥을 들여다보듯 훤히 떠올랐다. 피노키오의 집과 양장제본 공책 공방, 그리고 혀 끝을 감싸며 입 안 가득 스미듯 육향이 퍼지던 마리오 식당의 스테이크 맛. 돌이켜보니, 이들 셋은 내가 세 번의 피렌체 여행 끝에 처음 경험한 것들이었다.

미켈란젤로 언덕을 넘어가자 피렌체와 시에나 경계를 알리는 도로표지판이 눈앞에 보였다. 하나의 여행이 끝나고 새로운 길이 시작되고 있었다.

카탈루니아, 피레네,
그리고 포구의 벤야민

피레네 와인 바늘과 해산물 빠에야

언덕을 돌아 넘어왔을 뿐인데, 나는 다른 나라에 와 있었고, 살갗에 와 닿는 겨울 바람이 상쾌했으나 느닷없이 20세기의 비극이 훑고 지나간 정신은 급격히 피로감에 휩싸였다. 나는 삼시 빠셔는 낮 꿈에서 깨어나듯, 원래의 계획을 환기했다. 그래, 스페인 국경을 넘어 만나는 첫 마을에서의 점심식사!

코트다쥐르 니스에서
카탈루니아 페르피냥까지

스페인 동쪽 피레네 산간 국경 지대의 끝 마을 포르부Portbou에 이른 것은 한겨울인 1월 28일 정오 무렵. 청사포 바닷장어와 방아로 체력을 보강한 뒤 남프랑스로 떠난 지 일주일째 되는 일요일이었다. 이번 여행의 주목적은 알프스 마리팀(Maritim, 알프스 경사지로부터 지중해 쪽 지역)이자 '코트다쥐르(Cote d'Azur, 쪽빛 지중해안)'라 불리는 천혜의 니스와 칸을 중심으로 인근 세계적인 향수의 고장 그라스Grasse와 레몬으로 유명한 망통Menton, 화가들이 사랑한 앙티브Antibes 등지를 돌아보며 인류가 발견하고, 개발하고, 알리고, 존중해온 색과 향과 맛의 경로를 밟아보는 것이었다. 이러한 행로를 따르면, 프랑스 지중해안선 서쪽 피레네 산 넘어 스페인의 첫 마을 포르부에서의 점심식사는 매우 극적인 돌발성을 띠었다.

　피레네 동쪽, 그러니까 프랑스의 카탈랑(Catalan, 카탈루니아의 프랑스어) 지방의 주도 페르피냥Perpignan의 시테아(레지던스)에서 햇반과 상

국경도시 포르부의 기차역. 궤간 레일의 역으로 프랑스에서 스페인으로, 또 스페인에서 프랑스로 기차 여행을 할 때는 반드시 이곳에서 내려 갈아타야 하는 환승역이다

추, 김 등으로 간단하지만 그럴 듯하게 한국식 조반朝飯을 들고 이른 아침 도시 산책을 나가기 전까지만 해도 스페인 국경의 포르부라는 작은 포구에서 점심식사를 할 것이라고는 예상하지 못했다. 처음 겨울 프랑스 여정을 스케치할 때, 니스 어름의 코트다쥐르와 아를과 엑상프로방스, 아비뇽 어름의 프로방스 지역을 순례한 뒤 파리로 올라갈 생각이었다.

그런데 공항으로 떠나기 직전, 무슨 생각에서인지, 지중해안의 서쪽 끝까지 달려가고 싶은 충동에 사로잡혔다. 아마 그때 르 클레지오의 『허기의 간주곡』이라는 소설을 읽고 있어서였을 것이었다. 스물세 살에 프랑스 문단에 혜성처럼 나타나 40여 년 간 소설과 여행을 병행하며 가장 아름다운 프랑스어를 구사한다는 평가를 받는 르 클레지오. 언젠가부터 내 기억 속에는 그가 페르피냥 대학에서 멕시코 초기 원주민 연구로 박사학위를 받았다는 이력이 박혀 있었다. 영국인도 프랑스 인도 아닌 그저 세상을 떠도는 노마드Nomad 소설가 르 클레지오를 사로잡은 페르피냥의 매력이 무엇인지 궁금했다.

내가 프랑스의 지중해안선에서 서쪽으로 가장 멀리 가본 것은 세트Sete라는 작은 항구였다. 아주 오래 전, 그러니까 청춘 시절의 일이었다. 세트는「해변의 묘지」라는 시로 유명한 폴 발레리의 고향이자, 실제 그가 자신의 시이자 시집의 제목인 그곳에 묻혀 있기도 했다. 나는 직장생활로 저축한 여행 경비로 스물여덟 살에 프랑스로 떠났고, 그리고 세트의 '해변의 묘지'에 닿았다. 싱싱하게 살아 푸르게 일렁이는 지중해 물결과 세상을 하얗게 표백시키며 강렬하게 내리쬐는 태양빛, 그 사이 하얀 대리석 묘석과 그 위를 역시 하얗게 십자가로 수놓은 언덕의 묘지가 인상적이었다. 그 세트를 지나면서 폴 발레리의 시 「해변의 묘지」를 읊조렸었지. 얼마나 자주 나는 궁지에 몰릴 때면, 아니 궁지에서 바닥을 치고 일어설 때면 그의 시를 비명처럼 내질렀던가. 그러면서 내일을, 다시 생生을 힘차게 도모하고자 했던가.

"바람이 분다. 살아야겠다."

바람결 따라, 포도밭 사이로
피레네 국경을 넘는 일

폴 발레리의 불멸의 시와 더불어 프랑스 인들이 가장 존경하는 세트 출신의 음유 가수 조르주 브라상스의 샹송 '바람'을 들으며 서쪽으로 서쪽으로 페르피냥까지, 다시 페르피냥에서 서쪽으로 서쪽으로 피레네 산간의 구불구불한 길을 돌고 돌아 산지 사면에 퍼져 있는 포도밭Vinogble을 따라 지중해안으로 내려갔다. 차는 포구와 언덕과 더 높은 기슭으로 올라갔다가 내려가기를 거듭했고, 나는 망망대해를 향해, 까마득히 아래로 떨어진 포구를 향해, 창공을 향해 마치 세상을 향해 고함을 지르듯 찰칵찰칵 카메라 버튼을 눌렀다. 한 순간, 지나온 포구들과는 다른, 실타래처럼 겹겹이 철길을 거느린 열차역이 눈에 들어왔고, 가파른 경사 길을 힘겹게 올라 차를 세워놓고 사정을 파악해보니 포르부라는 스페인 마을의 철도역이었다. 그러니까 나는 프랑스에서 스페인으로 넘어가는 피레네 산맥의 해인 쪽 국경 한가운데에 서있는 것이었다.

프랑스-스페인 간 피레네 산자락의 국경 포인트. 저 아래 스페인의 첫 마을 포르부가 보인다
1939년 2월 프랑코 정권의 압제를 피해 프랑스로 가던 난민들의 추모비와 당시를 재현한 추모
조각이 설치되어 있다

세상 어느 국경인들 기구한 사연들로부터 자유로울 수 있을까. 이 작고 아름다운 지중해안의 프랑스-스페인 국경 간 포구 마을 역시 20세기 역사에 슬픈 비사를 올리고 있었다. 프랑코 정권이 나치와 파시스트와 손을 잡자 그에 반대하는 사람들은 1939년 2월 행렬을 이루어 언덕을 넘어 프랑스로 갔고, 그 와중에 많은 난민들이 이 언덕에서 목숨을 잃었다. 그런데 뜻밖에 이곳에서 발터 벤야민이라는 베를린 출신의 유대계 독일인의 이름을 발견하고 나는 소스라치게 놀랐다. 그의 『기술복제시대의 예술』과 파리와 보들레르 연구서인 『아케이드 프로젝트』는 나의 서가에서 한시도 떠난 적이 없었다. 나는 그의 이력조차 꿰뚫고 있을 정도였다. 그는 나치 정권을 피해 스페인을 거쳐 중립국인 포르투갈에서 미국으로 망명하려다가 실패해 자살한 것으로 알려져 있었다. 그런데 그가 생을 마감한 곳이 바로 이곳, 지중해안의 피레네 국경인 줄은 꿈에도 상상하지 못했다.

  내가 스페인 국경을 넘으려던 것은 여행자의 극히 단순한 목적에서였다. 프랑스지만 스페인적인 색채를 그대로 간직한 페르피냥에서 무조건 국경을 넘어 만나는 첫 마을에서 점심식사를 하고 다시 프랑스로 돌아오는 것이었다. 유럽의 국경 개념에 준하는 거창하지 않으면서 낭만적인 점심식사를 생각했었다. 일례로, 며칠 전, 니스에서 코트다쥐르를 달려 모나코와 망통을 여행하고, 프랑스-이탈리아 국경을 넘어 산 레모라는 작은 포구이자 세계적인 음악제로 유명한 마을에서 점심식사를 하고 니스로 돌아왔던 여정을 지중해 서쪽 끝에서 그대로 실행하려고 했던 것이다.

  그런데 피레네를 넘어가면서, 포르부라는 마을에 도착하기까지 프랑스의 지중해안선의 서쪽과 동쪽 끝의 분위기는 지리적인 환경만큼이나 판이하다는 것을 새삼 뚜렷하게 인식했다.

스페인 첫 마을 포르부의 피레네 와인 바뉼과 해산물 빠에야Paella

언덕을 돌아 넘어왔을 뿐인데, 나는 다른 나라에 와 있었고, 살갗에 와 닿는 겨울바람이 상쾌했으나 느닷없이 20세기의 비극이 훑고 지나간 정신은 급격히 피로감에 휩싸였다. 포구 주차장에 차를 세우고, 방금 언덕 높은 곳에서 내려다보았던 해안가를 거닐어보았다. 파도가 힘차게 밀려 들어왔다 밀려 갔다. 밀려가는 쪽으로 시선을 던지니 먼 바다 쪽으로 물길이 빠져나가고 있었다. 언덕의 끝자락이 바닷물과 닿는 곳에서 포선형으로 포구가 형성되어 있었고, 마치 엄마의 품처럼 아담하고 아늑했다. 떠나온 나의 집, 나의 거실에서 내려다보는 청사포와 흡사했다. 국경이라는 운명으로 겪어야 했던 엄청난 비극은 순간순간 밀려 왔다 밀려 가는 물결이 씻어가 버렸는지 그저 평화롭게만 보였다.

자갈돌 해변을 몇 걸음 떼지 않았는데, 허기가 몰려왔다. 나는 잠시 빠져든 낮 꿈에서 깨어나듯, 원래의 계획을 환기했다. 그래, 스페인 국경을 넘어 만나는 첫 마을에서의 점심식사! 오던 길에 바뉼 쉬르메르라는 와인 산지에서 시음한 와인 맛이 혀끝에서 되살아나며 피레네의 바람과 대지, 그리고 지중해의 태양빛을 고스란히 받은 와인 생각이 간절했다. 그리고 스페인 전통요리, 빠에야!

: 프랑스와 스페인을 가르는 피레네 국경 산간 도로 곳곳에 설치된 이 지역 특산 바뉼 와인 저장소 카브Cave 광고. 레드와 로제, 화이트 와인의 무료 시음을 알리고 있다

: 바뉼의 와인 가게. 스페인 국경의 아담한 항구 도시 바뉼의 특산 와인은 피레네 산맥의 구릉지대 를 형성하는 편암질 토양에서 자란 포도를 주원료로 한다. 전통적으로 레드와 화이트의 특성을 강화한 와인이다

포구를 정면으로 바라보고 있는 레스토랑의 문을 열고 들어갔다. 풍채 좋은 남자와 그의 아내로 보이는 작은 체구의 여자가 손님을 맞았다. 피레네 산지의 레드 와인 바뉼과 해산물 빠에야, 그리고 포구 특유의 멸치 튀김요리인 보케로네스Boquerones al vinagre를 주문하고 창밖으로 눈길을 돌렸다. 겨울이라 그런지 일요일인데도 포구는 한적했다. 곧 주방에서는 해산물 냄새가 흘러나왔고, 부부로 보이는 중년 남녀가 문을 열고 들어왔다. 그들은 주인과 반갑게 손을 잡고 인사를 나눈 뒤, 나에게 정겨운 눈길을 보내며 옆 테이블에 앉았다. 그들은 모처럼 찾아온 이방인이 반가웠는지, 사진을 찍어주겠다고 호의를 보였고, 첫마디에 프랑스 인임을 알았다.

그들은 가끔 이 집 빠에야를 먹기 위해 산 넘어 찾아온다는 것이었다. 그들에게 국경은 별다른 의미가 없었다. 대화는 이어졌고, 이 집이 포구에서 손이 있는 식당이라는 것을 기쁘게 받아들였다. 나는 그동안 한국에서 맛본 빠에야(벽제 중남미박물관 레스토랑과 서울 홍대 앞 전문식당, 그리고 소설 쓰는 E선배 집에서 레시피에 충실하게 요리한 빠에야)를 떠올리며 바뉼 와인으로 건배하며 이번 여행 중 가장 극적인 '스페인에서의 점심식사'를 기다렸다.

빠에야는 이슬람의 영향을 받은 발렌시아 지방의 전통요리. 원래 이 용어의 사전적 의미는 '바닥이 얕은 둥근 모양의 양쪽에 손잡이가 달린 프라이팬 또는 냄비'를 가리키는 말이다. 지금은 이런 냄비에 새우, 홍합, 오징어 등의 해산물이나, 닭고기 돼지고기 등의 육류를 쌀과 함께 볶은 일종의 볶음밥을 통칭하고 있다. 다른 게 있다면, 스페인 특유의 노란빛이 나는 향초 사프란 즙을 넣는다는 것이다.

언뜻 한국에서 낙지전골이나 대게나 오리 요리를 먹은 뒤 실파와 다진 마늘, 깨와 참기름을 넣고 밥으로 볶은 것과 유사하다. 그만큼 빠에야는 한국인의 입맛에 익숙한 스페인 전통요리로 혼자가 아닌 여럿이 먹을 수 있는 요리이다. 또 그렇기 때문에 스페인에서는 집집마다 엄마의 손맛이 다른 빠에야가 있고, 그에 따라 스페인 사람들은 빠에야를 식당이 아닌 집에서 먹는 것이 일반화되어 있다.

가슴속에 화기火氣를 일으키던 국경의 추모비도, 발터 벤야민도 피레네 카타루니 산 바뉼 와인 몇 모금으로 희미해지고, 언덕 위에 잘게 퍼져 있던 노란 꽃무리를 닮은 샤프란 빛깔의 빠에야 한 냄비

새우, 홍합, 오징어 등 해산물을 쌀과 볶아낸 스페인 전통요리 해산물 빠에야. 노란빛이 감도는 향초 샤프란 즙을 넣은 것이 특징이다

가 식탁에 도착했다. 손맛 좋은 주인 아낙이 빠에야 한 접시 정성스레 담아 내 앞에 놓아주자 시큼하고 떨떠름한 바뇰 와인 탓인지 콧속이 후큰 달아올랐다. 싱그럽고, 극적이고, 슬프고, 낭만적인 스페인에서의 점심식사, 잊지 못할 순간이었다.

북해 연안 플랑드르의
중심 앙베르 항港

홍합요리의 정수, 물 마리니에르

마침내 둥글고 깊은 탕기 가득 김을 모락모락 일으키며 물 마리니에르가 도착했다. 화이트 와인에 양파와 당근, 바질로 우려낸 국물을 한 숟가락 떠 입에 넣었다. 검은 갑옷 사이로 주홍색 속살을 내보이며 수줍게 벌어진 홍합 한 점을 조심스럽게 떼어 혀끝으로 부드럽게받아 들였다. 바다 특유의 짠 맛이 흐르고 흘러 빠져니긴 끝에 백포노수와 양파와 바질이 만나 절묘하게 우러난 맛이라니!

북해北海 연안의 항구 도시
앙베르에서 만난 루벤스

항구에는 흰 갈매기들이 아우성치고 있었다. 영어로 앤트워프 Antwerp, 프랑스 어로 앙베르Anvers, 네덜란드 어로는 안트베르펜 Antwerpen! 벨기에의 정식 공용어는 프랑스 어, 나는 그동안 읽어온 프랑스 쪽 지도와 기록물에 따라 세 가지 명칭 중 프랑스 어 이름 앙 베르로 익혀 왔다.

내가 북해 연안의 항구도시 앙베르에 도착한 것은 오후 3시 경. 프랑스와 벨기에의 동남쪽 국경 지대 도시들을 거쳐 색소폰의 도시 디낭Dinant에서 출발한 지 세 시간 만이었다. 매년 유럽에 갈 때면 파리와 암스테르담을 통해 진입하곤 하는데, 그 둘 사이에 위치한 앙베르는 작정하지 않는 한 닿기가 쉽지 않았다. 그런 의미에서 앙 베르는 이번 유럽 여행의 두 권역, 프라하를 중심으로 한 보헤미아 여행과 파리를 기점으로 한 샹파뉴Champagne와 플랑드르Flandre 여 정 중 후자의 정점에 있었다.

벨기에 제1의 항구도시 앙베르 중앙 광장의
길드하우스. 17세기 전후 무역항이자 상업
중심지로 황금기를 구가하던 건축물이다

앙베르는 프랑스 북부에서 벨기에 · 덴마크 · 네덜란드 남부에 이르는, 일명 '플랑드르(영어명 플랜더스)' 지역의 중심지로 16세기에서 17세기까지 황금기였던 길드(Guild, 중세 유럽의 상인들의 조합) 하우스가 있는 상업도시이다. 과거 인근 브뤼게와 함께 북해의 해상권을 주도했던 항구였고, 현재는 렘브란트, 베르메르, 반 다이크, 루벤스 등 플랑드르 화파畵派의 맥을 잇는 패션 메카이자 세계 다이아몬드 산업의 중심 무대이기도 하다.

지난 몇 년 간 내가 앙베르를 꿈꾼 데에는 세 가지 이유가 있었다. 첫째는 플랑드르 화파의 현장을 두 눈으로 확인하고 싶었고, 두 번째는 지난 몇 년 간 연구하고 집필해온 장편 『내 남자의 책』의 매개자인 앙토냉 아르토가 새로운 신(구원)을 찾아 미지의 공간으로 떠났던 출발지로서의 항구 풍경을 둘러보고 싶었고, 세 번째는 파리 곳곳에서 만나는 '레옹 드 브뤼셀Leon de Bruxelles'의 홍합요리를 본고장에서 맛보고 싶어서였다.

브뤼셀을 지날 무렵 한두 방울 떨어지던 빗방울이 제법 굵은 빗줄기가 되어 쏟아졌다. 그러나 앙베르가 가까워지면서 빗줄기가 멎고 시내로 진입하자 스헬데 강 저편 북해 쪽으로 파란 하늘이 열리고 있었다. 중앙역 근처 숙소를 찾아가면서 받은 도시의 첫인상은 도로 표지판이나 간판, 분위기 등이 북유럽적, 특히 네덜란드적이었다. 이는 예전 파리에서 초고속 열차를 타고 갔었던 수도 브뤼셀의 프랑스적인 분위기와는 사뭇 대조적이었다. 웅장한 바로크 양식의 중앙역 옆에는 대관람차가 돌아가고 있었고, 지척에 숙소인 라디슨 호텔이 금세 눈에 띄었다.

아동 소설 「플랜더스의 개」의 무대이자 루벤스의 대작 〈십자가에 매달린 예수〉와 〈십자가에서 내려온 예수〉가 있는 노트르담 대성당과 그 옆 광장 한 가운데에 서 있는 루벤스의 동상

빗방울이 그친 것을 확인하고 재빨리 숙소를 빠져나왔다. 패션 스트리트인 메이르 거리를 걸으며 베르메르, 루벤스, 렘브란트, 반 고흐 등을 생각했다. 이곳 출신의 화가들은 왜 줄지어 피렌체로, 로마로, 아를로, 파리로 떠나갔던가. 화가란 빛을 쫓는 족속들. 플랑드르화파의 거목인 암스테르담 출신의 렘브란트는 화폭 전체를 어둠으로 채우지만, 어둠을 어둠답게 증명해내는 길은 빛의 사용에 있었다. 어두운 화면 전체를 환하게, 또 깊게 만드는 렘브란트적인 한 줄

기 빛의 행로가 있는가 하면, 이곳 앙베르 출신의 루벤스는 렘브란트와는 반대로 화폭 전체에서 빛과 색을 분출했다. 그는 이탈리아에서 화가 수업 후 귀국해 궁정화가가 되어 초상화와 대형화를 많이 그렸다. 또 왕과 귀족, 성직자들의 초상화를 그리면서 유럽 각국의 밀사密使로도 이름을 날렸다.

메이르 거리 중간 즈음에 루벤스의 저택이 있었다. 루벤스의 회화 작품들은 파리의 루브르 박물관에서 질리도록 보았었다. 이곳 앙베르에서 루벤스의 대작을 보려면 노트르담 대성당으로 가는 것이 우선이었다. 관람하기에는 시간이 촉박했지만, 화가의 수준을 넘어서서 유럽의 왕실들을 오가며 대활약을 한 루벤스가 공들여 가꾼 삶과 예술의 터전을 그냥 지나칠 수는 없었다.

바로크 풍의 저택 현관과 작업실, 정원 곳곳은 루벤스의 손길로 수려하게 다듬어져 있었다. 그런데 북유럽의 추위 때문인지 홀에서 홀로 연결되는 통로마다 육중한 가죽 문에 두꺼운 비로드 휘장이 드리워져 있었다. 식당에도 같은 방식으로 벽 전체가 가죽으로 도배되어 있어 화려하면서도 육중한 분위기였다. 일별하듯 루벤스의 스튜디오와 방(홀)들을 빠르게 통과해 그가 아끼던 이탈리아 풍 정원으로 나왔다. 햇빛을 사랑하는 남쪽 성향의 나로서는 숨 막히는 비로드와 가죽 장식 벽보다는 하늘이 툭 트인 정원에 앉아 17세기부터 오늘에 이르는 플랑드르의 건축물을 감상하는 것이 좋았다.

저녁 미사 시간에 맞춰 노트르담 대성당으로 발걸음을 옮겼다. 벨기에에서 가장 높은 고딕 대성당의 실내를 장엄하게 울리는 파이프 오르간 소리가 환청인 양 들려오는 듯했다. 노트르담 대성당을 배경으로 위풍당당하게 서있는 루벤스의 동상을 지나자마자 시청사와 그로트 마르크트(중앙 광장), 대성당으로 통하는 골목마다 인파로 북적였다. 사람들에 떠밀려 대성당으로 들어섰다.

이곳 앙베르는 『플랜더스의 개(영국 작가 위다Ouida가 지은 아동 소설)』의 무대. 가난한 소년 네로가 대성당에 걸려 있는 그림을 보고 화가의 꿈을 키웠다는 루벤스의 〈십자가에 매달린 예수〉와 〈십자가에서 내려온 예수〉를 먼발치에서 올려다보았다. 언제나 그렇듯이 예술품의 현장이란 감상을 위한 것이 아니라 그것의 존재 방식을 확인하는 것이었다. 감상은 복제본 화집에서 언제고 보고 싶을 때면 꺼내 놓고 들여다보는 것이었다. 어린 시절 몇 번이나 되풀이해서 읽으며 슬픔을 못 이기고 울곤 했던 동화 『플랜더스의 개』. 소녀의 눈물샘을 오래도록 자극했던 것은 네로와 그의 친구이자 충견인 파트라슈가 추위와 배고픔을 서로의 체온으로 끝까지 버티다가 〈십자가에 매달린 예수〉 그림 아래에서 죽는 마지막 장면이었다.

마지막 페이지를 덮으며 눈이 빨개지도록 울었던 어린 시절의 순수했던 감정은 어디로 가버린 것일까. 고백하자면, 나는 플랑드르화파들 중 천계를 이상화한 웅장하고 화려한 색감의 루벤스의 그림보다는 어둡고 고독한 내면을 깊숙이 조명한 렘브란트의 터치를, 더불어 일상이라는 거대한 사생활의 역사를 사실적으로 화폭에 옮긴 베르메르나 피터 드 호흐, 브뤼겔 등의 내용들을 선호했다.

파이프 오르간 소리를 귓속 가득 채운 채 역시 인파에 떠밀리듯 성당 밖으로 나왔다. 정면으로 시청사 건물에 빼곡히 꽂힌 만국기가 보였고, 꼭대기에 앙베르의 수호성녀인 마리아 상이 보였고, 그리고

:북해 연안의 스헬데 강 하구 앙베르 항. 부둣가에는 사람들이 옹기종기 앉아 갈매기떼를 바라보며 강바람을 맞고 있다

:화려한 외관을 자랑하며 길드하우스, 노트르담 대성당과 함께 중앙 광장의 한 축을 이루고 있는 시청사. 시청사 꼭대기에는 시의 수호성녀인 마리아 상이, 앞에는 안트베르펜(브라보) 동상이 있다

시청사 앞에 서있는 이곳의 기원인 브라보 동상이 보였다.

길드하우스 앞에 이르자 금방 17세기 그림 속에서 튀어나온 듯한 복장의 사람들이 천막 안팎에 모여 있었다. 무슨 일이냐고 슬쩍 물어보았다. 그러자 한여름에 검정색의 겨울 비로드 옷을 입은 풍채 좋은 노인이 화통하게 대답했다.

"길드 축일이에요, 브라보!"

나도 화답으로 "안트베르펜, 브라보!"를 외쳤다.

백포도주 넣은
홍합탕의 절묘한 맛

시청사 광장 옆으로 스헬데Schelde 강 하구로 이어지는 스케루이 거리로 들어섰다. 광기의 프랑스 연극쟁이 앙토냉 아르토(Antonin Artaud, 1896~1948. 프랑스의 극작가·시인·배우)를 생각했다. 공교롭게도 그는 벨기에와 또 이 플랑드르의 길을 통해 암스테르담에서 파리로 왔던 반 고흐와 관계가 깊었다. 선원인 프랑스 인 아버지와 터키 인 어머니 사이에 지중해 마르세이유에서 태어난 그는 선천적으로 정신질환을 앓았고, 시와 연극으로 신체에 깃든 영혼의 질병을 치유하려고 했다. 그가 결혼하려고 했던 상대는 벨기에 출신의 여배우였는데, 여자의 부모로부터 병력 때문에 파혼 당하자 실연의 아픔 속에 새로운 신을 찾아 멕시코 행 배를 탄 곳이 바로 이 앙베르 항이었다. 그리고 그가 죽기 직전에 쓴 것은 「사회가 타살시킨 사람 반 고흐」론이었다.

멀리 북해로부터 불어오는 바람을 맞으며 스헬데 강둑으로 올라 갔다. 완만하게 놓인 계단 끝에 바다를 향해 서있는 여인상과 마주 쳤다. 저지대 부둣가에는 흰 갈매기들이 끼룩끼룩 날고 있었다. 난 간에는 사람들이 새떼들처럼 앉아 강바람을 맞고 있었다. 바람이 세 차지는 않았지만 자칫 쓰고 있는 모자가 날아갈 정도는 되었다. 난 간에 기대어 흘러가는 강물을 내려다보았다. 하나는 무릎을 내주고 다른 하나는 그 무릎을 베고 누운 연인의 모습이 사랑의 한때처럼 아련하게 보였다.

습한 강바람 탓인지 따끈한 물 마리니에르Moules a la marinière 국 물 생각이 간절했다. 대성당과 중앙 광장 주변에 빼곡하게 들어차 있는 것은 식당들. 골목을 지나갈 때마다 구미를 당기는 집들이 한 둘이 아니었다. 그러나 내가 앙베르에 온 목적 중의 한 가지는 벨기 에가 자랑하는 홍합탕을 맛보기 위함이었던 것. 중앙역에서 스헬데 강에 이르기까지 내가 탐색한 것은 식당의 메뉴와 분위기였다. 분위 기란 외양보다는 식탁에 앉은 사람들의 표정이었다. 그런 의미에서 강둑에서 내려와 만난 '마리팀'이라는 식당의 물 마리니에르는 앙베 르 여행이 나에게 준 최고의 선물이었다.

마리팀은 할아버지와 아버지, 어머니와 딸, 그리고 아들이 운영하 는 가족 식당으로 빈 테이블이 없이 단골들로 꽉 차 있었다. 이방인 은 나 외에 많지 않아보였다. 딸과 아들은 미세한 표정과 움직임에 도 미소를 머금고 다가와 다정하게 맛의 느낌을 묻고, 할아버지와 아버지는 교향악단의 지휘자처럼 자부심 넘치는 당당한 포즈로 식 당의 안팎을 지휘했다.

↕ 벨기에가 자랑하는 홍합요리 물 마리니에르.
↕ 물 마리니에르는 백포도주와 양파·당근·바질로 맛을 우려낸다

나는 기억하고 있었다. 통영 바다에서 건져 올려 직접 끓였던 홍합탕과 부산 송정 단골 횟집의 홍합탕, 멀리 북대서양 서쪽 끝 아일랜드의 골웨이의 홍합탕, 남프랑스 지중해 연안의 니스와 아를의 홍합탕, 그리고 파리 레옹 드 브뤼셀의 홍합탕의 맛을.

셰프가 추천하는 스페셜 물 마리니에르를 주문하고 실내를 천천히 둘러보았다. 둘이든 넷이든 여섯이든 환한 불빛 아래 속삭이듯 대화하고 있지만 같은 공간에 있는 사람들은 곧 나올 요리에 신뢰와 기대감을 품고 있는 표정이었다.

마침내 둥글고 깊은 탕기 가득 김을 모락모락 일으키며 물 마리니에르가 도착했다. 화이트와인에 양파와 당근, 바질로 우려낸 국물을 한 숟가락 떠 입에 넣었다. 검은 갑옷 사이로 주홍색 속살을 내보이며 수줍게 벌어진 홍합 한 점을 조심스럽게 떼어 혀끝으로 부드럽게 받아들였다. 바다 특유의 짠 맛이 흐르고 흘러 빠져나간 끝에 백포도주와 양파와 바질이 만나 절묘하게 우러난 맛이라니! 나는 엊그제 지나온 샹파뉴 지방의 시원한 백포도주 한 잔과 함께 내 인생 최고의 마리니에르를 음미했다. 다시 빗방울이 떨어지고 있었으나, 돌아갈 길이 염려되지 않았다. 강으로 또 광장으로 통하는 거리마다 가로등 불빛이 켜지고 있었다.

I r e l a n d

타이타닉, 예이츠,
그리고 더블린 기네스

아이리시 스튜, 양고기 캐서롤

이니스프리 호수는 명성에 비해 평범했다. 이니스프리라는 이름에 홀려 굳이 지구 반 바퀴를
날아갈 만한 것은 아니었다. 그런 호수는 주위에 얼마든지 있었다. 그러나 호수라고 다 같은
호수는 아니었다. 아무리 눈앞에 펼쳐진 호수가 특별할 게 없어 보여도 예이츠가 소박한 삶
의 이상향으로 호명한 순간 그것의 운명은 달라졌다.

슬픈 섬,
아일랜드

유독 그 섬에 가고 싶었다. 언제부터였던가. 열예닐곱 살 무렵,「이니스프리 호도湖島」라는 한 편의 시에 빠졌다. 구름과 나뭇잎의 모양과 색깔, 바람의 방향만으로도 먼 곳을 동경하는 사춘기 소녀의 가슴을 뛰게 하는 시였다.

스무 살 어름, 소극장에서 〈고도를 기다리며〉라는 한 편의 연극을 보았다. 떠돌이 사내 둘이 앙상한 나무 한 그루와 비뚜름히 서있는 십자가가 전부인 무대에 나와 별 사건도 없이 신발과 모자만 번갈아 벗고 쓰며 중얼거리다 끝나는 연극이었다.

스물아홉 겨울,『젊은 예술가의 초상』이라는 한 편의 소설을 만났다. 여름 내내 유럽을 떠돌아 다니다 돌아온 직후였고, 첫 장을 펼치자 어릴 적 많이 들어본 듯한 첫 문장이 향수를 자극하는 소설이었다.

그리고 언젠가부터 봄이면 기네스라는 흑맥주 한 잔에 취했다. 철

이니스프리 호수 전경. 아일랜드 북서쪽 예이츠가 묻혀
있는 슬라이고 근처에 있는 호수로 예이츠의 「이니스프
리 호도」의 무대로 유명하다

쑥꽃 피고 지는 사월이면 홍대 앞 단골집 마당가 튤립나무 아래 앉아 봄밤의 아쉬움으로 문우文友들과 마시던 맥주였다. 여러 시기, 나를 사로잡은 시와 연극, 소설과 흑맥주는 모두 한 곳, 그 섬으로 통했다. 북대서양 서쪽 끝에 한 점 점처럼 떠있는 아일랜드Ireland.

아시아에서도 한반도 이남에서 북대서양 서쪽 끝의 아일랜드에 가려면 비행기를 타고 지구의 반 바퀴를 날아가야 한다. 무엇에 홀려 나는 그토록 먼 섬나라까지 그해 여름과 겨울 두 번이나 찾아갔을까. 아시아에서 더블린으로 가려면 대부분 유럽의 주요 도시를 경유하는 것이 정석이다. 내가 더블린 행 비행기에 탑승한 곳은 스코틀랜드의 주도 에딘버러 공항이었다. 아일랜드 여행을 계획하면서, 민족과 역사, 문화적으로 미묘하고도 깊은 관계를 맺고 있는 이웃 섬나라 잉글랜드(영국)를 포함시켰다. 동쪽 런던에서 셰익스피어의 고향 스트랫퍼드어폰에이번을 거쳐 서쪽 리버풀까지, 서쪽 리버풀에서 내륙 맨체스터를 거쳐 북쪽 스코틀랜드에 이르는 열흘 간의 여정이 꿈처럼 흘러갔다.

더블린 공항은 매우 소박하고 작았다. 인구 350만 명의 작은 섬나라의 규모로 보면 적당했다. 그러나 20세기 세계문학사에 세 명의 노벨문학상 수상자를 배출한 나라치고는 매우 초라했다. 아일랜드의 민족어는 게일 어, 그러나 아일랜드를 문학 강국으로 만든 시인 예이츠와 셰이머스 히니, 소설가 조너선 스위프트와 오스카 와일드, 작가 사뮈엘 베케트 등의 작품은 정작 게일 어가 아닌 영어로 쓰인 것이었다. 그리고 20세기 현대소설의 백과사전이라 불리며 세계 소설사에 한 획을 그은 제임스 조이스의 『율리시즈』 또한 영어로 쓰인 것이었다. 영어는 모국어가 아닌 식민지 제국의 언어. 800년에 걸친 잉글랜드의 식민 지배 결과였다. 프랑스로 귀화한 베케트를 예외로 하더라도 예이츠와 와일드, 조이스 등을 아일랜드 문학사가 아닌 영 문학사 속에서 만나야 했던 저간의 사정이 여기에 있었다.

더블린에 도착해서 제일 먼저 달려간 곳은 북서쪽 끝의 항구 슬라이고Sligo였다. 대서양과 럭길 호수 사이에 위치한, 조가비 강이라는 뜻의 슬라이고 근처에 벤 불벤Ben Bulben이라는 산이 기이한 형상으로 솟아 있었다. 산 아래 드럼클리프 마을의 세인트 콜롬바즈 페리쉬 교회 뒤뜰 묘지에는 아일랜드의 민족시인 예이츠가 잠들어 있었다. 세상에서 가장 아름다운 묘비명을 꼽으라면 나는 주저 없이 에게 해 크레타 섬에 있는 니코스 카잔차키스의 것("나는 아무것도 가진 것이 없다. 나는 아무 것도 두렵지 않다. 그러므로 나는 자유다")과 바로 이곳 예이츠의 것이라고 말할 것이었다.

"삶에도, 죽음에도 차가운 눈길을 던지라. 말 탄 자여 지나가거라."

벤 불벤을 에돌아 호수로 가는 초원길. 한가로이 풀을 뜯는 소와 양떼들. 노란 들꽃들이 자욱하게 퍼진 풀밭. 낮은 돌담의 좁은 2차선 도로. 나도 모르게 소녀 시절 곧잘 음송하곤 했던 「이니스프리 호도」라는 시가 흘러나왔다.

"나 이제 일어나 가리 이니스프리로 가리./거기 나뭇가지 엮어 진흙 바른 작은 오두막 짓고/아홉 이랑 콩밭과 꿀벌통 하나/벌 윙윙 내는 숲속에 나 혼자 실리."

그때 그 소녀는 이니스프리 호도의 뜻을 이해했을까. 김소월의 민

아일랜드 북서쪽 대서양 연안의 미항 슬라이고 근처 벤 불벤 산. 산 자락 아래 드럼클리프 마을 교회 뒤뜰 묘지에 예이츠가 묻혀 있다

요시처럼 그저 주어지는 대로 익숙한 느낌이 좋았을 것이다. 바다에 섬이 있는 것은 자연스러운 일이지만, 그다지 큰 호수를 본 적이 없는 소녀로서는 '호수 한 가운데에 떠있는 섬'을 실감하기 어려웠을 것이다.

이니스프리 호수는 명성에 비해 평범했다. 이니스프리라는 이름에 홀려 굳이 지구 반 바퀴를 날아갈 만한 것은 아니었다. 그런 호수는 주위에 얼마든지 있었다. 그러나 호수라고 다 같은 호수는 아니었다. 아무리 눈앞에 펼쳐진 호수가 특별할 게 없어 보여도 예이츠가 소박한 삶의 이상향으로 호명한 순간 그것의 운명은 달라졌다. 벌들 윙윙대는 숲속 오솔길을 걸어 당도한 이니스프리 호수에는 아무도 없었다. 호도를 오가는 나룻배 한 척과 주인을 기다리는 자전거 두 대가 나란히 놓여 있을 뿐이었다. 잔잔하게 일렁이는 호수의 물결에 가만히 손을 담가보았다. 그러자 호수의 일부라도 되는 듯 물결이 내 손을 감쌌다. 애무하듯 손등에 살랑거리던 물결의 여운을 음미하며 호수를 빠져나왔다.

북서쪽 항구 슬라이고에서 동쪽의 미항 골웨이Galway 로, 다시 골웨이에서 남서쪽 아이리시들의 슬픈 이민사의 현장인 코브Cobh 항을 거쳐 더블린으로 돌아왔다. 아일랜드 투어에 나선 지 나흘 만이었다.

**쌉쌀하고 구수한
기네스 맥주 한 잔**

더블린에 도착하자 가고 싶은 곳이 줄을 섰다. 오랜 열망으로 실현한 꿈의 공간인 만큼, 여기저기 우선순위가 자주 바뀌었다. 대학시절 열렬한 베케트 신봉자였기에 제일 먼저 그의 모교인 트리니티 대학에 가야 했다. 그러나 소설가가 된 이후 베케트보다 조이스 소설로 더 많은 시간 전전긍긍해야 했기에 그의 대작 『율리시즈』의 무대인 리피 강과 주인공 사내 레오폴드 볼룸이 온종일 떠돌아다닌 수많은 골목들과 펍들, 소설의 출발점인 인근 샌디코브 항의 마텔로 탑에 가야 했다. 아니다. 베케트와 조이스뿐 아니라 아일랜드를 빛낸 문인들의 보고寶庫인 더블린 작가 박물관도 가야 했고, 아일랜드 회화繪畵의 흐름도 살펴보아야 했다. 뿐인가, 1759년 대부大父로부터 기부받은 100파운드로 출발해 세계 최초의 글로벌 주류 그룹으로 번창시킨 아서 기네스의 맥주 공장에도 가야 했다.

감자와 소시지, 블랙푸딩(순대와 비슷한 아일랜드 전통음식)과 커피로 아일랜드 식 아침식사를 간단히 마치고 아침 여덟 시쯤 시내로 나갔다. 무조건 리피 강으로 향했다. 한강의 규모에 익숙해서인지, 너무 작게 느껴졌다. 처음 파리에 가서 센 강을 보고 느꼈던 감정과 크게 다르지 않았다. 동경과 환상이 클수록 현장과 현실은 그와 반비례하는 법. 트리니티 대학 교정을 걸었다. 아담했다. 예이츠가 민족부흥을 위해 재건에 힘썼던 애비Abby 극장을 돌아보았다.

더블린의 심장 오코넬 대로를 걸었다. 곧 제임스 조이스의 동상이 서 있는 '카페 킬모어'에 당도했다. 킬모어는 조이스가 자주 들러 커피를 마셨던 단골 카페였다. 조이스처럼 잠시 카페 유리 창가에 앉았다. 어느덧 점심 무렵이었다. 거리에는 제법 인파가 많아졌다. 젊은 여행자들이 조이스 발밑에 앉아 샌드위치를 먹으며 다리를 쉬었다. 그들은 자신의 등 뒤에 지팡이를 짚고 중절모를 쓰고 둥근테 안경을 쓴 채 비딱한 형상으로 걸어가는 모습의 청동상의 주인이 누구인지 관심이 없었다. 그런 것이었다. 보통 사람들에게 문학은 살아가는 데 있어도 되고 없어도 되는 것이었다. 누군가에게는 삶 그 자체이고, 그것 없이는 세상의 그 무엇도 무의미하지만 말이다.

그들 틈에 슬쩍 끼어 조이스 씨를 올려다보았다. 평생 태생지 더블린을 소설로 신랄하게 비판했던 제임스 조이스. 탯줄을 끊듯, 모국으로부터, 또 종교(가톨릭)로부터 스스로를 유배시키며 문학(소설)을 제3의 조국으로 삼아 망명했던 제임스 조이스. 작가 생전엔 서로가 배척했지만 사후엔 더블린의 자랑이 되어버린 제임스 조이스. 카페 킬모어를 나와 더블린의 또 다른 자랑 '기네스 스토어 하우스'가

┅제임스 조임스의 단골 카페 킬모어
┅제임스 조임스 청동상 사진

↕ 더블린 근교 위클로에 있는 기네스 가家의 영지와 호수. 호수 빛이 웅숭깊은 흑맥주 기네스의
　색깔과 닮았다

⋯ 기네스 캐스크(나무로 만든 맥주통) 조형물. 이 통에서 2차 발효와 숙성이 이루어진다

⋯ 즉석 기네스 맥주 맨 위에 크리미헤드로 만든 아일랜드 국화인 세 잎 클로버가 새겨졌다

있는 세인트 제임스 게이트로 향했다.

사방이 탁 트인 7층 전망대에서 더블린 시내를 내려다보며 기네스 한 잔! 맥주 애호가라면 예이츠도 조이스도 베케트도 아닌 바로 이 순간, 물방울이 송글송글 맺히도록 차갑게 기네스 파인트 유리잔에 담긴 흑맥주 한 모금을 마시기 위해 지구 반 바퀴를 날아올 수도 있었다. 1층에서 6층까지 진행되는 기네스 맥주 투어는 아일랜드의 역사와 아일랜드 인의 혼을 확인하는 과정이었다.

7층에 이르자 기네스 특유의 씁쓸하면서도 구수한 향이 전신 깊숙이 스며들었다. 참아온 갈증이 어느 때보다 달게 느껴졌다. 즉석에서 크리미 헤드(두툼한 흰 거품)로 아일랜드 국화인 세잎 클로버를 만들어주었다. 카푸치노처럼 입가에 흰 거품을 남기며 웅덩이처럼 검은 액체가 목울대를 스치며 목구멍 속으로 흘러 내려갔다. 마치 어둠이 걷히듯 눈앞이 시원해지며 불끈 힘이 솟았다.

몇 걸음 걸어 전망대 유리 창가에 가 섰다. 눈높이에 제임스 조이스의 소설 한 대목이 눈앞에 보이는 전망을 가리키고 있었다. 조이스의 문장을 따라 시선을 곧게 응시했다. 저 멀리 리피 강 건너 트리니티 대학 교정이 아련하게 눈에 잡혔다. 서늘하면서도 육중한 감미로움에 못 이겨 꿀꺽꿀꺽 단숨에 잔을 비웠다. 입가에 하얗게 크림이 번져 있었다. 술꾼처럼 손등으로 슬쩍 입가를 훔쳤다.

저녁엔 더블리너 L씨를 따라 펍에 가기로 했다. 이니스프리 호수를 떠나올 때던가, 예이츠 무덤으로 갈 때이던가 L씨가 운전하며 들려주던 아이리시 민요가 귓전에 맴돌았다. 나도 아는 노래였다.

"오, 대니 보이! 피리소리는 산골짝, 골짜기마다, 산허리를 타고 울려퍼지네. 여름은 가고 장미꽃들은 떨어지는데, 너는 가야만 하고 나는 머물러야 하는구나."

갓 올라온 취기 탓인지, 가사에 어린 한恨 때문인지, 눈물이 핑 돌았다.

성스러움 깃든
모허의 절벽

이니스프리 호도와 벤 불벤 산의 소소하고 한적한 잔상 때문이었을까. 끝없이 펼쳐지는 초록색 초원 때문이었을까. 골웨이의 물결치는 해변 산책로를 걸을 때에도, 모허의 절벽Cliffs of Moher" 위에 다가섰을 때에도 이상하게 마음이 평온했다. 마치 통도사나 불국사 석굴암으로 이르는 긴 오솔길을 걸을 때 깃드는 평상심平常心이라고 해야 할까. 아일랜드로 건너오기 전 들렀던 영국의 거석 유적지 스톤 헨지를 둘러싼 거대한 풀밭을 걸으며 느꼈던 순심順心이라고 해야 할까. 세상 끝에 서 있는 듯했지만, 북대서양의 몰아치는 물결과 바람과 대기와 하늘 앞에 서서 시원始原을 생각했다. 마치 한 번도 살아보지 못한 태초의 아이로 돌아간 듯했다.

모허의 절벽에서 로우어 섀넌 지방의 서쪽 해안선을 따라 남쪽으로 달렸다. 곳곳에 여행자들이 눈에 띄었다. 아일랜드에서 만나는

■ 아일랜드 클레어 주의 해안에 있는 높이 200미터의 거대한 절벽으로 길이가 8킬로미터에 이른다. 이 절벽이 도저히 접근할 수 없을 정도로 험한 곳은 아니지만, 바다에서 곧장 수직으로 솟아있는 모습이 대단히 위압적이다.

아일랜드 서쪽 미항 골웨이 인근 해안의 절경 모허의 절벽

오리엔탈 소스를 얹은 그린 샐러드

여행자들은 파리나 로마, 프라하와 같은 유럽의 예술 수도들에서 마주치는 여행자들과 사뭇 달랐다. 그들의 표정과 태도는 어딘지 고고학적이거나 지질학적이었다. 아일랜드의 바람 한 줄기, 돌멩이 하나, 작은 야생꽃 한 송이를 마치 노트르담 대성당의 장미창이나 성베드로 성당의 피에타처럼 대하는 듯했다. 인공의 힘이 닿지 않은, 천연 그대로의 풍경이 그런 성스러움을 자아냈다.

골웨이에서 한두 방울 떨어지던 빗방울이 모허의 절벽에 이르자 말끔히 개었다. 구름 한 점 없이 파란 하늘이 신비로웠다. 자동차는 해안도로를 버리고 내륙으로 진입해 낮은 돌담의 좁은 2차선 도로를 달렸다. 가다가 양떼나 소떼를 만나면 멈춰서거나 서행을 했다. 2000년대 들어 IT 육성 국가로 각광을 받으면서 주목받게 된 리머릭Limerick 전후로 산업도로가 나 있었다. 유럽연합EU의 지원 아래 곳곳에서 도로공사가 진행된 것이었다. 리머릭을 통과해 도착한 곳은 아일랜드 제2의 도시이자 제1의 항구인 코크Cork. 모허의 절벽에서 점심에 출발했는데 어느새 해가 지고 어둠이 내렸다.

코크 도심을 흐르는 리 강 운하 언덕에 있는 앰배서더 호텔에 여장을 풀었다. 밀리터리 언덕에 붉은 벽돌로 지어진 호텔은 웅장했다. 제1의 항구도시가 거느린 위용으로 여겨졌다. 모허의 절벽 아래 간이식당에서 부실하게 점심을 먹은 탓에 몹시 시장했다. 전날 골웨이에서는 아일랜드가 자랑하는 미항의 미각을 탐험하기 위해 해산물 요리를 청했었다. 여름이었지만 항구의 싱싱한 해산물을 기대하고 굴을 비롯 시푸드Sea Food를 선택했다. 특별히 기억에 남아 있지 않은 것으로 보아 인상적인 맛은 아니었다.

사흘 동안 아일랜드 북서쪽 슬라이고와 서쪽 골웨이를 여행하면서 얻은 결론은 아일랜드는 맛을 위해 가는 곳이 아니라 눈, 특히 마음을 위해 가는 곳이었다. 800년 가까이 옆 나라 영국의 식민 지배를 받은 한 많은 섬나라. 자연의 혜택이라고는 거친 바람 속에 살아남은 잔풀과 돌멩이들뿐, 척박한 토양의 섬나라. 감자 대기근으로 허기와 싸우다 죽거나 주린 배를 움켜쥐고 신대륙으로 떠나야 했던 섬나라 사람들.

겨울도 아닌데 일찍 해가 졌다. 구르메 식당으로 이름을 올린 호텔 내의 '시즌즈 비스트로'로 내려갔다. 메인 요리로 아일랜드 시골풍 아이리시 스튜가 눈에 띄었다. 이곳 농부들이 주로 먹는 양고기 캐서롤(Lamb or moutton casserole. 양고기를 오븐에 진득하게 쪄 양파와 감자를 얹은 요리)이었다.

흥미롭게도 아일랜드에서는 매년 인구센서스 조사와 함께 소와 양의 수를 헤아려 발표했다. 아일랜드는 총 인구수가 400만 내외. 소와 양의 수는 대개 인구의 1.5배. 어디를 가든, 눈을 돌리면 사람은 보이지 않아도 가까이든 멀리든 소와 양을 만났다. 아일랜드를 생각하면 늘 싱그러운 풀밭에서 소와 양이 풀을 뜯는 풍경이 떠오르는 건 바로 여기에서 기인했다.

어린 양으로 요리한 아이리시 스튜는 프랑스 부르고뉴 산 보졸레 빌라주 레드와 잘 어울렸다. 아일랜드 남쪽 여행의 주목적지는 이곳 코그가 아니라 코브 항이었다. 내일 아침 돌아보고 더블린까지 올라가야 했기에 야간 항구 산책을 접고 일찍 잠지리에 들었다. 모허의 절벽에서 바라본 아란 군도群島의 잔상이 신기루처럼 잠결에 명멸했다.

영화 〈타이타닉〉의 무대
코브 항의 슬픈 이민사

코크는 물론 인근 사람들이 가족 단위로 유람 가기 좋아하는 아름다운 포구 킨세일Kinsale을 거쳐 코브에 도착한 것은 아침 10시 경. 자동차가 코브로 진입하는 해변 언덕길을 넘어갈 때 나도 모르게 몸이 차창에 바싹 다가앉았다. 더블린이 청춘시절부터 오랜 세월 품어온 동경의 공간이었다면, 눈앞에 펼쳐지는 코브는 근래에 나를 사로잡은 미지의 공간이었다. 전세계의 영화팬들을 감동의 도가니로 몰아넣었던 러브 스토리의 영화 한 편이 있었다. 레오나르도 디카프리오와 케이트 윈슬렛 주연의 〈타이타닉〉(1997). 이 영화는 클라크 케이블과 비비언 리 주연의 〈바람과 함께 사라지다〉와 소피아 로렌과 마르첼로 마스트로얀니 주연의 〈해바라기〉 등 세계영화사에 길이 남는 러브 스토리의 반열에 올라 있다.

그러나 아무리 영화에 깊이 감동을 받고 평생 잊지 못할 장면으로 기록되어 있다고 해도 정작 영화의 무대가 아일랜드 남쪽의 작은 항구 코브라는 사실은 잘 알지 못한다. 그리고 고고학적으로 희귀한 게일 유적을 자산으로 가지고 있으면서도, 유럽의 최빈곤국으로 흰 검둥이라고 멸시를 받았던 아이리시들이 목숨을 걸고 태생지를 떠나야 했던 첫 출발점이 바로 이 코브라는 것을 잘 알지 못한다.

코브 항으로 들어서자 축제 준비로 한창이었다. 해변 선창가에 온

마을 사람들이 몰려들어 있었다. 곧 요트 경주가 곧 시작된다고 했다. 두 아이를 앞세우고 바다를 향해 서 있는 여인의 동상이 부두에 세워져 있었다. 뒤로 붉은 벽돌로 지어진 단층 건물의 〈이민사박물관〉이 눈에 들어왔다. 일주일 전 리버풀에 갔을 때 항구 곳곳에 펄럭이던 깃발이 퍼뜩 떠올랐다. 리버풀-뉴욕. 1848년에서 1950년 사이에 6만 명이 이민을 떠났고, 그 절반이 이곳 코브를 통해 대서양을 건너 미국으로 향했다. 바로 영화의 타이타닉 호는 실제 1912년 리버풀을 출발해 뉴욕으로 가는 길이었고, 이곳 코브를 마지막으로 들렀다.

나는 이민사박물관으로 들어서기 전에 항구의 타이타닉 바Bar로 향했다. 영화 〈타이타닉〉에서 아메리칸 드림을 가슴에 품은 가난한 화가 지망생 잭(레오나르도 디카프리오)이 뱃삯이 없어 안타까워하다가 펍에서 기적적으로 판돈을 끌어모아 3등칸으로 펄쩍 뛰어오르며 세상을 얻은 듯 갑판에 올라 "나는 왕이다!(I'm the king of the world)"라고 외치는 장면을 나는 잊지 않고 있었다. 잭에게 행운과 사랑, 그리고 죽음의 길을 열어주었던 펍의 실제 무대를 확인하고 싶었다.

불멸의 사랑이란 요절의 역사에 속한다. 침몰한 타이타닉 호에서 발견된 궤 속에 70년간 보관되어 있던 여인의 초상화가 그 사실을 새삼 환기시켰다. 침몰할 운명의 타이타닉 호에서 잭은 한 여인을 만나고, 둘은 사랑에 빠졌다. 초호화 타이타닉 호는 세 부류의 계층이 가기 층을 달리하며 승선하게 되어 있었다. 여인은 상류층의 1층 1등칸, 잭은 최하류층인 바다의 3등칸. 여인에게는 약혼자가 있었으나 둘의 운명은 막을 수 없었다. 둘은 사랑을 나눴고, 잭은 사랑하는

코브 항. 아일랜드 이민자들의 절반이 이곳을 통해 대서양을 건너 뉴욕으로 떠났다
타이타닉 바. 1912년 리버풀을 출항해 대서양을 건너던 중 침몰했던 타이타닉 호가 마지막으로
들렀던 곳. 영화 〈타이타닉〉의 무대다

여인의 나체화를 그렸다. 배는 밤을 넘기지 못하고 난파했고, 둘은 침몰하는 마지막 순간까지 애절하게 서로의 체온으로 삶을 지탱하며 죽어갔다. 〈내 마음은 언제나 그대로My Heart will go on〉. 셀린 디온이 부른 〈타이타닉〉의 청아하고 신비로운 멜로디가 아침 안개에서 깨어나는 항구의 해변로를 따라 울려 퍼졌다.

"매일 밤 꿈속에서 그대를 봅니다. 그대를 느낍니다."

더블린의 랍스터

아일랜드의 모든 길은 더블린으로 통한다. 그것은 파리와 로마, 프라하가 지닌 속성과 다르지 않다. 코브를 떠나 더블린에 도착함으로써 북아일랜드를 제외한 아일랜드 북서부와 서부, 남부, 그리고 동부를 돌아본 셈이었다. 프랑스나 스페인, 이탈리아 여행은 풍경과 함께 맛기행의 즐거움이 크다.

북대서양의 작은 섬나라 아일랜드에서 내가 구한 것은 무엇일까. 원초적 자연의 싱그러움 속에 한 걸음 한 걸음 나아갈 때마다 맞닥뜨리는 아일랜드의 슬픈 역사와 아이리시들의 애환. 더블린은 작가들의 성지. 제임스 조이스와 사뮈엘 베케트를 비롯 오스카 와일드까지 이틀에 걸쳐 이곳 출신의 족적을 좇았다. 충분하지 않았다. 3개월 뒤 다시 더블린을 방문했다. 여름 여행이 아일랜드 일주에 초점이 맞추어졌다면, 11월의 겨울 여행은 제임스 조이스와 그의 소설 『율리시즈』의 무대에 좀더 깊이 들어가는 데 있었다.

⋯ 오스카 와일드의 익살스러운 동상. 세계문학사에 빛나는 작가들의 성지인 더블린은 제임스 조이
   스, 사뮈엘 베케트, 오스카 와일드의 족적이 곳곳에 남아 있다
⋯ 갓 잡은 랍스터를 들고 있는 어부. 더블린 만 샌디코브 포구의 어부와 그 아들

　　고대 호메로스의 서사시이자 모험담인 『오디세이아』를 원본으로
20세기 초 근대 더블린의 하루 방랑을 4만 단어로 기록한 『율리시
즈』는 샌디코브라는 포구의 마텔로 탑에서 시작한다. 아침을 먹자마
자 샌디코브로 향했다. 11월의 더블린 날씨는 살을 에듯 매서웠다.
포구에서 뜻밖에 베케트의 얼굴을 닮은 머피라는 어부와 그의 아들
을 만났다. 머피는 아들을 앞세우고 갓 잡은 랍스터를 통에 담고 있
었다. 부자는 전혀 생김새가 닮지 않았고, 말이 없었다. 나 또한 그
들처럼 말없이 분주하게 움직이는 막 잡아온 랍스터 분류 작업을 묵

묵이 지켜보았다. 어디에서 마음이 통했는지 베케트처럼 날카롭고 무뚝뚝하게 생긴 머피는 감청색이 감도는 랍스터 한 양동이를 내게 불쑥 내밀었다.

더블린에서의 마지막 날, L씨는 랍스터를 오븐에 쪄서 파티를 열었다. 여름과 겨울 두 차례에 걸쳐 방문했던 더블린의 맛은 나에게 아무것도 가미하지 않은 랍스터의 담백한 속살로 남았다. 더블린에서 돌아오는 하늘 길, 붉은 노을이 찬란했다.

어느 날에 존재하는 삶,
뉴욕

뉴욕 베이글과 베트남 포 스파이시 비프

21세기 현대 예술의 메카인 모마에서 한나절을 보낸 뒤, 인근 세인트 패트릭스 교회와 5번 애비뉴의 풍경을 스케치한다. 또는 지금처럼 월드브레이드센터 역에 하차한 경우, 인근 트리니티 교회에 들렀다가 길을 건너 월스트리트를 곧장 걸어 뉴욕 만으로 이어지는 시포트까지 내쳐 나아간다. 등대, 범선, 바다 냄새, 물결치는 생동감을 느끼고 싶어서다.

신세계의
꿈이 담긴 도시

나에게 뉴욕은 리버풀과 더블린, 그리고 암스테르담의 연장선상에
있다. 항구도시로서의 면면은 영국의 리버풀적이고, 곳곳에 박혀 있
는 오래된 건축물의 외형은 네덜란드의 암스테르담적이고, 눈에 띄
는 펍과 교회는 아일랜드의 더블린적이다. 뉴욕에 첫 발을 딛기 일
년 전, 암스테르담과 리버풀, 더블린과 코브를 돌아본 결과다. 가끔
생각해보곤 한다. 만약, 암스테르담-리버풀-더블린의 행로가 선행
되지 않았다면 뉴욕은 나에게 어떤 첫인상을 남겼을까.

　뉴욕으로 떠나기 오래전부터 나를 사로잡았던 이유는 모마(MoMA,
The Museum of Modern Art, New York, 뉴욕 현대미술관)와 브로드웨이(뮤지
컬)와 블루 노트 재즈 클럽(Blue Note Jazz Club, 미국 뉴욕 그리니치빌리지에
있는 재즈 클럽)의 뜨거운 현장이기 때문이었다. 그런데 이제 뉴욕은
단지 거기에만 그치지 않는 다른 결정적인 이유가 있다. 그것은 언
제 가더라도 부엌과 채마밭을 사용할 수 있도록 준비가 되어 있다는

하늘에서 바라본 대서양 연안의 뉴욕 항과 뉴욕
만, 이스트 강과 허드슨 강이 어우러져 있다

허드스 강변 언덕에 위치한 스티븐스 공과대학에서 바라본 맨해튼 정경. 많은 사람들이 쾌적한 호보켄에 살면서 배나 터널, 다리를 이용해 맨해튼으로 출근한다

것. 뉴욕이라고 말을 했지만, 사실 내가 머무는 곳은 허드슨 강 건너 뉴저지 팰리세이드파크의 원종대 씨 댁이다. 도착한 다음날부터 나는 마치 내 집처럼 부엌을 접수하고, 아침마다 정원 한편에 자리잡은 채마밭의 싱싱한 채소로 아침 식탁을 차렸다. 원래 이탈리아 인 목수가 지어서 살던 집답게 채마밭은 물론 정원 울타리까지 다채로운 허브가 자라고 있다. 상추와 쑥갓에서부터 자줏빛이 감도는 이탈리안 깻잎과 싱그러운 루콜라, 로마 사람들이 즐겨 먹었다는 로메인 상추와 상큼하게 톡 쏘는 겨자, 향기로운 로즈마리 등, 세어 보니 무려 스무 가지가 넘었다. 이보다 더 황홀한 유혹이 있으랴. 체류하는 동안 매일 허드슨 강 건너 맨해튼으로 하루 여행을 떠나곤 했는데, 외출 전후 대부분의 시간을 보내는 곳이 책상이 아닌 부엌인 이유가 여기에 있었다.

베이글과 그린 샐러드, 그리고 스크램블드 에그와 커피. 뉴욕식 아침식사를 하며 원종대 씨와 나누는 대화는 언제나 즐겁다. 원종대

간단한 뉴욕 식 아침식사. 원종대 씨 댁의 정원 채마밭에서 자라는 채소로 만든 가든 샐러드와 스크램블드 에그, 그리고 몽블랑 베이커리의 명물 베이글

씨는 작은 사업체를 운영 중이다. 부인인 박정애 여사는 인근 레오니아에 몽블랑베이커리를 열고 있다. 원종대 씨는 아침 저녁으로 부인을 도와 베이커리를 지킨다. 그들은 평생 몸에 밴 부지런함으로 동네 사람들의 아침식사인 베이글을 공급하기 위해 어두컴컴한 새벽에 일어난다. 그리고 두 시간 뒤, 내가 비니거(Vinegar, 서양 식초의 하나)와 마늘, 올리브 오일과 진간장으로 오리엔탈 소스를 만들어 채마밭 채소로 그린 샐러드를 준비하고, 스크램블드 에그를 곁들여 간단한 아침상을 차릴 즈음, 원종대 씨가 고소하게 구워진 베이글과 갓 뽑아낸 아메리카노 커피를 가지고 온다.

원종대 씨는 전세계를 누비며 한국 전자 제품을 팔아온 1세대 무역 종사자. 대학에서 기계공학을 전공했고, 무역상사 시절 입사해 세계 굴지의 전자회사로 발전한 L그룹의 독일 프랑크푸르트 지사를 거쳐 뉴욕 지사에서 근무하다가 은퇴하고 현재는 개인 사업을 운영하고 있다. 내가 주로 예술가들의 족적을 좇아 오랜 세월 유럽을 드나들었다면, 원종대 씨는 TV와 에어컨 등을 팔기 위해 인도, 아프리카에서부터 뉴욕까지 온몸으로 뛰었다. 맨해튼 32번가에 한인 거리가 생성되기 전, 어느 나라를 가든 현지 사람들이 한국이라는 나라의 존재를 알지 못하던 시절, 그의 출장은 모험과 외로움의 연속이었다.

그래서일까. 원종대 씨는 서울-프랑크푸르트-서울-뉴욕으로 이사를 하면서도 젊은 시절부터 읽어온 「TIMES」지를 식구들의 지청구를 들으면서도 한 권도 버리지 않고 지하에 모셔놓고 있다. 나는 전세계를 주름잡았던 원종대 씨의 무역담만큼이나 「TIMES」지에 대한 순정을 사랑한다.

원종대 씨가 출근하고, 나도 외출을 준비한다. 맨해튼Manhaton이 아닌 호보켄Hoboken이다. 지도와 지명에 민감한 나지만, 호보켄은 처음 들어보는 이름이다. 원종대 씨의 자녀이자 아침 식탁의 멤버인 스물일곱 살 청년 승호와 그의 누이 경호가 안내를 맡기로 자청했다. 승호는 허드슨 강변에 위치한 스티븐스 공대에서 컴퓨터 공학을 전공한 웹디자인 디렉터. 미시간 대학에서 건축을 전공한 경호는 맨해튼의 건축회사에 다니고 있다. 유소년기를 독일에서 보낸 이 남매의 말에 따르면, 맨해튼을, 아니 뉴욕을 알려면 호보켄을 먼저 보아야 한다는 것. 호보켄에는 어느덧 뉴요커인 그들이 단골로 찾아가는 식당 '투타 파스타Tutta Pasta Grill & Bar'가 있다는 것. 이탈리아 인 목수가 지은 집에서 이탈리아 인 목수가 가꾸어놓은 채마밭에 감동한 나머지 나는 맨해튼에서의 점심 대신 호보켄 행 제안을 선뜻 붙잡았다.

"여기가 바로 뉴욕이다!" 구대륙에서 신세계의 꿈을 안고 대서양을 건너 온 이민자들은 호보켄에 도착해서 이렇게 외쳤다. 어디에서 들었는지 승호가 귀띔해주었다. 유럽 이민자들의 눈에 뉴욕으로 보인 호보켄은 내 눈엔 암스테르담의 거리와 흡사했다. 호보켄 중앙을 관통하는 주도로인 워싱턴 거리 양편에 호보켄의 역사를 홍보하는 박물관 깃발이 펄럭이고 있었다. 허드슨 강을 사이에 두고 맨해튼과 마주하고 있는 호보켄은 초고층 비즈니스 빌딩들로 숲을 이루고 있는 맨해튼에 비해 조용하게 살아 움직이는 듯했다.

뉴욕으로 통칭되는 맨해튼은 원래 앨공퀸이라는 인디언 부족들이 사는 숲이었다. 이 숲, 또는 섬을 현재의 뉴욕이라 명명한 것은 영국

: 1860년 경 네덜란드 인의 이주로부터 시작된 호보켄의 역사를 알리는 깃발. 초기 유럽 이민자들은 이 호보켄 항구에 입성해 "여기가 바로 뉴욕이다!"고 외쳤다

: 호보켄은 초기 네덜란드 인들의 이주에 따라 건축 형태와 분위기가 네덜란드, 특히 암스테르담과 흡사하다

이다. 그런데 뉴욕 이전, 이 섬을 처음 발견한 유럽 인은 네덜란드 인으로 당시(1625) '뉴 암스테르담'으로 불렸다. 상업의 귀재들인 그들은 새로운 암스테르담을 내세웠지만 관리와 수익이 원활하지 않자 영국인의 손에 넘겼고, 영국인은 본토에 있는 욕York이라는 도시명에 역시 새로운이라는 형용사를 붙여 '새로운 욕New York'을 출범시켰다(1664). 그래서인지 뉴욕 맨해튼이 암스테르담과 영국의 흔적이 짙게 투영되어 있다면, 이곳 호보켄은 명칭부터 건축 형태까지 네덜란드적인 분위기가 물씬 풍겼다.

투타 파스타의 포카치아

워싱턴 거리 200번지, '투타 파스타'를 찾아갔다. 창업주이자 50년 경력의 요리 장인인 포르투나토 디나탈레 씨는 자신만의 파스타와 화덕 피자를 개발해 호보켄 사람들은 물론 뉴요커들에게 사랑을 받고 있다. 승호가 예약해놓은 터라 거리가 훤히 내다보이는 창가에 앉았다. 맨해튼과는 달리 가족 단위로 거리를 오가는 사람들이 눈에 띄었다. 어느덧 식당에는 테라스석까지 손님들이 자리를 잡고 앉아 있었다. 투타의 이탈리안 요리를 맛보기 위해 호보켄을 찾은 미식가들은 요리가 만들어지는 시간을 누리며 기다릴 줄 아는 표정들이었다.

셰프의 추천으로 보드카와 크림을 얹은 페네 보드카와 계란 후라이를 다져 파르마산 치즈가루와 얹은 에그플랜트 파마산, 그리고 이탈리안 파니니를 주문했다. 이탈리안 파니니는 치킨과 스테이크를 핵심으로 여섯 가지 메뉴로 나뉘어 제공되었다. 이 파니니에는 투타 파스타가 자랑하는 포카치아Poccacia가 곁들여져 나왔다. 포카치아는 이탈리아에서 오븐이 만들어지기 전 밀가루 반죽에 올리브 오일과 소금을 넣어 화덕에 구운 빵. 투타 파스타는 이 포카치아뿐 아니라 대부분의 피자와 치킨, 스테이크를 화덕으로 요리한다. 앙트레는 가든 샐러드를, 와인은 점심용으로 경쾌하게 이탈리안 하우스 와인급의 에코 도마니 키안티Ecco Domani Chianti로 했다. 이탈리아에서 대서양을 건너 온 와인 향에 취해서인지 지척에 있는 맨해튼이 까마득하게 멀어졌다가 가까워졌다가 했다.

세상 사람들, 특히 예술가들이 꿈꾸는 뉴욕이란 무엇인가. 오랫동안 나는 뉴욕과 맨해튼을 동일시해왔다. 대서양으로 흘러드는 이스트 강과 허드슨 강 사이에 떠 있는 한갓 섬일 뿐인 맨해튼이 미국을 대표하는 뉴욕을 대체해온 강력한 힘은 어디에서 온 것일까. 호보켄에서 점심식사를 끝낸 오후, 그리고 이후 체류하는 여름 동안 밤이나 낮이나 매일 출근하다시피 이어질 맨해튼 행이 내게 답을 알려줄 것이었다.

갓 구워온 포카치아의 고소하고 은근한 맛과 보드카 향이 밴 페네를 천천히 음미하며 하늘에서 내려다본 뉴욕을 떠올렸다. 오로지 유럽으로 향하던 마음을 북미 뉴욕으로 돌리기까지 시간이 걸렸다. 기내방송으로 비행기가 뉴욕에 진입했음을 알렸을 때 심장이 급격하게 뛰었던 순간을 나는 생생하게 되새기고 있었다. 폴 오스터, 에드워드 호퍼, 마크 로스코, 우디 앨런, 블루 노트, 브로드웨이, 맘마미아, 브룩클린 브리지…… 내 뇌리에 별처럼 박힌 이름들이 머릿속

유서 깊은 호보켄 역. 이 역에서 허드슨 강 밑을 통과해 맨해튼의 월드트레이드센터 지하를 잇는 전차가 운행되고 있다

에서 한꺼번에 솟아올라서는 충돌하며 현기증을 일으켰다. 문득, 폴 오스터의 소설 한 자락이 번개처럼 뇌리에 스쳤다.

"어느 날에는 삶이 있다."

호보켄 근처 뉴어크Newark에서 태어나 평생 뉴욕에서 뉴욕과 뉴욕 사람들을 소설로 쓰고 있는 뉴요커 폴 오스터에 따르면, 우리는 태어나 죽을 때까지 삶을 살아가고 있는 것 같지만, 삶은 언제나 있는 것이 아니고, 어느 날, 어느 날에만 있다는 것.

호보켄 역에서 패스(PATH. 뉴욕의 월드트레이드센터 지하에서 허드슨 강 밑을 지나 뉴저지를 잇는 전차)를 타고 맨해튼으로 향했다. 맨해튼 거리를 걷다가 서점이 눈에 띄면 잠시 들어가 폴 오스터의 『뉴욕 삼부작』을 펼쳐볼 것이었다. 호보켄의 하늘은 더없이 파랬고, 창공에는 여름날의 태양이 복사열을 사방에 퍼트리며 번쩍이고 있었다.

바람 구두를 신은
방랑자들의 거리

오후의 태양빛이 초고층 빌딩숲을 내리쬐고 있다. 섬은 섬 밖에서 바라볼 때 그 형상이 오롯이 잡히는 법, 섬 안에서는 그저 또 하나의 육지일 뿐. 내가 서있는 곳은 뉴욕, 월드트레이드센터 지하철 역 지상 출구. 나는 방금 호보켄 역에서 패스를 타고 허드슨 강 밑을 통과해 맨해튼에 도착한 참이다. 바로 여기가 호보켄 출신의 프랭크 시나트라가 외친 '뉴욕, 뉴욕'이다. 나는 이곳이 처음이 아니다. 2001년 9월 11일 100층짜리 쌍둥이 빌딩이 사라진 뒤 이곳은 한동안 땅

한가운데가 움푹 팬 공터였다. 철망으로 둘러싸인 채 누군가의 치부처럼 속속들이 적나라하게 드러난 현장을 바라보는 데에는 어떤 용기가 필요했다. 이제 공터에는 9·11 추모박물관이 건립되었고, 그 옆에는 104층의 뉴월드트레이드센터 빌딩이 위용을 드러내고 있다. 희생자들에게 묵념을 하고, 거리로 나선다.

"소문을 좀 내줘. 나 오늘 떠나. 뉴욕, 뉴욕의 일부가 되고 싶어."

그러니까 이곳은 프랭크 시나트라의 뉴욕, 에드워드 호퍼의 뉴욕, 폴 오스터의 뉴욕, 우디 앨런의 뉴욕이다.

"내 신발은 방랑자용, 뉴욕 한복판을 가로질러 여기저기 떠돌아다니고 싶어."

미국인이 가장 사랑하는 가수 프랭크 시나트라는 이탈리아에서 건너와 호보켄에 정착한 소방수의 아들. 호보켄의 이탈리안 식당 투타 파스타에서 점심을 마치고 거리로 나왔을 때 마침 소방차가 일요일 낮의 정적을 깨고 요란하게 사이렌을 울리며 지나갔고, 그때 마치 이웃 할아버지 이야기 전하듯 H가 알려준 사실이다. 프랭크 시나트라가 꿈꾸었던 뉴욕, 맨해튼의 거리를 바람 구두를 신은 방랑자의 걸음걸이로 걷는다.

뉴욕에서는, 파리에서처럼, 무작정 걷기로 한다. 딱히 목적지를 정할 필요가 없다. 그곳이 어디든 결국 도처가 목적지들이다. 목적지가 없지는 않다. 허드슨 강을 건널 때마다 구역 별로 두세 곳의 목적지를 계획하곤 한다. 예를 들면, 21세기 현대 예술의 메카인 모마에서 한나절을 보낸 뒤, 인근 세인트 패트릭스 교회와 5번 애비뉴의 풍경을 스케치한다. 또는 지금처럼 월드트레이드센터 역에 하차한 경우, 인근 트리니티 교회에 들렀다가 길을 건너 월스트리트를 곧장 걸어 뉴욕 만으로 이어지는 시포트Sea port까지 내처 나아간다. 등대, 범선, 바다 냄새, 물결치는 생동감을 느끼고 싶어서다. 시포트에서는 언제든 브룩클린 다리에 오르고야 만다. 서울과 파리와는 달리 뉴욕, 아니 맨해튼에는 다리가 많지 않다. 그러나 상징성이나 역사성, 곧 존재감으로 보자면 브룩클린 다리 하나만으로도 충분하다.

지난 며칠 동안 센트럴 파크 옆 박물관 거리(구겐하임미술관, 휘트니미술관, 메트로폴리탄미술관 등)에서 보냈다. 오늘은 분위기를 바꿔 그리니치 빌리지 쪽으로 발길을 옮긴다. 빌리지 뱅가드나 블루 노트에 자리잡고 앉아 맥주를 홀짝이며 재즈의 선율에 푹 빠져야겠다. 〈The best is yet to come!(최상의 것은 아직 오지 않았다!)〉 프랭크 시나트라는 자신이 부른 이 노래 제목을 묘비명으로 삼았다. "The best is yet to come!" 트럼펫 트리오의 화려한 금속성 선율과 프랭크 시나트라의 인간적인 목소리에 힘입어 발걸음이 한껏 경쾌해진다.

월스트리트 주변을 기웃거리며 배회한다. 브로드웨이로 접어들어 위로 거슬러 올라가기 시작한다. 소호를 지나 미 전역에서 재배한 식재료들을 선보이는 그린 마켓으로 유명한 유니온 스퀘어까지 걷는다. 저녁엔 전설적인 재즈의 메카 블루 노트가 있는 그리니치 빌리지로! 경호의 추천에 의하면, 추억의 재즈를 위해서는 빌리지 뱅가드로, 밴드 공연을 위해서는 블루 노트로 갈 것. 운이 좋으면, 허미 행콕Herbie Hancock의 재즈 피아노가 이끄는 환상적인 재즈 연주를 만날 수도 있다. 트럼펫과 색소폰, 콘트라베이스와 드럼. 몇 년 전 블루 노트에서의 황홀했던 순간을 나는 여전히 고스란히 간직하

21세기 현대 예술의 메카 뉴욕 현대미술관(MoMA, The Museum of Modern Art)
타임스 스퀘어 근처 악기점 거리 샘 애쉬에서 나를 사로잡은 드럼 숍

고 있다. 여흥을 못 이겨 다음날 악기점 거리로 유명한 타임스 스퀘어Times Square 근처의 '샘 애쉬'를 찾아가기도 했다.

즉흥적으로 떠오르는 대로 오후의 프로그램을 구성하고, 천천히 발걸음을 옮긴다. 나는 막 트리니티 교회 뜰의 묘지를 지나는 중이다. 초고층 마천루 틈새에 자리잡은 영원의 안식처. 붉은 사암 벽돌로 지어진 트리니티 교회 첨탑이 주위 월스트리트의 회색 콘크리트 빌딩군 속에 위엄 있게 치솟아 있다. 나무 그늘 아래 묘석들이 검푸른 이끼를 거느리며 고요하게 자리를 지키고 있다. 딱히 이유는 알 수 없으나, 허먼 멜빌의 소설 『필경사筆耕士 바틀비』의 맨 마지막 장을 읽을 때면 월스트리트와 마주하고 있는 트리니티 교회의 이 안뜰 묘지가 떠오른다.

"벽 밑에 웅크리고 무릎을 끌어안고 모로 누워 차가운 돌에 머리를 대고 있는 쇠약한 바틀비가 보였다. (중략) 절망하여 죽은 자들에게 용서를, 희망이 없는 상태에서 죽은 자들에게 희망을, 구제 없는 재난에 질식해 죽은 자들에게 희소식을 (중략) 아, 바틀비여! 아, 인류여!"–허먼 멜빌, 『필경사 바틀비』

필경사란 복사기가 없던 시절 필사를 하고 글자 수대로 돈을 받던 직업. 이 소설이 씌어진 1983년경은 맨해튼에 고층 건물들이 들어서고, 월스트리트가 형성되어 미 전역으로 주식 거래가 확대되던 시점. 돈의 폭발적인 유통으로 부동산 거래가 활발해졌고, 그에 따라 서류 작성자로서의 서기 역할의 전문가가 필요했다. 당시에는 변호

⋯ 트리니티 교회 안뜰 묘지. 뉴욕 초기의 저명 인사들이 이곳에 잠들어 있다
⋯ 월드트레이드센터와 월스트리트 사이에 86미터 고딕식 첨탑으로 위엄을 지키고 있는 트리니티 교회

사가 법률사무소를 운영하며 그 일을 처리했다.

필경사 또는 필사원은 이 법률사무소 소속으로, 멜빌의 소설에 따르면 한 법률사무소에는 서너 명의 필경사가 고용되어 있었다. 소설의 주인공은 반드시 현실과는 다른 생각, 또는 다른 양상을 보이는 '문제적 인물'. 필경사 바틀비에게 문제는 대인관계, 나아가 대사회적인 대응방식이다. 월스트리트의 변호사 사무실에 출근하게 된 바틀비는 고용주인 변호사의 업무 지시에 동료들과는 전혀 다른 반응을 보인다. 소설의 화자이고, 소설의 주 내용인 바틀비라는 필경사의 언행을 관찰하고 전함으로써 서사를 이끄는 인물인 변호사의 말을 빌리면, 바틀비는 그가 30년 간 겪어온 수많은 별별 필경사들 중 가장 이상했던 인물이다.

처음 바틀비의 필경 업무 능력은 기대이상의 만족스러운 상태였다. 그런데 만족감도 잠시, 사흘째 되는 날부터 바틀비의 독특한 언행과 존재방식이 변호사의 주의를 끌기 시작한다. 예를 들면, 변호사가 업무 끝에 바틀비에게 자신과 함께 적은 양의 문서를 검증하자고 하자, 바틀비는 '안 하는 편을 택하겠습니다'라고 대답한다. '하겠다' 또는 '안 하겠다'가 아닌 '안 하는 편을 택하겠다(I would prefer not to)'는 것! 영어 특유의 '부정否定의 화법', 곧 '그것을 하도록 되어 있는 현실 자체를 받아들이지 않는 편을 선택하겠다'는 뜻.

작가 허먼 멜빌은 자신이 소설 속에 부려놓은 이 한 문장이 21세기 문학과 철학 현장에서 가장 뜨거운 화두의 진원지가 되리라는 것을 짐작이나 했을까. 멜빌은 성서를 비롯, 인류가 남긴 걸작의 일부(인물의 형상이든 문장이든)를 작품의 일부 또는 출발점으로 삼은 것으로 알려져 있다. 그것은 작가들이 평생 사로잡혀 고전하는 화두인 세상 그 무엇도 '해 아래 새로운 것은 없다'라는 명제와 '인간이란 무엇인가'라는 질문에 대한 멜빌 식 대응인 셈이다.

시간의 화살에
사로잡히지 않기 위해

바틀비에게 너무 사로잡혀 있던 탓에 신호등이 바뀌도록 꼼짝하지 않고 서 있다가 깜짝 놀라 주위를 두리번거린다. 서로 끝이 맞닿을 듯 치솟은 건물들 사이 제트기 한 대가 포물선을 그리며 순식간에 사라진다. 제트기가 지나간 자리에 한 문장이 선명하게 떠있다. Time flies……. 화살처럼 날아간 시간은 다시 돌아오지 않는다는 것. 방금 흘러버린 프랭크 시나트라의 한 문장이 속절없이 흘러가는 시간에 응답하듯 귓전에 울린다. '최상의 것은 아직 남아 있다.' 그러자 그에 질세라 또 다른 문장이 공명하듯 귓전에 메아리친다. '우리에겐 오직 오늘만 있을 뿐!(No day but Today!)' 가난한 예술가 지망생과 시한부 인생들이 지상의 방 한 칸을 위해 혼신의 열정을 불사르는 뮤지컬 〈렌트Rent〉의 시그널 문장이다.

우리 인생에서 1년이란 어떻게 측정될 수 있을까. 1년을 분 단위로 쪼개면 525,600분! 우리는 1년을 살았다고 어떻게 증명할 수 있을까. 일기, 또는 모아놓은 영수증의 내역으로 재구성해볼 수도 있고, 누군가와의 통화 내역으로 짐작해볼 수도 있다. 나에게 1년이 그 누군가에게는 10년처럼 길 수도, 아니면 한 달, 하루처럼 순식간이 될 수도 있다. 시간의 속성이란 돌아볼수록 기묘해서, 1년이든 한 달이든, 또 하루든 활시위를 떠난 화살처럼 한순간이다. 시간의 화살에 사로잡히지 않기 위해 성큼성큼 앞으로 발걸음을 옮긴다.

뉴욕은 파리와 로마처럼 광장의 도시이자 21세기 첨단 공연 예술의 현장. 세계적인 뮤지컬 및 연극 공연장들이 맨해튼을 위아래로 길게 가로지르는 브로드웨이를 따라 즐비하다. 그런데 이들 실내 공연장만큼이나 내게 흥미로운 볼거리는 거리 풍경이다. 나는 종종 타임스 스퀘어나 유니온 스퀘어 광장 벤치에 앉아 오가는 사람들을 바라보기 좋아한다. 다양한 인종의 다양한 언어와 다양한 의상, 다양

유니온 스퀘어의 야외 재즈 공연. 이곳은 미 전역에서 재배한 농산물을 파는 그린 마켓이 열리는
곳으로 유명하다
그린 마켓

한 표정은 미술관에 전시된 그 어떤 작품보다도 개성적이다. 광장에서는 늘 갖가지 퍼포먼스와 재즈 공연이 펼쳐진다. 낯선 이방인들과 함께 리듬을 타다가 문득 멀리에 있는 그리운 얼굴들이 떠오른다. 맨해튼으로의 하루 여행이 며칠째인가. 남쪽 워싱턴으로, 또 북쪽 보스톤으로 한 번씩 멀리 다녀올 때마다 돌아갈 날을 세어본다.

뜬금없이 얼큰한 육개장 국물 생각이 간절해진다. 맨해튼에서의 육개장이라니! 매콤한 향초가 듬뿍 들어간 베트남 쌀국수집을 알고 있다. 유니온 스퀘어 37번지의 '리퍼블릭Republic'. 이곳은 파리 13구의 소문난 중국 & 베트남쌀국수집인 '트리꼬땡Tricotin'이나 '포Pho

리퍼블릭의 스파이시 비프. 칠리고추 육수에 흰 쌀국수, 쇠고기 약간, 숙주, 고수, 레몬 등이 어우러져 향긋하면서도 얼큰한 맛을 낸다

14'에 비할 바는 아니지만 유니온 스퀘어 근방에서는 뉴요커들이 즐겨 찾는 베트남&타이 전문음식점이다. 리퍼블릭에서 내가 선택한 메뉴는 스파이시 비프Spicy beef. 베트남 고추로 맛을 낸 얼큰한 육수에 흰 쌀국수, 소고기 약간, 숙주, 쪽파, 방울 양파채, 그리고 향기가 풍부한 고수Cilantro와 레몬.

국물까지 깨끗이 비워내자 거침없이 밤하늘로 울려 퍼지는 트럼펫 소리만큼이나 속이 얼얼하고 시원하다. 이른 저녁식사를 마쳤으니, 이제 블루 노트로 가기 위한 재즈풍의 성장盛粧만이 남았다. 그리니치 가는 길, 시나트라의 정감 어린 목소리가 귀에서 속삭인다. 더 좋은 것이 아직 남아 있다!

다뉴브 강변의 부다와 페스트,
헝가리안 푸드 랩소디

글루미 선데이, 비프 스튜 구야시

인간의 욕망이 빚어낸 비극의 참상이 먼 이국에서 온 이방인의 가슴을 아프게 하는데, 매일 눈 뜨고 상처를 맞닥뜨리며 살아가는 현지인들의 심정은 어떠할까. 루카치를 좇아 강을 건너 갔으나, 루카치보다는 부다페스트의 속살을 얼핏 본 느낌이랄까. 학생식당 야외 파라솔 의자에 앉아 커피를 마시며 파괴에 대해 생각했다.

게오르그 루카치와
〈글루미 선데이Gloomy Sunday〉

헝가리는 17~18세기 오스트리아 합스부르크 왕가의 지배를 받았고, 20세기 초까지 오스트리아-헝가리 이중제국(1867~1918) 형태의 국가 체제였다. 과거로부터 1세기 가량의 시간이 흘렀는데도 부다페스트는 초행길인 나에게조차 많은 부분 빈과 연계되어 보였다. 자정 무렵 여장을 푼 호텔명에서부터 '빈-부다페스트'라는 표기가 마치 쌍둥이처럼 눈에 띄었다. 그리고 부다페스트에서 머무는 사흘 동안 곳곳에서 하나로 연결된 두 도시의 이름을 볼 수 있었다. 그것은 영국과 아일랜드를 여행하며 목도했던 제국과 제국에 인접한 소국의 슬픈 운명을 환기시켰다. 런던-더블린, 빈-부다페스트.

　헝가리는 인구 1천만 명 규모의 동유럽 소국들 중 하나. 그러나 한국 문학계에는 친숙한 나라다. 20세기 불세출의 문예이론가 게오르그 루카치(Georg Lukacs, 헝가리의 철학자·미학자·헝가리 과학아카데미 회원)가 헝가리 출신이었고, 그의 『소설의 이론』은 한국의 소설 종사자들

두나 강변의 부다페스트. 부다 지역 왕궁 언덕에서 내려다본 전경. 강 건너는 페스트 지구

에게 지대한 영향을 끼쳤다. "별이 빛나는 창공을 보고, 갈 수가 있고 또 가야만 하는 길의 지도를 읽을 수 있던 시대는 얼마나 행복했던가?"로 시작되는 그의 『소설의 이론』의 첫 구절은 그때까지 나를 점령했던 랭보나 보들레르에 버금가는 미적 충격을 던져주었다. 고압선에 감전된 듯, 그 문장은 몇 번을 읽어도, 아니 몇 년이 흘러도 변함없이 전율을 일으켰다.

한 명의 문학사가가 거느리는 분위기가 한 나라 문화의 척도인 양 헝가리라는 나라가 궁금해졌다. 도대체 루카치라는 걸출한 문예가를 배출한 헝가리라는 나라는 어떤 곳일까. 그 나라의 수도 부다페스트는 어떤 모습일까. 그러나 그곳은 도쿄나 파리처럼 나로서는 단독으로 쉽게 접근할 수 있는 곳이 아니었다. 기약이 없었다.

그런 나를 부다페스트 현지로 거침없이 끌어당긴 것은 실화를 바탕으로 한 한 편의 영화였다. 롤프 슈벨 감독의 〈글루미 선데이〉. 자보와 일로나와 안드라스. 영화의 줄거리는 두 남자가 한 여자를 가운데 두고 이루어내는 특별한 사랑 이야기이다. 그러나 줄거리란 얼마나 앙상한 것인가. 사랑 속에는 마음이, 마음속에는 음악이, 음악 속에는 불가사의한 비극이, 비극 속에는 피할 수 없는 유혹이 깃들어 있음을 영화를 관통하지 않고는 느낄 수 없으니. 여주인공 일로나가 구불거리는 긴 머릿결을 휘날리며 자전거를 타고 달리던 두나 Donau 강의 다리, 사랑을 나누던 방과 바람에 일렁이던 창가의 커튼, 그들이 목숨처럼 운영하던 레스토랑과 피아노, 그리고 치명적인 멜로디의 〈글루미 선데이〉.

"당신을 잃느니 당신의 반쪽이라도 갖겠소."

영화가 끝나고 나는 한 여자를 공유한 두 남자의 특별한 사랑과 부다페스트의 풍광, 그리고 치명적인 노래의 여운에 빠져 한동안 헤어나지 못했다. 요원하게만 느껴졌던 부다페스트 행이 생각보다 빨리 찾아왔다. 문예지에 '유럽 예술 묘지 기행'을 연재하게 되었고, 그것은 그동안 서유럽 국가들에 국한되어 있던 나의 여행 반경을 넓히는 계기를 마련해주었다. 프라하의 카프카와 빈의 베토벤과 슈베르트, 그리고 부다페스트의 루카치. 그 세계는 얼마나 낯설고, 동시에 친숙할 것인가. 그리하여 새로운 모험 속에 또 무엇이 나에게로 와 나를 확장시켜줄 것인가.

〈헝가리 무곡〉과
비프 스튜 구야시

부다페스트에 도착한 것은 자정 무렵이었다. 두나 강의 세체니 다리 근처 기슭에 위치한 칼톤 호텔에 여장을 풀었다. 날이 밝자마자 도시의 형세를 살피기 위해 호텔 뒤편 성채의 언덕으로 산책을 갔다. 부다페스트란 두나 강을 사이에 둔 두 지역, 부다와 페스트가 통합된 것이었다. 내가 서있는 언덕은 부다 지역, 왕궁과 마차시 교회, 어부의 요새 등이 자리잡고 있었다. 그리고 언덕에서 내려다보이는 강 건너는 페스트 지역, 그곳은 시장과 박물관, 대학 등으로 구성되어 있었다. 여행서에 인쇄된 인상적인 부다페스트의 풍경은 왕궁의 부속인 어부의 요새에서 바라본 모습이다.

요새의 난간에서 내려다본 두나 강물은 홍수의 여파로 붉은 빛을

부다와 페스트 지역을 잇는 세체니 다리

띠며 흘러가고 있었다. 강 중앙에는 세체니 다리가 있었고, 그 아래로 웅장한 규모의 국회의사당 건물이 보였다. 언덕 곳곳에 건국기념일 축제를 알리는 깃발이 펄럭이고 있었다. 강 건너 파노라마처럼 펼쳐져 있는 페스트 지역을 천천히 살펴보며, 루카치가 소련에서 돌아와 교수로 재직했던 부다페스트 대학 교정, 아니 일로나가 자전거를 타고 달렸던 다리와 거리를 떠올렸다. 어서 언덕을 내려가 두 발로 밟아보고 싶었다.

부다페스트 대학에서 나는 무엇을 보고 싶었던 것일까. 사자상이 지키고 있는 세체니 다리 건너 찾아간 부다페스트 대학은 나에게 서글픈 감정을 던져주었다. 교정은 크지 않았고, 방학 중이라 텅 비어 있었다. 대홍수가 지나간 여름날 오후의 햇살이 뜨겁게 교정을 비추고 있었다. 어느 건물 할 것 없이 총탄 자국이 나 있었고, 파손된 상태 그대로 방치되어 있었다. 외벽은 마치 피부병을 앓는 듯 껍질이 벗겨져 흐릿했고, 전선줄은 몸 밖으로 튀어나온 핏줄기처럼 볼썽사납게 드리워져 있었다. 그것은 베를린 동쪽 훔볼트 대학으로 이어지는 운터덴린덴 거리(Unter den Linden, 구 동베를린의 중앙을 관통하는 대로, 일명 보리수길)에 늘어서 있는 건물들의 파손된 외벽과 장식물들을 보았을 때 느꼈던 안타까움과 다르지 않았다.

인간의 욕망이 빚어낸 비극의 참상이 먼 이국에서 온 이방인의 가슴을 아프게 하는데, 매일 눈 뜨고 상처를 맞닥트리며 살아가는 현지인들의 심정은 어떠할까. 루카치를 좇아 강을 건너갔으나, 루카치보다는 부다페스트의 속살을 얼핏 본 느낌이랄까. 힉셍식당 야외 파라솔 의자에 앉아 커피를 마시며 파괴에 대해 생각했다. 이곳 사람들에게 파괴의 흔적은 삶의 일부, 곧 일상이 되어버린 것 같았다. 일상은 숭고하고, 위대한 것이다. 그 어떤 것도 시간(일상) 앞에서는 망각의 법칙을 따르게 되어 있는 법.

부다페스트 대학을 돌아본 뒤 번화가인 바치 거리로 가려고 했으나, 해독 불능의 낯선 언어와 문자 때문인지, 곳곳에서 눈을 찌르는 파괴의 흔적 때문인지, 급격히 피로감을 느꼈다. 사자상이 지키고 있는 세체니 다리를 건너 호텔로 귀환했다. 그리고 해질녘에 건국기념일 축제가 한창인 언덕으로 나갔다. 부다페스트 대학 인근에서 겪었던 심란한 마음은 왕궁으로 이어지는 넓은 돌길을 걸어가는 동안 말끔히 정리가 되었다. 성채의 마당마다 흰 천막이 줄지어 쳐졌고, 무대가 설치되었고, 조명이 들어왔다. 이방인들과 부다페스트 시민들이 어우러져 붐볐고, 어두워질수록 축제 분위기가 무르익었다. 전통 공예품 장인들이 헝가리 전역에서 몰려와 능숙한 솜씨로 시연을 하며 물건을 만들어냈다.

공예품뿐만 아니라 프라하에서 맛보았던 전통 빵인 트르들로Trdlo를 만드는 천막도 있었다. 갓 구워낸 뜨거운 트르들로를 한 봉지 사들고 먹으며 사람들을 따라 왕궁으로 걸어 올라갔다. 성벽 중간 중간에 난 포문으로 부다페스트의 야경이 눈에 들어왔다. 어디에선가 구수한 냄새가 콧속으로 흘러 들어왔다. 냄새를 따라 가보니 장작불에 얹어진 큰 솥 안 가득 구야시Gulyás가 끓고 있었다. 구야시는 굴라시의 현지어 발음. 누구든 원하는 사람에게 한 사발씩 떠 주었다. 야채와 큼직큼직한 소고기 건더기가 뭉근하게 어우러진 얼큰한 파프리카 수프 한 그릇을 사람들 속에 섞여 그 자리에서 다 먹었다.

페스트 지구의 부다페스트 대학 교정

부다 왕궁

←··· 부다페스트 전통 빵 트르들로
···→ 트르들로를 만드는 제빵사

축제는 언제나 위대한 것, 아니 숭고한 것이다. 서로 알지 못하는 이방인들이 경계를 넘어 함께할 수 있으니. 구야시의 힘 때문일까. 둥그렇게 손을 잡고 춤을 추는 사람들 틈에 끼어 서툴지만 빠르게 돌아가는 스텝을 용기 내어 밟아보기도 했다. 그러고 보니, 헝가리 인들이야말로, 이웃 오스트리아 인들이나 보헤미아 인들처럼 선천적으로 음악의 피가 강한 사람들. 자정 무렵 언덕을 내려오며 브람스의 〈헝가리 무곡〉을 흥얼거렸다.

부다페스트에서의 사흘이 꿈처럼 흘러갔다. 범람한 거센 물결에 일부가 휩쓸려 갔지만, 아침엔 산책하다가 두나 강변의 벤치에 앉아 코끝으로 상쾌한 공기를 느껴보았고, 저녁엔 언덕의 축제를 즐기기도 했다. 아쉬운 것은 루카치에 이어 나를 부다페스트로 이끌었던 〈글루미 선데이〉의 무대인 '키슈피파Kispipa' 레스토랑에서 국

경일이 휴무인 관계로 저녁식사를 못한 것이었다.

키슈피파 대신 찾아간 곳은 페스트 지역에 있는 헝가리 전통 요리 식당인 '카챠 벤데글로Kacsa Vendeglo'. 피아노 대신 바이올린 악사가 브람스의 헝가리 무곡을 연주해주었고, 나는 언덕에서 맛본 구야시를 주문했다. 그리고 한 번도 경험한 적 없는 헝가리안 와인 에게르 Eger를 곁들였다. 구야시는 동유럽 여러 나라 사람들의 식탁에 빼놓을 수 없는 주식. 독일과 오스트리아에서는 '굴라스'로 불리며 메인 요리인 비프 스튜의 일종으로, 프라하나 이곳 부다페스트에서는 전채요리의 일종인 수프로 구분될 뿐이었다.

에게르는 구야시의 진한 농도만큼이나 짙은 적포도주였다. 한 모금 입 안에 떨구는 순간 혀놀기를 뚫고 그내로 흡수되는 듯 짱렬했다. 바이올린 악사가 가까이 다가왔고, 경쾌하면서도 애절한 무곡

◀┈ 부다페스트의 전통 음식 구야시　　　　┈▶ 헝가리 비프스테이크

의 선율이 귓속으로 쏟아져 들어왔다. 나는 바이올린 선율에 휩싸여 〈글루미 선데이〉가 의미심장하게 등장하는 나의 소설 『아주 사소한 중독』의 한 장면을 떠올렸다. 거기에는 핏빛으로 물든 일몰의 부다페스트 풍경이 아련하게 펼쳐지고 있었다.

Turkey

보스포러스 해협과 마르마라 바다,
뱃고동 물결 따라 일렁이는 두 세계의 매혹

겨울 밤의 석류 주스, 그리고 케밥의 세계

나는 어떤 향기를 맡았던가. 기억이 없었다. 내가 잠든 사이 코 끝 위로 살짝 흘러간 것일까.
동방의 빛을 찾아 콘스탄티노플까지 흘러온 19세기 프랑스의 작가 플로베르가 말하길, 적어
도 6개월은 머물러야 이스탄불의 실체를 깨닫게 된다고 토로하지 않았던가. 6개월이라니,
내가 이스탄불에 머무는 시간은 겨우 사흘. 나는 이스탄불의 무엇을 보고 갈 것인가.

석류 주스와
오르한 파묵

깊어가는 겨울밤, 이스탄불을 추억하며, 석류 주스를 만든다. 피처럼 검붉은 석류알, 이스탄불을 그리워하며 석류 주스를 마신다. 새콤달콤 첫맛, 산뜻한 뒷맛. 한 해의 끝자락, 석류 주스 맛이 오묘하다. 마르마라Marmara 앞바다의 뱃고동 소리가 들려오는 듯하다. 보스포러스Bosporus 해협의 안개가 눈앞으로 자욱하게 밀려오는 듯하다. 그해 겨울 정녕 나는 이스탄불에 가긴 갔던 것일까.

자욱하게 밀려와 손을 뻗으면 잡히지 않는 안개의 입자처럼, 그날 그 순간들이 아련하기만 하다. 그래서였을까. 이스탄불을 떠나며 다시 오리라 다짐하고 말았다. 뱃고동 소리가 힘차게 울릴수록, 보스포러스 해협에 안개가 두껍게 낀 것이라고 알려준 것은 이스탄불의 작가 오르한 파묵(Orhan Pamuk, 터키 이스탄불 출신의 세계적인 작가)이다. 아시아와 유럽, 두 세계가 어우러지는 그 특별한 안개를 체험하기 위해 나는 한때 비잔티움으로 또 콘스탄티노플로 불리던 이스탄불

현존하는 최고의 비잔틴 건축물인 아야 소피아(성 소피아) 성당. 그리스 정교 성당으로 지어져 이슬람 사원이 되었다가 현재는 박물관으로 문을 열고 있다

에 다시 가야 한다. 그러기 위해서는 그해 이스탄불에서의 사흘을, 그 행로를 되살려 보아야 한다.

내가 에게 해와 흑해 사이의 도시 이스탄불에 도착한 것은 1월 중순 자정 무렵이었다. 파리 샤를 드골 공항을 이륙한 지 세 시간 반 만에 아타튀르크Ataturk 공항에 착륙했고, 동승한 터키 인들이 환호하며 박수를 쳤다. 항공 이동이 많지 않던 시절의 광경이 터키에서는 여전했고, 그 모습이 새삼 정겨웠다.

에게 해와 흑해 사이라고 했지만 이스탄불은 정확하게는 마르마라 해와 흑해 사이의 보스포러스 해협 양안兩岸의 도시, 더 정확하게는 아시아 지구와 유럽 지구로 이루어진 도시이다. 같은 곳을 가리키는 비잔티움, 또는 콘스탄티노플이라는 이름들은 유럽과 아시아의 접점이라는 지리적인 특성으로 오래전부터 나를 유혹해왔다. 그러나 정작 내가 비행기를 탄 결정적인 이유는 체류하던 파리의 1월 날씨가 너무 음울하고 추웠던 탓이었다. 나는 지중해 남서쪽 항구의 포근함과 청명함을 기대했다.

아침에 깨어나면서 어떤 소리, 어떤 향香, 어떤 존재를 느꼈던가. 자전 에세이집 『이스탄불』에서 오르한 파묵이 말하길, 자정과 아침 사이 보스포러스 해협을 둘러싼 언덕 위로 길게 뱃고동이 울려 퍼진다고 말하지 않았던가. 또 보스포러스 해협과 마르마라 해 사이에 서 있는 등대에서 나팔소리가 구슬프게 울려 퍼진다고 말하지 않았던가. 그런데 귓전을 울린 소리에 대한 기억이 없었다. 내가 잠든 사이 귓불 사이로 새나간 것일까. 역사는 말하길, 터키가 세상의 중심이었던 시절, 세상의 모든 향과 맛은 이스탄불로 향했다고 기록하지

톱카프 궁의 테라스 식당에서 바라본 마르마라 바다

않았던가. 향료, 설탕, 커피가 이 매혹적인 오스만투르크의 수도를 거쳐 유럽으로, 세계로 퍼져나갔다고 전하지 않았던가.

나는 어떤 향기를 맡았던가. 기억이 없었다. 내가 잠든 사이 코 끝 위로 살짝 흘러간 것일까. 동방의 빛을 찾아 콘스탄티노플까지 흘러온 19세기 프랑스의 작가 플로베르가 말하길, 적어도 6개월은 머물러야 이스탄불의 실체를 깨닫게 된다고 토로하지 않았던가. 6개월이라니, 내가 이스탄불에 머무는 시간은 겨우 사흘. 나는 이스탄불의 무엇을 보고 갈 것인가.

자정 무렵에 공항에 도착해서 유럽 지구의 구도심에 있는 호텔에 여장을 푼 것은 새벽 1시경. 잠을 자는 둥 마는 둥 뒤척이다 날이 밝을 무렵 깜빡 잠이 들었다. 뱃고동 소리 대신, 터키 커피의 구수한 냄새 대신, 슬프도록 아름다운 실루엣들 대신 나지막한 저음의 중얼거림이 내 귀를 사로잡았다.

"이스탄불의 혼과 힘은 보스포러스에서 비롯된다."

신선한 야채와 치즈, 요거트로 구성된 터키 식 아침식사인 카흐발트Kahvalti를 마치고 일정에 맞춰 일찍 호텔을 나섰다. 새벽녘 귓전에 울리던 음성이 파묵의 그것이었음을 환기했다. 그의 자전적 회고록인 『이스탄불』은 그의 다른 어떤 소설보다 내 마음을 움직였다. 파리에서 구성된 다양한 국적의 여행자들 틈에 끼어 전용버스에 올랐다.

차는 숙소가 있는 유럽 지구의 유서 깊은 역사 지역(구도심)을 출발하여 골든혼(황금뿔) 해협의 갈라타 다리를 건넜다. 흑해에서 발원하는 드넓은 보스포러스 해협을 우측으로 끼고 달리다가 보스포러스 다리를 건너 아시아 지구 언덕으로 단숨에 올라갔다. 아침 안개가 걷히고 있었고, 보스포러스 해협이 한눈에 들어왔다.

방금 떠나온 유럽 지구의 아름다운 풍경 속에 크고 작은 모스크(이슬람 사원)의 첨탑(미나레)들이 마치 숲속의 전나무들처럼 치솟아 있었다. 붕긋붕긋한 지붕들을 비호하며 여섯 개의 첨탑이 위풍당당 서 있는 블루 모스크¹의 위치를 눈으로 더듬었다. 거리와 광장, 바닷가에 천 개의 모스크가 자리잡고 있었다. 모스크 한 곳에 첨탑은 하나 또는 둘, 많으면 블루 모스크처럼 여섯 개나 거느리고 있으니 도시

■ 술탄아흐메드 모스크Sultan Ahmed Mosque. 터키를 대표하는 사원으로, 사원의 내부가 파란색과 녹색의 타일로 장식되어 있기 때문에 '블루 모스크'라는 이름으로 더 잘 알려짐.

↑ 안개 속의 보스포러스 해협과 모스크
↓ 아시아 지구에서 바라본 이스탄불 전경. 흑해와 마르마라 해 사이 보스포러스 해협에 놓인 보스
포러스 다리가 유럽 지구와 아시아 지구를 잇고 있다

여명의 블루 모스크(술탄 아흐메드). 사원 내부가 푸른색과 녹색 타일로 장식되어 전체적으로 푸른색을 띠어 블루 모스크라 불리는 이스탄불을 대표하는 사원

를 수놓은 첨탑은 몇 천 개가 되는 셈이었다.

조금 전 블루 모스크에서 나는 푸른빛의 부드러운 돔들과 여섯 개의 고고한 첨탑에 매료되어 사원으로 들어갈 생각도 하지 않고 한참을 서있었다. 그러자 터키 식 액센트가 강한 영어 가이드가 슬그머니 옆으로 다가와 주위에 아무도 없음을 일깨웠다. 가이드를 따라 몸을 정갈히 하고 신발을 비닐에 넣어 사원으로 들어갔다. 일행들 중 이슬람 신도들은 카펫에 납죽 엎드려 절을 하고 있었다.

나의 첫 이스탄불 여행이 다국적 이방인들과 함께 하는 단체여행이 될 줄은 생각하지 못했다. 살다 보면, 타인의 삶에 슬쩍 끼어들어가 그들의 숨결, 그들의 언어, 그들의 몸짓 따라 움직여 보는 일도 생겼다. 여행의 참 의미는 익숙한 것들로부터의 결별, 그러니까 가족과 지인, 일상 공간과 모국어로부터 일시적으로 멀어지는 행위. 대화의 참 의미는 완전한 소통이 불가능함을 전제할 때 비로소 조금 획득되는 것. 북아프리카의 튀니지 인과 모로코 인부터 북유럽의 네덜란드 인과 스코틀랜드 인까지 소리 내어 대화하는 일 없이 터키식 영어를 구사하는 가이드를 따라 아침부터 오후까지 같은 방향, 같은 지점으로 묵묵히 이동했다. 그리고 밤, 각자 다른 숙소로 흩어졌다.

불완전한 폐허 속에
완전한 케밥

블루 모스크 옆으로 석양이 기울어질 때, 숙소에서 잠시 휴식을 취한 뒤 거리로 나섰다. 보스포러스 해협의 갈라타 다리 쪽으로 걸어내려갔다. 다리 위에서 낚시를 하는 사람들, 경적을 울리며 더디게 밀려가는 차량들, 자욱한 매연 속에 해협을 꽉 메운 선박들. 소설로 이스탄불을 세계 독자에게 널리 알린 파묵은 "이스탄불이 순수하기 때문이 아니라, 복잡하고, 불완전하며, 폐허가 된 건물들의 더미이기 때문에 좋아한다"고 고백했다.

어둠이 내리노독 보스포러스 해협과 골든혼 해협과 미르미리 바다가 어우러진 풍경을 오래도록 바라보았다. 파묵이 세상에 널리 알리고자 한 이스탄불의 작가 아흐메드 라심의 말이 떠올랐다. "풍경의 아름다움은 그 슬픔에 있다." 노벨상 수상작가 파묵이 세상으로부터 지칠 때면 뱃고동 소리를 듣기 위해 태생지 이스탄불로 돌아왔다면, 또 플로베르가 동양적인 것을 찾아 이곳에 왔다면, 그리고 사람들이 향료를 가지고 이곳에 와 전파했다면, 나는 이곳에 무엇을 찾아온 것일까. 수천 개의 첨탑 사이사이 숨바꼭질하듯 존재감을 드러내는 폐허를 만나기 위해, 그 폐허 풍경을 그럴 듯하게 유지시켜 주는 해협의 안개를 체험하기 위해 난 이곳에 온 것일까.

이스탄불의 모든 거리는 그랜드 바자르(Grand Bazaar, 이스탄불에 위치한 아치형 돔 지붕이 있는 대형 시장)로 통했다. 콘스탄티누스 대제의 성벽들과 잔해들이 드문드문 조명을 받고 있는 밤, 8시가 되자 거리는 한산해졌다. 그러나 그랜드 바자르만은 별천지였다. 지붕이 있는 시장, 터키 어로는 카팔르 차르시Kapar Carsi는 상점들이 즐비한 아케이드가 길게 이어지는가 하면, 셀 수 없이 사방으로 얽혀 있었다. 세계

그랜드 바자르에서 내 눈을 사로잡은 갖가지 전통 문양의 다채로운 접시들

에서 가장 오래된, 그리고 가장 큰 시장. 실크로드의 출발점이자 종착지. 16세기 오스만투르크의 수도로 세상의 모든 문물은 이곳으로 모여들었고, 또 이곳에서 흩어졌다.

그랜드 바자르에서 내 눈을 사로잡은 것은 갖가지 전통 문양의 다채로운 접시들이었다. 터키 블루를 바탕으로 정교하게 그려진 접시들은 세밀화의 전통을 숭배하는 터키 인의 장인 정신과 솜씨가 어우러져 화려하나 사치스럽지 않게 표현되어 있었다. 유목민의 후예로 동서양의 교차로에서 향료와 커피로 사람의 마음을 사로잡는 현란한 화술의 상인들과 미로처럼 얽히고설킨 바자르에서 벗어나자 마

이스탄불에서 저녁이면 찾아가 석류 주스를 마시던 단골 식당 세리야

항아리 케밥. 카파도키아 전통 케밥으로 야채와 고기와 향초 등 재료를 작은 항아리 안에 넣어 항아리째 화덕에 구워내는 케밥이다

치 큰일을 마친 사람처럼 얼굴은 상기되고 몸은 후줄근해졌다.

처음 산책에 나설 때와는 달리 빠른 발걸음으로 숙소로 돌아오는데 환한 조명 아래 유난히 사람들이 북적대는 식당이 눈에 띄었다. 낮에 길거리 노점에서 사 마셨던 따끈한 살렙(Salep, 난 뿌리에서 우려낸 뿌윰한 액체에 설탕, 계피가루 등을 넣은 차)이 생각나 들어갔다. 숯불에 익고 있는 쾨이테(미트볼)와 감자, 케밥(Kebab, 세계적으로 유명한 터키의 전통 육류 요리로 꼬챙이에 끼워 불에 굽는다)을 보니 식욕이 동했다. 자리를 잡고 앉아 주문을 하려는 찰나 달콤하고 산뜻한 냄새가 확 풍겨왔다. 한편에서 석류를 수북이 쌓아놓고 즙을 짜고 있었다.

결국 살렙도 케밥도 아닌 석류 주스를 주문했다. 내 마음이지만 종잡을 수 없었다. 석류알 속에 파묻혀 있는 흰 씨까지 갈아 꾹 눌러 짠 뒤 한 컵 담아주었다. 주스라기보다는 건더기가 많은 즙에 가까웠다. 새콤달콤한 첫맛, 상큼한 뒷맛. 피처럼 검붉은 석류즙이 입안에 번지자 몸에 생기가 돌 듯 세상이 명료하게 보였다. 그해 겨울 이스

⋯ 야채와 고기를 작은 꼬챙이에 꽂아 숯불에 구운 시시 케밥
⋯ 닭이나 양을 큰 꼬챙이에 꽂아 숯불에 익혀 얇게 도려내주는 도네르 케밥

탄불이 내게 준 선물은 새콤달콤하고 상큼한 석류 주스의 맛이었다.

마지막 날, 보스포러스 해협이 건너다보이는 마르마라 해안가 톱카프 궁전▪의 테라스 식당에서 케밥으로 점심식사를 했다. 케밥은 내게 생소한 음식이 아니었다. 파리에서, 빈에서, 베를린에서, 서울과 부산에서 나는 케밥을 맛보았다. 큰 쇠꼬챙이에 꽂아 숯불에 익힌 도네르Doener 케밥이든, 작은 꼬치구이인 시시Shish 케밥이든, 유래는 신속한 이동을 속성으로 한 이들 선조인 유목민의 삶에서 비롯된 것이었다.

나는 양고기 숯불 회전구이인 도네르 케밥을 주문했다. 겨울이라 테라스의 의자는 거의 비어 있었고, 겨울 햇빛만이 투명하게 빈 식탁을 비추고 있었다. 마치 무대 뒤에서 연출가의 신호에 맞춰 등장

▪ Topkapi Palace. 1465년부터 1853년까지 오스만투르크 제국의 술탄이 살던 궁전으로, 아름답기로 유명하다.

하듯 소년이 한 손에 케밥을 높이 들고 내게 걸어왔다. 나는 객석에 앉은 관객이라도 된 양 소년의 표정과 동작을 지켜보았다.

오르한 파묵이 말하길, 이스탄불은 비애, 멜랑콜리, 슬픔의 도시였다. 몰락한 대제국의 역사적 기념물들을 바라보는 작가의 시선이 고스란히 내게 전이되었다. 파리로 돌아오는 기내에서 잠시 졸았던가. 케밥을 나르던, 무심한 듯 속 깊은 소년의 눈빛이 명멸했다. 소년의 뒤에는 마르마라 바다가, 그 너머 보스포러스 해협의 물결이 부드럽게 일렁이고 있었다. 그제야 사흘 동안 들리지 않던 뱃고동 소리가 아득하게 들려왔다. 나도 모르게 탄성을 질렀다. 아, 이스탄불.

Peru

태양의 제국 고대 잉카의 찬란한 폐허,
쿠스코와 마추픽추

친숙한 맛 로모 살따도, 페루 전통 칵테일 피스코 사워

북반구의 서울에서 남반구의 페루에 가기 위해서는 북태평양을 건너 캐나다를 경유, 미 대륙
과 중남미를 거쳐 남미로 진입하는 간단치 않은 여정이었다. 로맹 가리의 소설『새들은 페루
에 가서 죽다』로 인해 페루라는 이름이 거느린 독특한 아우라, 곧 치명적인 낭만성을 현장에
서 확인해보고 싶은 마음이 있었다.

회색빛과 건조한 모래의 도시
나스카

그날 나는 신기루를 본 것이 틀림없었다. 한 번 보면 본 대로 다시 볼 수 없는 형상. 새와 나무, 고래와 거미, 플라멩고와 우주인까지 분명 경비행기를 타고 창공으로 날아올라 기내 창 아래로 수많은 형상들을 내려다보았으나, 지상으로 내려오자마자 방금 전 나타났던 눈앞의 사실이 환각인 양 믿을 수 없었다. 차라리 비행 후 돌아와 마주한 숙소 벽에 그려진 형상들이 진짜 같았다.

페루의 수도 리마Lima에서 동남쪽 370킬로미터 떨어진 남태평양 연안의 사막 도시 나스카Nazca에 간 것은 7월, 계절은 늦가을에서 초겨울로 접어들고 있었다. 리마에서 바예스타Ballesta 섬, 그리고 세계 최대의 지상화地上畵 유적지 나스카"에 이르는 1박 2일의 여정이었다. 페루는 안데스 고원지대와 산지, 2천 킬로미터가 넘는 긴 해안지역으로 이루어져 기후가 다양했다. 리마를 따라 남쪽으로 달려 내려 가는 동안 안개로 시야가 뿌옇했다. 1년 강수 50밀리미터에다

페루 수도 리마 아르마스
광장가의 대통령궁

가 한류의 영향 탓이었다.

리마를 출발해 새들의 천국으로 불리는 바예스타로 향하는 길, 차창 밖으로 지나가는 풍경은 울창한 숲이라고는 찾아볼 수 없이 사방이 회색빛이 도는 건조한 모래로 뒤덮여 있었다. 신기하게도 성냥갑같은 집들이 모래 속에 가라앉듯 박혀 있었다. 더러는 지붕을 얹지 않은 집들도 눈에 띄었다. 우선 필요한 기둥과 벽을 세우고 살고, 형편이 되는 대로 지붕을 얹기도 한다고 했다. 하긴, 1년 내내 비가 거의 내리지 않으니 지붕 없이 살아도 큰 지장은 없을 터였다. 낭만적으로 생각하면, 밤하늘의 별을 보고 잠들고 여명 빛을 고스란히 느끼며 아침에서 깨어나는 것도 좋을 듯했다. 밴쿠버에서 리마로 향하는 기내에서 줄곧 알보라다(Alborada, 팬플룻과 작은북으로 연주하는 페루의 전통적인 음악) 소리를 들은 탓인가. 경쾌하면서도 어딘지 시간(生)을 거슬러 올라가 회상에 젖게 만드는 팬플룻 특유의 선율이 뿌옇한 안개와 잘 어울렸다.

조분석(鳥糞石, 새똥이 화석처럼 굳어진 바위)으로 이루어진 바예스타 섬을 돌았다. 세상의 새들은 다 그곳으로 날아왔는지 다양한 종류의 새들이 자유롭고 평화로워 보였다. 새를 제외하고는 언젠가 배를 타고 홍도를 한 바퀴 빙 돌며 유람하던 것과 흡사했다. 섬에서 나와 한 시간 반 정도 팬아메리카 하이웨이를 달려 도착한 곳은 나스카 경비

■나스카의 지상화로 불리는 일련의 선과 도형은 페루 남부 태평양 연안, 일반적으로 나스카 평원이라고 불리는 건조지대에 그려져 있다. 황량한 사막 위에 동·식물, 곤충, 인간, 물고기, 새, 기하학적 모형 등 30여 개의 지상화가 그려져 있다.

행기 공항 인근의 '마호르 호텔'. 페루 각지의 호텔들이 그렇듯이 잉카를 정복한 스페인 사람들의 저택을 호텔로 개조한 곳이었다.

그곳에 모인 사람들은 날이 밝으면 고대 잉카 인들의 불가사의한 지상화 유적지를 경비행기를 타고 돌아보는 '나스카 라인 투어Nazca line tour'를 목적으로 하고 있었다. 특별히 신기한 곳만을 찾아다닌 것은 아니었으나, 나는 인류의 불가사의한 건축물로 유명한 로마의 콜로세움Colosseum과 영국 남부 솔즈베리 근처의 거석 유적지 스톤헨지Stone Henge 등을 답사한 바 있었다. 그리고 나스카 라인에 이어 사라진 잉카 제국의 공중 도시 마추픽추Machupicchu가 다음 여정으로 예정되어 있었다.

북반구의 서울에서 남반구의 페루에 가기 위해서는 북태평양을 건너 캐나다를 경유, 미 대륙과 중남미를 거쳐 남미로 진입하는 간단치 않은 여정이었다. 그런 까닭에 중남미의 멕시코시티나 남미의 페루 리마 공항에 도착하는 시간은 자정 무렵. 평소 나의 여행 법칙처럼 하루 이틀 낯선 도시의 거리들을 떠돌아다니며 그곳 사람들의 생활 리듬을 체감하는 것은 기대할 수 없었다. 로맹 가리의 소설 『새들은 페루에 가서 죽다』로 인해 페루라는 이름이 거느린 독특한 아우라, 곧 치명적인 낭만성을 현장에서 확인해보고 싶은 마음이 있었다.

그러나 페루에 도착한 지 이틀이 지나도록 몸도 마음도 안개처럼 겉돌 뿐 무엇이 진짜인지 확실한 느낌이 없었다. 페루 작가 마리오 바르가스 요사Mario Vargas Llosa의 소설 몇 편을 통해 페루의 사람들을 엿보려고 했다. 그러나 요사는 진정한 잉카 인은 아니었다. 그는 페루 사회의 상류층을 형성하는 스페인 계 백인 출신, 20세기 중남

새들의 천국인 남태평양의 바예스타 섬

미의 역사와 현실을 소설로 기록한 스페인 어 문학을 대표하는 작가
였다. 페루의 작가 요사의 소설에서 페루의 지난한 현실과 사람들의
내밀한 심성을 만나기는 쉽지 않았다. 그의 소설 속 공간은 남미 여
러 나라에 걸쳐 광범위하고, 그만큼 인물들도 다채로웠다. 그의 소
설 속 인물은 욕망의 화신(『새엄마 찬양』)인가 하면, 역사의 총 감독관
이자 지휘자(『세상종말전쟁』)였다. 페루를 알기 위해서는 다른 무엇이
필요했다.

나스카 라인을 관통하는 팬아메리카 하이웨이. 경비행기에서 내려다본 모습

친숙한 맛 로모 살따도와
페루 전통 칵테일 피스코 사워

숙소에 여장을 풀고, 뷔페식으로 저녁식사를 했다. 점심엔 리마의
한국 식당에서 준비해준 도시락을 먹었다. 북반구에서 남반구로 장
시간 이동을 하다 보니, 생체 리듬이 깨져 있었다. 김치찌개 생각이
산질했다. 현지 전통 음식이 준비되어 있었으나, 입맛을 끌 만한 특
별한 요리는 찾지 못했다. 누가 음식 여행을 녹석으로 페루에 가겠
는가. 더욱이 이곳은 모래사막 위의 오아시스 마을, 나스카였다. 비

한 줄기 내리지 않는 척박한 땅에서 자라는 것이라고는 감자, 다양한 모양의 감자들이었다. 이 감자를 소고기와 양파, 토마토, 마늘을 넣어 볶은 로모 살따도Lomo Saltado를 맛보았다. 간장 소스와 함께 중국식으로 볶아낸 친숙한 맛이었고, 밥과 함께 먹으니 페루만의 고유한 요리라고 느껴지지 않았다.

따뜻하고 향긋한 양송이 수프와 소고기 덮밥 비슷한 로모 살따도로 든든하게 저녁식사를 끝내고, 정원으로 나갔다. 엷은 안개 속에 가로등 불빛이 풀장을 비추고 있었고, 방갈로 바에는 여행자들이 삼삼오오 페루 맥주를 테이블에 놓고 담소를 하고 있었다. 마치 주인과 한 세월 살아온 집안의 큰 개처럼 알파카 한 마리가 까맣고 촉촉한 눈으로 무심한 듯 뜰을 거닐다가 어느새 내 옆에 와 있었다. 가는 다리와 목, 까만 눈동자를 에워싸고 있는 까만 털과 목둘레를 장식하듯 두른 보드라운 갈색 털. 처음 보는 동물임에도 옆에 와 있다는 것만으로도 은근한 정이 느껴졌다. 긴 목 때문인지, 촉촉한 눈동자

마호르 호텔의 알파카
(사진 임종기)

때문인지, 말없는 동물의 마음속에 무엇인가, 그리움 같은 것이 깃들어 있는 것처럼 느껴졌다.

잉카 인들의 전통 칵테일인 피스코 사워(Pisco sour, 포도 증류주인 피스코에 계란 흰자, 라임, 설탕, 얼음을 넣어 믹서에 간 뒤 거품 위에 비터를 뿌린 것)를 한 잔 주문했다. 여기저기에서 페루 맥주를 마셨으나, 나는 오랜 시간 버스여행에서 쌓인 여독을 풀 겸 40도에 이르는 독주를 조금 맛보고 싶었다. 흰 거품 위에 뿌려진 비터(Bitters, 칵테일에 쓴 맛을 내는 술)의 맛이 짭조름하게 혀끝에 와 닿았고, 한 모금 입안에 흘려 넣자 블렌딩한 라임 즙의 새콤하게 톡 쏘는 맛이 자극적이었다. 이어 알코올 기운이 확실하면서도 감미롭게 확 퍼지며 며칠 동안 시차로 잃어버린 밤의 기운을 편안하게 돌려주었다. 사흘째 잠다운 잠을 못 잔 상태였다. 내일의 비행을 위해서 숙면을 취해야 했다. 이번엔 비둘기들처럼 공작새들이 다가와 먹이를 쪼아 먹었고, 알파카는 이들을 피해 방갈로 바 옆 샛길로 천천히 걸어갔다.

나스카에 왔다고 해서 모두 경비행기 투어를 하는 것은 아니다. 정상적인 동시에 행운의 여부는 안개와 모래 바람에 있었다. 피스코 사워의 힘인지 숙면을 했다. 사흘 동안 쌓였던 육체적 피로가 말끔히 가셨다. 알파카 생각이 언뜻 스쳤다. 아침식사 전에 산책을 나갔다. 안개가 짙게 끼어 있었다. 평생 한 번 올까 말까 한 나스카 라인 투어를 안개 때문에 못할 수도 있었다.

간단하게 아침식사를 하고 뜰에 나가 호텔 외벽에 그려진 나스카 문양들을 하나하나 눈에 새기며 출발 신호를 기다렸다. 손, 벌새, 나무, 원숭이…… 실제 그들 지상화의 크기는 50~120미터. 이들 지

‡ 나스카 라인 경비행장
‡ 비행 직전 경비행기 조종사와 필자

상화들을 발굴해서 세상에 알린 것은 마리아 라이헤(Maria Reiche, 1903~1998)라는 독일 여성. 그녀는 평생 이 건조한 사막 위를 수놓은 100여 개의 신비로운 문양들의 이미지를 연구하느라 평생을 바쳤다. 그녀의 헌신적인 열정과 집념으로 1,500년 전 잉카 인들의 손길로 구축된 거대한 지상화는 오늘날까지 보존될 수 있었다.

나는 곧 선사시대의 놀라운 현장을 돌아볼 것이었다. 그러기 위해서는 안개가 걷히기를, 아니 그보다 먼저 태양이 어서 번쩍 떠올라주기를 빌 수밖에 없었다.

호텔 마당가 만국기 아래의 선인장 앞을 서성이고 있는데, 출발신호가 떨어졌다. 마리아 라이헤의 이름을 딴 경비행장으로 가는 동안 몇 년 전 읽었던 「나스카 라인」이라는 제목의 신춘문예 소설이 떠올랐다. 정확하게 기억나지 않지만, 현실에서 이러저러 상처 받은 주인공이 먼 곳, 그러니까 나스카 라인이라고 씌어진 종이 박스에 자신의 몸을 넣고 봉인하는 내용이었다.

소설 생각이 끝나기도 전에 차는 경비행장에 도착했고, 시야에 들어오는 것은 잿빛이 감도는 민둥산과 건조한 모래벌판이었다. 벌판에 활주로가 나 있었고, 장난감처럼 경비행기들이 줄 지어 서있었다. 설렘도 잠시, 두려움이 밀려왔다. 한 번도 경비행기를 타본 적이 없었다. 나스카 라인 투어는 목숨을 거는 모험에 해당되었다. 조종사 포함 다섯 명이 한 대의 경비행기에 탑승하도록 조가 구성되었다. 경비행기 사고율이 많아서인지 부부는 따로 배정이 되었다. 육안으로는 안개가 잡히지 않았으나, 한 시간여 시제 된 후에야 탑승명령이 떨어졌다.

그날 내가 본 것은 분명 신기루임에 틀림없었다. 조종사는 300미터 상공에서 30초 간격으로 좌우로 동체를 급격하게 기울이며 30분간 날았다. 태양은 손을 뻗으면 닿을 듯이 가깝게 번쩍거렸고, 경비행기는 좌우로 곡예를 했고, 속은 멀미로 뒤집어졌다. 앵무새, 원숭이, 거미, 벌새, 그리고 외계인……. 내가 본 것은 그들의 끝자락이거나, 그들로부터 막 벗어난 허공이었다. 그러나 내 손가락은 추락의 공포와 극도의 어지러움과 싸우며 계속해서 찰칵찰칵 카메라버튼을 눌렀다. 그것은 생의 의지를 담은 맥박 소리만큼이나 크게 귓전을 울렸다.

끝날 것 같지 않던 공포의 30분이 끝나고, 무사히 활주로에 착륙을 했다. 심한 멀미로 기력이 바닥으로 떨어져 꼼짝할 수가 없었다. 그러나 품에 안은 카메라에는 내가 보고도 보지 못한 형상들이 찰나적으로 붙잡혀 있었다. 그것은 스페인 제국주의자들의 무력이 닿지 않던 머나먼 잉카 인의 손길, 페루 인의 순수한 마음이었다.

기력을 회복하면서 나도 모르게 어릴 적 들었던 〈엘 콘도르 파사 El Condor Pasa〉의 멜로디가 입에서 새어나왔다. '콘도르는 날아가고…… 발 아래 흙을 느끼고 싶어. 그럴 수 있다면, 정말……'

내일은 콘도르를 만나러 마추픽추로 향할 것이었다.

**세상은 멈추고
거대한 망각의 빛만……**

콘도르라는 이름의 비행기에서 내리자 정오의 태양이 빨간 기와지

‡ 페루 리마 남동쪽 370킬로미터, 고대 지상화 유적 도시 나스카
‡ 경비행기에서 내려다본 나스카 라인 벌새

붕 위로 하얗게 부서지고 있었다. 리마에서 남쪽 해안가 나스카로 이어지던 남태평양 연안의 뿌윰했던 대기가 안데스 고산지대에 이르니 말끔히 걷히고 구름 한 점 없는 파란 하늘이 펼쳐졌다. 공항을 빠져나와 몇 걸음 햇빛 속을 걸었다. 고산증에 대비해 리마 공항에서 비행기에 올라타자마자 삼킨 작은 알약의 효과 때문일까. 빛의 걸음걸이처럼 중력이 느껴지지 않았다. 마치 거대한 망각의 빛 속에 빠져든 듯, 나는 어디에서 왔는지, 이후 어디로 갈 것인지, 어떤 생각도 작동하지 않았다.

안데스 산중 고지高地의 강렬한 태양빛만이 정수리 위로 거침없이 내리쬐었다. 누군가 내 팔을 잡아끌지 않았다면 나는 그 자리에 꼼짝 못하고 붙잡혀 서있었을 것이다. 광장 가장자리에 대기 중이던 차에 올랐다. 한낮인데도 버스 안이 캄캄했다. 빛을 차단하기 위해 창마다 두꺼운 커튼이 둘러쳐져 있었다. 나는 맹렬하게 쏟아져 들어오는 빛을 막는 커튼 틈새로 방금 지나온 광장을 내다보았다. 그러니까 이곳이 태양신을 숭배하는 잉카 인들의 황금빛 고도古都, 그들의 언어 케추아 어로 '세계의 배꼽'이라 부르는, 해발 3,399미터에 위치한 쿠스코Cuzco였다.

공항을 벗어나자 곧바로 시내였다. 리마에서 버스로 20시간, 안데스 산악 지대를 굽이굽이 돌아와야 하지만, 비행기로는 한 시간 반여 소요되었다. 차는 잉카의 정복왕 파차쿠티Pachacuti 동상을 지나 10분도 채 되지 않아 산토도밍고 교회 앞에 도착했다. 시내는 방사선으로 형성되어 있었고, 너머로 병풍처럼 산이 둘러쳐져 있었다. 교회보다 높은 건물은 눈에 띄지 않았다. 집들은 햇빛이 강한 지역 특유의 빨간 기와지붕과 검붉은 돌 벽으로 지어져 있었다. 7월이었으나 남반구의 계절로는 늦가을에서 초겨울이었다. 교회 입구 잔디는 푸릇푸릇했지만 초목이 울창하지 않아 멀리 산 구릉의 집들까지 선명하게 눈에 잡혔다. 민둥산 언덕에 글자가 새겨져 있었다. 'El Peru!' 그렇다. 여기는 페루, 땅에 무엇인가를 새기기 좋아하는 잉카 인들이 사는 곳. 지난 며칠간 나를 사로잡았던 지상화 유적지 나스카 라인의 수많은 형상이 주마등처럼 머릿속으로 스치고 지나갔다.

쿠스코는 마추픽추를 꿈꾸는 여행자들의 관문이다. 마추픽추에 오르기 위해서는 우선 쿠스코를 중심으로 한 해발 3,000미터 내외의 고산지대 풍토에 적응해야 한다. 숙소가 있는 우루밤바(Urubamba, 해발 2,280미터) 계곡으로 내려가기 전에 쿠스코 시내를 돌아보았다. 13세기에 형성돼 16세기에 남미 잉카 족을 대표하는 제국으로 절정을 이루었던 이곳은 스페인 침략자들이 들이닥치기 전까지 신전과 궁전을 황금으로 장식한 아름다운 도시였다. 그런데 잉카 인들이 힘과 영원을 비는 이 황금은 아이러니하게도 재앙을 불러오는 결과를 초래했다. 황금을 찾아 한 손엔 십자가, 다른 한 손엔 총을 든 스페인 침략자들에게 무력하게 도시를 빼앗겼다. 쿠스코의 중심을 차지하고 있는 관광 명소들, 곧 바로크 식으로 웅장하게 지어진 산토도밍고 교회와 아르마스 광장의 대성당과 라 콤파니아 데 헤수스 교회 등은 모두 스페인 식민지 시대의 유물이다. 산토도밍고 교회는 원래 잉카 인들의 혼인 태양 신전(코리칸차, Qorikancha)이 있던 곳이고, 대성당 역시 잉카 인들의 신전, 헤수스 교회는 원래 잉카 왕의 궁전이

쿠스코의 산토도밍고 교회(옛 코리간차)의 회랑

었다.

하늘에서 내려다보면 쿠스코는 거대한 퓨마 형상을 띤다. 잉카 인들에 따르면, 하늘은 매가 지배하고 땅은 퓨마가 지배한다. 퓨마의 허리에 해당되는 코리칸차는 잉카 인들에게 가장 중요한 장소로 태양의 주신을 모시는 성소聖所이다. 그러나 옛 황금 궁전은 스페인의 지배를 받으면서 스페인 양식으로 탈바꿈되었다. 직선과 곡선의 단아함이 돋보이는 산토도밍고 교회를 둘러보는 것은 이면에 코리칸차라는 잉카 인의 숨은 신과 혼을 속으로 더듬는 기이한 순례였다.

페루는 무기 소지가 허용된 나라. 종종 관광객을 태운 버스가 게릴라들의 습격을 받기도 하고, 아르마스 광장에서는 소매치기 사건이 빈발한다. 여행의 본질인 자유로운 떠돌기와 감상이 제한을 받을 수밖에 없다. 길목마다 민속 옷을 차려 입고 조금이라도 사진에 찍히면 악착같이 손을 내미는 어린 잉카 소녀들. 비행기에서 내려 공항 광장을 걸어 나올 때 느꼈던 무중력 상태가 서서히 풀린 탓인지, 언뜻 단단하고 웅숭깊어 보이는 쿠스코의 모든 것이 나를 서글프게 했다.

'성스러운 계곡'이라는 뜻의 우루밤바로 가는 길, 어둠이 내렸다. 굽이굽이 산길을 돌아내려 가니 숨바꼭질하듯 산골 마을이 나타났다 사라졌다. 드문드문 집집이 불빛이 터졌고, 멀어지는 불빛을 바라보며 페루에 온 지 며칠이나 되었나 헤아려보았다. 우루밤바에서 밤을 보내고 날이 밝으면 마추픽추로 향할 것이다. 숙소에 다다르자 사방이 분간되지 않을 정도로 어두웠다. 조명을 받은 벽에 붉은 색으로 '산 아우구스틴 호텔San Augustin Hotel'이라고 씌어 있었다. 옛 수

잉카 제국의 옛 수도 쿠스코. 해발 3,399미터 안데스 산지에 위치한다

녀원을 개조한 호텔이었다. 이곳에서 마추픽추 등반 전후, 이틀을 묵을 것이었다.

입구로 들어서자 뜰에 레몬 나무가 반기듯 서있었다. 내가 묵을 방은 안채, 뜰을 가운데 두고 디귿 형태로 지어진 2층 건물의 2층이었다. 여장을 풀고, 정원을 가로질러 식당으로 들어가니 저녁식사로 페루 전통 음식 뷔페가 준비되어 있었다. 안데스 고지 계곡에서의 첫 밤을 위해, 쿠스코 특산 맥주 쿠스케냐Cusquena로 건배를 했다. 여느 맥주와는 다른, 톡 쏘는 맛이 독특했다. 저녁식사를 마치고 레

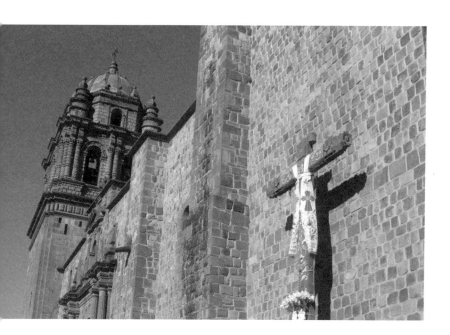

잉카 인의 언어인 케추아 어로 태양의 신전, 또는 태양의 정원을 뜻하는 코리칸차. 스페인 정복자들이 신전 자리에 산토도밍고 교회를 세워 오늘에 이른다

몬 나무가 서있는 입구 뜰로 나왔다. 문을 나서자 형체를 분간할 수 없는 산이 거리를 두고 병풍처럼 버티고 있었다. 그 위 까만 밤하늘에 별들이 쏟아질 듯 와글와글했다. 누군가 "남십자성이다!"라고 외쳤다. 내가 살고 있는 북반구에서는 보이지 않고, 항해시대 남반구 바다를 건너던 서구인들에게 중요한 표적 역할을 했던 의미심장한 별. 오후에 코리칸차 벽 한쪽에서 본, 잉카 인들이 그려놓은 별무리가 떠올랐다. 일행인 J 시인이 별무리 앞에 오래 서있었고, 나는 J 시인이 지나가자 사진을 한 컷 찍었다. 그때 렌즈에 포착된 별무리를

지금 우루밤바 계곡에서 확인하고 있는 것 같았다.

뜻밖에 남십자성을 보았기 때문일까. 상쾌한 기분으로 잠자리에 들었다. 고산증세가 느껴지면 따뜻한 마테차가 방으로 배달되었다. 새벽에 무리 없이 일어났다. 마추픽추 행 열차를 타기 위해 한 시간 여 차를 타고 우루밤바 역으로 향했다. 역에 도착하자 마추픽추 행 블루 트레인이 기다리고 있었다. 역 입구에는 간이 커피집과 기념품 가게가 즐비했다. 태양이 높이 떠올랐고, 빛을 등지고 키 작은 아낙이 마을에서부터 걸어왔다. 점점 가까워져서 바라보니, 그녀의 머리는 색색의 모자가 겹으로 씌워져 있었다.

계곡마다 숙소에서 밤을 보낸 여행자들이 열차를 타기 위해 속속 플랫폼에 모여들었다. 세계 각지에서 온 낯선 얼굴이었지만, 그 순간 마추픽추 행 열차를 함께 탄다는 사실로 설레면서도 친숙한 표정들이었다. 머리 위에 산처럼 쌓아올린 모자 장수 여인을 남겨놓고 파란 기차에 올라탔다. 목적지는 오얀타이탐보Ollantaytambo를 거쳐 아구아스 칼리엔테스Aguas Calientes라는 작은 역.

산 중간중간 트레일 코스가 보였다. 산과 산 사이에 난 철길로 한 시간 반여를 달린 끝에 마추픽추 역에 닿았다. 열차에서 내리자 공항에서처럼 햇빛이 와락 쏟아지며 반겼다. 잉카 인들이 환영하듯 숙소 피켓을 들고 손님들을 마중 나와 있었다. 승객이 모두 하차한 뒤 파란 기차는 매캐한 연기를 내뿜으며 마을 뒤로 천천히 사라졌다.

↕ 마추픽추 가는 기차역의 모자 장수 여인
↕ 기차 종착지 마추픽추 아랫마을 아구아스 칼리엔테스

굿바이 소년의
행방

마추픽추는 케추아 어로 '늙은 봉우리'라는 뜻이다. 해발 2,400미터에 세워진 잉카 제국의 옛 도시로, 아랫마을에서 보면 구름에 가려보이지 않기 때문에 공중에 떠있는 도시로 알려져 있기도 하다. 이 공중 도시를 둘러보기 위해서는 한 차례 더 차를 타야 하는데, 등산객과 트레킹 족은 직접 오르기도 한다.

굽이굽이 곡예운전으로 올라가면서 운전기사가 이 길에 대한 재미있는 에피소드를 소개했다. 일명 굿바이 보이. 한 굽이 돌 때마다 소년이 나타나 '굿바이' 인사를 건네는데, 버스가 다 내려오면 어느새 소년이 먼저 내려와 '굿바이' 손을 흔든다는 것. 여행자들은 소년의 빠른 걸음에 대한 감탄과 동시에 솟구치는 측은지심으로 달러를 준다는 것.

버스보다 빠르게 마추픽추를 내려오는 '굿바이 소년'에 대한 애틋한 일화를 뒤로하고, 마침내 차에서 내려 마추픽추 입구에 이르렀다. 하늘에 구름이 많았다. 다행히 먹구름은 아니었다. 마추픽추 지도를 받아 한걸음 내디뎠다.

늙은 봉우리인 마추픽추 정상에 섰다. 구름이 동쪽으로 밀려가면서 파란 하늘이 열렸다. 구름에 가렸던 해가 서서히 본 모습을 드러내었다. '젊은 봉우리'라는 뜻의 와이나픽추가 건너편에서 나를 바라보고 있었다. 발 아래 잉카의 신비로운 계획도시 유적이 펼쳐져 있었다. 잉카 인들은 해발 2,400미터의 높은 곳에 왜, 그리고 어떻게 돌을 운반해 도시를 건설할 생각을 했을까. 눈앞에 두고도 실감이 나지 않았다.

나는 받아든 지도에 표시된 대로 제일 먼저 도시 남쪽에 있는 태양 신전을 찾았다. 그리고 독수리 형상의 콘도르 신전과 우물, 수로水路 등의 위치를 하나하나 살펴보았다. 미국의 역사학자 하이럼 빙엄Hiram Bingham이 이곳을 발견한 것은 1911년. 건설 시기는 15세기 중반, 스페인 식민지 시대(추정). 결국 마추픽추는 400년 동안 주위의 높은 산봉우리들에 가려져 세상에 없는 존재였다. 망지기의 집인 정상에서 아래로, 다시 서쪽 농지 지역까지 두 발로 밟는 동안 두 시간 가까이 흘렀다. 석양빛이 비스듬하게 서쪽 사면을 고즈넉하게 비추고 있었다.

마추픽추를 다 내려올 동안 굿바이 소년은 만나지 못했다. 대신 〈엘 콘도르 파사〉의 팬플룻 선율이 차 안에 흘렀다. 소녀적 오빠의 방에서 사이먼과 가펑클의 노래로 흘러나오던 가사를 가만히 읊조렸다.

"멀리 항해를 떠나겠어…… 인간은 땅에 머물러 있다가 세상에 가장 슬픈 소리를 들려주지."

어둠이 내리고 있었다. 어둠의 입자가 퍼지듯 몸에서 힘이 새어나갔다. 힘이 빠져나갈수록 땅 밑으로 가라앉듯 몸이 무거워지는 기분이었다. 고산증세였다. 이틀 동안 유지된다는 알약의 효능이 그새 떨어진 모양이었다.

마을로 내려오니 기찻길 옆 식당에 근사한 저녁 뷔페가 기다리고 있었다. 마추픽추에서의 저녁식사를 위해 고산증을 약화시켜준다는 마테차를 한 모금 마셨다. 코카 잎에서 우려낸 떫고 쓸쓸한 맛의 마

⋮ 해발 2,400미터 고지에 세워진 잉카 제국의 도시 마추픽추. 아래에서는 구름이 걸쳐져 있어 공
중 도시로도 불린다
⋯ 거대한 폐허 위에 내리는 눈부신 햇빛과 신록
⋯ 잃어버린 잉카 제국의 수도 마추픽추의 태양

테차, 비록 밤새 본격적으로 시작된 고산증의 두통과 불면을 잠재우지는 못했지만, 마추픽추에서 음미한 잊을 수 없는 맛이었다.

나마스테 히말라야,
하늘 호수에 이르는 길

놋쟁반을 가득 채운 산지의 맛 달밧

진행 방향 멀리 산자락과 산자락이 더이상 겹치지 않는 허공에는 석양에 비친 구름이 그림처럼 걸쳐져 있었다. 그 너머에는 무엇이 있을까. 순진한 의문이 솟았고, 내 귀를 싱그럽게 또 내 마음을 그럴 수 없이 편안하게 어루만져주는 물소리의 근원이 히말라야 만년설이니, 저 너머에는 안나푸르나의 아름다운 실루엣이 구름 속에 잠시 가려 있을지도 모른다는 생각이 들었다.

바람이 머무는
그곳

비행기가 카트만두에 가까워지자 착륙 준비를 하느라 좌우로 고도
를 낮추며 선회했다. 인천 출발, 싱가포르 경유, 긴 비행이 끝나가고
있었다. 기내 창으로 무심코 창밖을 내다보다가 깜짝 놀랐다. 멀리
설봉雪峰과 설산雪山의 능선이 파노라마처럼 하얗게 펼쳐져 있었다.
처음에는 바다에서 생성되고 있는 거대한 흰구름인가 했다.

　그때 누군가 "히말라야다!" 하고 탄성을 질렀다. 승객들이 일제히
창 쪽으로 몸을 기울여 창밖을 내다보았다. 그러자 비행기도 같은
방향으로 쏠리는 듯했다. 다큐멘터리나 영화에서 또 책에서 무수히
보아온 장면이었다. 그런데 두 눈으로 확인하기는 처음이었다. 아
니, 몇 번을 그 순간에 있다 해도, 처음처럼 똑같이 "히말라야다!"
하고 외칠 것이었다. 히말라야, 하고 나도 속으로 되새겨보았다. 몇
년 전, 전수일 감독의 영화 제목처럼, '히말라야~' 하고 부르니, 이
어서 '바람이 머무는 곳'이 메아리쳐 왔다.

더르바르 광장의 힌두 사원. 일상 한
가운데 자리잡은 광장처럼 시민들의
휴식 공간으로 사랑받고 있다

히말라야로 가는 일이 이렇게 늦어질 줄은 몰랐다. 20대 초반, 내게 먼 곳의 낯선 바람을 전해준 이름들 중 하나가 히말라야였다. 그때 나는 대학을 졸업하자마자 광화문에 있는 문예지 기자가 되었고, 인근에 있는 프랑스 문화원에서 히말라야에 다녀온 청년 화가를 만났다. 그녀에게는 독특하게 건강한 느낌, 시원始原의 바람 냄새가 났다. 사진을 매개로 한 설치 미술 전공자였던 그녀는 1980년대가 끝나는 그해, 히말라야에서 찍어온 사진들로 사진전과 함께 슬라이드 상영회를 프랑스 문화원과 괴테 문화원에서 열었다. 제목은 〈나마스테로 가는 길〉 '나마스테'란 힌디 어로 '당신의 영혼을 환영합니다'라는 뜻. 만나고 헤어질 때 건네는 일반적인 인사말이기도 하고 수행의 궁극적인 전언이기도 하다.

나는 그녀의 첫 개인전 포스터에 손글씨(타이포그래피)를 제공했고, 그 일을 계기로 한국인과 일본인으로 구성된 인도를 사랑하는 사람들의 모임의 말석에도 참석한 적이 있었다. 먼 곳을 동경하는 문단의 몇몇 젊은 시인과 작가는 네팔과 인도, 히말라야로 떠났다. 당시 내 주변에 감도는 기운으로 보아, 나야말로 누구보다 먼저 히말라야로 달려갈 사람이었다. 그러나 나는 그곳이 아닌 다른 세상을 떠돌아 다닐 뿐, 그곳으로는 좀처럼 발길이 닿지 않았다.

유럽으로 아프리카로, 북아메리카로 또 남아메리카로 향하는 내 발길과는 상관없이 히말라야의 바람은 수시로 내게 불어와 겨드랑이와 바짓가랑이를 간지럽혔고, 한동안 나를 감싸고 머물다 홀연히 사라지곤 했다. 박완서 선생의 『모독』과 차창룡 시인의 『인도 신화기행』, 전수일 감독의 〈히말라야, 바람이 머무는 곳〉과 이성규 감독의 감동적인 다큐멘터리 영화 〈오래된 인력거〉. 그리고 최근에 번역 출간되기 시작한 인도의 대서사시 『마하바라타』까지……

이번에 네팔로 향하면서, 티베트와 네팔 기행서인 박완서 선생의 『모독』을 서가에서 다시 펼쳐보았다. 책이 발행되던 1997년 1월 이후 그 책은 언제나 그 자리에 머물고 있었다. 초판 첫 페이지에 선생의 친필 사인이 적혀 있었다. 왜 모독인가? 처음 받아든 순간부터 든 생각이었고, 매번 맞닥뜨릴 때마다 반추하는 제목이었다. 마치, 지나가는 자가 석양 속에 농사를 마무리하는 농부를 보고 낭만적으로 느끼는 것과 같은 이율배반적인 의미가 되새겨졌다. 선생은 카트만두를 세 번 방문하고 나서야 집필을 했다.

"처음 보는 것들을 선입관으로 물가게 함 없이 싱싱하게, 생으로, 느끼고 싶었다."

즐거운 문우지인들과의 여행길이었지만, 엄혹한 자연환경 때문에 선생은 당신 생애 가장 고된 여행이었다고 토로했다.

비행기가 착륙을 준비하는 그 짧은 순간 꿈을 꾼 것일까. 누군가의 턱까지 차오른 숨소리가, 자갈길을 타박타박 걸어가는 발걸음소리가 귓전에 가까이 또 멀리 들렸다 사라졌다 했다. 비행기가 본격적으로 착륙을 시도하며 창밖의 시계가 급격히 흔들렸다. 그러자 방금 내 귓속에 파고든 것이 영화 〈히말라야, 바람이 머무는 곳〉의 길고 긴 첫 장면, 최민식이 한국에 노동자로 왔다가 죽은 네팔 사내의 유골을 그 가족에게 전달해주기 위해 고산증에 시달리며 가파른 산지를 걸어가는 발소리, 숨소리였음을 환기했다. 비행기기 안정적으로 착륙하고, 음악이 은은히 흘러나왔다. 문득, 주위를 둘러보았다.

↑ 바산타푸르 광장 쿠마리 사원 옆에 있는 넓은 공터. 중세에는 전용 코끼리 훈련장으로 사용했지
만 현재는 관광기념품 노점상이 즐비해 있다

⤵ 석양에 빛나는 더르바르 광장과 비둘기떼

방금 전 눈앞에 펼쳐졌던 히말라야의 설봉은 온데간데없었다.

기억 이전의 세계

공항을 어떻게 빠져나왔는지 모르게, 대기 중이던 차에 올라 카트만두 시내로 향했다. 내가 이곳에 온 목적은 열흘 뒤 인도 뉴델리에서 개최되는 국제문학심포지엄에 참가하기 위해서였다. 마침 심포지엄 전 단계로 4대 문명 발상지이자 불교 탄생지인 네팔과 인도 기행이 계획되어 있었다. 트리부반Tribhuvan 공항에서 시내까지의 10킬로미터, 나는 기내에서 히말라야 설봉을 발견했던 때만큼이나 깜짝 놀랐다. 사방에서 온갖 종류의 운송 수단들이 순식간에 끼어들어 함께 달리다가 바람처럼 사라지곤 했다. 릭샤(인력거), 미니삼륜차인 템포, 오토바이, 자전거, 트럭형 버스 등. 제각각 속도를 자랑하며 언제 사고가 날지 모르는 곡예 운전의 각축장 같았다.

나는 한시도 눈을 팔지 않고, 카트만두 거리 풍경을 구경하느라 정신이 없었다. 아프리카나 남미의 비슷한 환경의 도시들 풍경과는 달리, 이곳 네팔 카트만두의 거리에서는 수많은 사람들이 무엇인가를 열심히 하느라 분주했다. 매연과 먼지가 켜를 이루어 도시를 짓누르고 있지만, 사람들의 표정에서 생기가 느껴졌다.

인도에 『마하바라타』가 있다면, 네팔에는 『라마야나』가 있다. 둘 다 대서사시이다. 유럽을 대표하는 대서사시 호메로스의 『오디세이아』와 마찬가지로 이들 대서사시의 특징은 수많은 신들이 등장하고, 내용은 그들의 에피소드(영웅담)로 구성된다. 경이로운 카트만두 거리를 달려 제일 먼저 도착한 곳은 구시가지의 중심 더르바르 광장.■ 중세 카트만두 사원 건축 양식을 자랑하는 사원들이 이 광장을 에워싸고 있는 형국이었다. 카트만두 공항에서 겨우 한 시간여 시내를 달리고, 걸었을 뿐인데, 그동안 내 곁을 스치고 지나간 행인들의 수는 엄청나게 많았다. 자칫, 길을 잃을 수도 있었다. 아니, 길을 잃는 게 당연했다. 사원의 지붕과 광장을 까맣게 수놓은 비둘기들과 사원 계단마다 빼곡히 앉아 있는 사람들, 그리고 끊임없이 걸어오고 걸어가는 행인들 사이로 석양이 마지막 빛을 내뿜었다. 붉은빛에 물들어 고색찬연한 중세의 고도古都에 서있자니 단 몇 시간 만에, 박완서 선생께서 느꼈던, '기억 이전의 세계'에 와 있는 듯했다.

쿠마리 사원을 끝으로 더르바르 광장을 떠났다. 쿠마리Kumari는 이곳 사람들이 선택하여 믿고 기리는 살아 있는 여신. 네팔과 인도에는 힌두교의 전통에 따라 셀 수 없이 많은 신들이 존재한다. 그들에 따르면, 대략 3억 개의 신들이 있는 것으로 추정되며, 지금 이 순간에도 신들은 탄생되고 있다. 그 많은 신들 중 쿠마리가 독보적인 것은 유일하게 살아 있는 인간-신이라는 점일 것이다.

더르바르 광장을 벗어나 인파人波에 휩쓸렸다. 어깨를 스치고 지나가는 사람들 속에서 나도 모르게 몸을 옹송그리며 걸었다. 여신이라는 이름으로 관광객들을 향해 얼굴을 내보이던 어린 소녀가 자꾸 눈에 밟혔다. 소녀는 입을 비죽하며 여신 놀이의 기계적인 반복에

■ Durbar Square. 네팔의 옛 왕국인 하누만도카 앞에 있는 광장으로서, 12세기에 건설이 시작되어 18세기의 샤Shah왕조, 19세기의 라마교 통치자들이 완성했다. 유네스코 세계문화유산에 등재되었다.

따분해하고 있음을 시위하고 있는 것처럼 보였다.

거리에 어둠이 내리자 카트만두 거리는 또 한번 변신했다. 수많은 불빛 행렬들이 사방에서 작렬했다. 더불어 제 각각의 속도에 맞는 경적 소리가 거세게 퍼졌다. 차는 도저히 지나갈 수 없을 것 같은 길과 골목을 민첩함과 인내력을 발휘해 뚫고나갔다. 긴 시간 비행에 따른 허기가 모든 에너지를 고갈시킨 상태였다. 이곳 역시 시베리아 한파로 이상 저온이었고, 어두워질수록 위력을 실감했다. 따뜻한 식당에서 따뜻한 저녁식사를 제대로 하고 싶었다. 마침 '네팔리 출로 Nepali Chulo'라는 식당에서 카트만두 현지식을 맛보기로 준비되어 있었다.

카트만두는 표고標高 1,400미터에 위치한 사시사철 온난한 기후의 고도이다. 네와르 족이 세운 도시로 그들만의 전통 요리를 가지고 있었다. 히말라야로 가는 관문답게 카트만두에는 일찍부터 전세계의 다양한 요리가 들어와 있었다. 네팔리 출로는 옛 라나 왕조의 궁전 포라 더르바르를 개조한 식당. 네팔과 네와르 족의 전통식을 맛볼 수 있는 곳으로 명성이 자자했다.

입구에서 그들 전통대로 이마에 붉은 티까(Tika, 힌두교 신자들이 아침마다 일종의 의식처럼 이마에 그려넣는 표식. 틸라크Tilak라고도 부름)를 칠해주었다. 식전주로 곡류를 증류시켜 만든 미주米酒 락시Raksy가 나왔다. 넘칠 듯 가득 채워진 토기잔을 들어 한 모금 입을 축였다. 혀끝에 닿기도 전에 입안에 뜨거운 열기가 확 퍼졌다. 입이 가늘고 긴 놋주전자에서 토기잔에 술을 따라주는 종업원의 폼이 군더더기 없이 예술적이었다.

투박한 듯 매끄러운 토기잔의 질감 때문인지, 냉동고처럼 차갑게 얼어가는 식당의 추위 때문인지, 멋들어지게 따르는 폼에 반한 건지, 락시가 잔에 닿자마다 여기저기에서 독한 줄도 모른 채 단숨에 마셨다. 토기잔에 이어 놋종지, 놋컵, 놋쟁반이 앞에 놓였고, 열 가지 이상의 요리가 순서대로 나왔다. 모두 놋용기였다. 그릇만으로 특별한 느낌이 들었다. 카레 소스를 곁들인 감자튀김과 치킨 모모, 여러 가지 종류의 콩으로 만든 콩수프, 향신료를 곁들여 화덕에 구운 닭고기, 건야채로 끓인 네팔 전통 수프, 밥, 그리고 멧돼지 바비큐 등. 코스에 따라 개인 쟁반에 조금씩 덜어주는 대로 받아 음미하

네팔 전통식당 종업원이 마치 화살을 쏘듯 당당하게 네와르 족 전통 쌀술인 락시를 따르고 있다

며 전체를 조망해보니, 달밧(Dal Bhat, 네팔의 대표적인 전통 음식. 국(달), 밥(밧), 커리(타카리Tarkari)가 함께 나옴)이란 한마디로 네팔식 백반. 요리마다 대부분 향신료가 들어가긴 했으나, 인도처럼 강하지는 않았다. 멧돼지 요리를 맛보았다. 서서히 밴 향료가 과하지 않게 느껴졌고, 육질이 조금 질겼다. 한편에서 에베레스트 맥주로 건배를 했다. 끼어 맛보고 싶었으나, 가슴속에 훈훈하게 퍼지는 락시의 여운을 잃고 싶지 않았다.

　네팔은 1백여 개의 민족으로 구성된 나라. 식사가 시작될 무렵 전통 악사들과 무희들이 나와 각 민족의 춤과 노래를 선보였다. 추위 때문인지, 락시의 취기 때문인지, 세 시간 반의 시차 때문인지, 무희들의 기계적인 동작 때문인지, 춤과 노래를 앞에 두고도 피로와 잠이 한꺼번에 몰려왔다. 내일은 좀더 히말라야 가까이, 네팔의 바람

···◂ 놋그릇에 담긴 감자튀김
⋮ 잡곡, 콩, 야채를 넣어 만든 네팔 커리인 타카리
···▸ 식당 '네팔리 출로'의 전통식 달밧. 놋쟁반에 시금치, 닭고기, 멧돼지, 밥 그리고 전통 수프 타마가 차례대로 담겼다

을 느낄 수 있을까.

포카라의
쾌락난민快樂難民

포카라(Pokhara, 네팔의 제2의 도시이자 최고의 휴양 도시)라는 이름은 생전
처음 들어봤다. 포카라 행 부다 항공에 오르면서 뜬금없이 의문이
들었다. 왜 지금까지 나는 포카라라는 이 매혹적인 이름을 들어보지
못했을까? 왜 지금까지 안나푸르나에 다녀온 지인들은 나에게 이
신비로운 이름을 들려주지 않았을까?

  카트만두에서 하룻밤을 묵은 다음날 오전, 불교와 힌두교 사원이
절묘하게 공존하는 스와얌부나트Swayambunath▪를 돌아보았다. 그리
고 히말라야 가까이 경비행기를 타고 포카라라는 호수 마을로 떠났
다. 싱가포르 항공으로 처음 카트만두로 진입하면서 기내 창으로 펼
쳐졌던 히말라야의 파노라마가 포카라 행 소형 부다 항공 기내 창으
로는 한층 가깝게 위용을 드러냈다.

  포카라는 카트만두 북서쪽으로 200킬로미터 떨어져 있고, 네팔
어로 호수를 뜻하는 '포카리'에서 유래한다. 수도 카트만두는 해발
고도 1,333미터의 고산지대임에도 주 운송수단인 다종다양한 중고
차와 오토바이들에서 뿜어내는 매연으로 마스크 없이는 숨을 쉴 수

▪ 네팔에서 가장 오래된 불교 사원으로 세계적 문화유산. 사원 일대가 야생 원숭이의 집단 서식지라
'몽키 템플Monkey Temple'로 더 잘 알려짐.

없었다. 여행의 참 묘미는 여기저기 자유롭게 걸으면서 파악하고 들여다보고 머물고 또 나아가는 것인데, 카트만두에서의 짧은 이틀은 중후한 사원들과 진기한 삶의 풍경보다도 호흡을 곤란하게 하는 심한 매연과 소음, 그리고 소매치기에 극도로 조심하느라 예민해져서 제대로 돌아볼 수 없어 아쉬웠다.

카트만두에서 탈출하듯 떠나서였을까. 포카라에 내리는 순간 비로소 산악국가 네팔다운 청정한 공기가 온몸으로 느껴졌다. 포카라 경비행장은 한적한 시골역 대합실 같았다. 다행히 날이 맑아 파란 하늘에 시계視界가 분명했다. 대합실 입구 벽에 부착된 지역 전도를 일별했다. 유난히 길쭉한 호수들이 눈에 띄었다. 히말라야의 만년설이 녹아내린 산정 호수들이었다. 오후 일정을 확인하니, 그 호수 중 페와 호Phewa Lake에서 조각배를 타기로 되어 있었다. 과연 히말라야의 연봉 중 전인미답의 마차푸차레Machapuchare■의 형상을 조각배를 타고 해질녘 호수 위에서 볼 수 있을까.

호수로 달려가기 전에 포카라 중심의 레이크사이드 가로街路 초입에 있는 '랜드마크 호텔'에 여장을 풀었다. 그리고 늦은 점심을 먹기 위해 호텔내 2층에 마련된 테라스로 올라갔다. 길 건너에 수령이 수백 년은 되어 보이는 보리수나무 두 그루가 한몸이 되어 우람하게 서있었다. 보리수나무 뒤로 잔잔하게 일렁이는 호수가 보였다.

■ 히말라야 산맥의 일부인 안나푸르나히말의 주요 능선으로 높이는 6,993미터. 트레킹 장소로 인기가 있는 안나푸르나 생추어리Annapurna Sanctuary에 비해 현지 주민들이 신성시하여 등산이 금지되어 있다. 봉우리가 물고기 꼬리처럼 생겼다 하여 '피시 테일Fish's Tail'이라고도 불린다.

··◁ 네팔에서 가장 오래된 불교 사원이자 '몽키 템플'로 더 유명한 스와얌부나트 사원
····▷ 포카라 사랑콧에서 바라본 여명기의 마차푸차레

포카라가 세상에 알려진 것은 그리 오래되지 않았다. 전문 산악인이 아닌 일반인으로 이곳을 찾아오기 시작한 것은 흥미롭게도 1970년대 히피들. 자연 그대로의 느린 삶의 속도가 히피들에게 마지막 종착지로 사랑을 받으면서 세상의 주목을 받기 시작했고, 1980년대 이후 여행자들의 각광을 받게 되었다. 현재의 시설 대부분은 그때 이후 갖추어진 것으로 알려져 있다.

등산 강국답게 한국의 여행자들도 히말라야 트레킹을 주목적으로 이곳을 즐겨 찾는다. 인도와 인접 국가를 여행하는 순수 관광객들과 배낭 여행자들, 비정부기구NGO 활동가들까지 한국인 방문객 수가 적지 않다. 또 이곳에 요식업과 가이드업에 종사하는 현지인 대부분은 한국에서 다년간 노동자로 취업했다가 귀국한 우리말에 능통한 사람들로 한국과 깊은 관계를 맺고 있다.

다국적 뷔페와
히말라야 커피

랜드마크 호텔의 식당 이름은 '헝그리 아이(Hungry Eye, 배고픈 눈)'. 도착 첫날 밤 네와르 족 전통 요리를 맛보았으므로 포카라에 어울리는 다국적 뷔페를 선택했다. 히피 문화의 잔재로 포카라의 특징은 개방과 다양성. 다국적 음식점들이 중심가인 레이크사이드는 물론이고 호수 골골이 포진해 있었다. 열 가지 이상의 메뉴에서 몇 가지 선택해 담아본 내 접시는 그야말로 중국식과 인도식, 네팔 식, 그리고 이탈리아 식으로 짜였다. 야채 수프를 한 가득 떠왔다. 텁텁한 쌀뜨물

‡포카라 레이크사이드 다국적 뷔페 식당 헝그리 아이
‡인도·티베트·네팔 식 요리가 한 접시에 담겼다

에 장을 약간 푼 정도의 심심한 맛이었다.

열흘 정도 트레킹을 마치고 내려왔다면 '헝그리 아이'로 달려들어 금세 한 접시 뚝딱 비웠을 텐데, 내게는 특별한 감흥이 없었다. 저녁에는 안나푸르나 현지 산악인들만 간다는 꼬치집을 일행인 K선생께 부탁해 찾아가봐야 할 것 같았다. K선생은 지난해 6개월을 페와 호 옆에 머물며 집필을 하셨고, 현지인들과 소통이 가능했다. 혹자에 의하면 1970년대 이곳에 찾아와 눌러앉은 히피들처럼 유럽 여행객 중 상당수가 '쾌락난민'을 자처하며 본국으로 돌아가지 않고, 이곳에서 레포츠 가이드업을 하며 근근이, 그러나 행복하게 살아가고 있다고 했다.

다국적 뷔페로 점심식사를 마치고 커피를 주문했다. 네팔 커피라면 나도 조금 할 말이 있었다. '히말라야의 선물'이라는 네팔 커피가 공정무역으로 공급되기 시작할 무렵부터 나는 네팔 커피를 자주 구입해 마시고, 또 지인들에게 선물하곤 했었다. 그땐 히말라야의 고산지대에서 재배되는 커피라는 상상의 맛과 향을 음미했던 것일까. 히말라야 가까이, 히말라야 아래 호수 마을에서 마시는 커피의 맛은 정작 그동안 내가 애음해오던 그 커피 맛에 비해 특별하지 않았다. 그렇다면 내가 한국에서 음미한 히말라야 커피의 맛과 향은 환상이 만들어낸 조화였을까. 사람 마음이란 참으로 간사한 것이었다.

페와 호에는 조각배들이 물결 따라 줄지어 흔들리고 있었다. 페와 탈Phewa Tal이라 불리는 이 호수는, 약 20만 년 전 바다가 육지로 지각변동을 하는 과정에서 생성되었다고 한다. 네팔 히말라야 일대 호수들 중 규모가 가장 크고, 네팔 전체에서 두 번째로 큰 것으로 알려져 있었다. 부겐빌레아 붉은 꽃송이들이 조각배들 위로 닿을 듯 줄기를 늘어트리고 있었다.

점심식사 후 돌아본 티베트 난민촌 사람들 모습이 흔들리는 물결 따라 눈앞에 어른거렸다. 온종일 베틀에 앉아 옷감을 짜며 인생을 흘려보내는 여인들, 외지인만 보면 사탕이든 푼돈이든 은근히 다가와 구걸하고, 주머니마다 터질 듯이 쑤셔 넣고도 더 많이 구걸하기 위해 더 많은 사람 곁을 배회하는 대여섯 살짜리 꼬마들. 차라리 방문을 하지 말았어야 했는데, 공연히 공기를 흐려놓은 것 같아 미안하고 민

옷감을 짜는 티베트 난민 여성

망했다. 입구에 거대한 벽화처럼 난민촌 사람들의 사진을 조각보처럼 이어 붙여놓은, 평화를 상징하는 총천연색의 기도 깃발들이 나부끼는 티베트 난민촌을 돌아 나오면서, 문득 자발적으로 태생지를 떠나 이곳에 정착한 히피들과 유럽 인들에게 부여된 '쾌락난민'이라는 말이 물과 기름처럼 전혀 따로 존재하는 아이러니를 느꼈다.

페와 호수에서 배를 타기로 했다. 사공들이 부겐빌레아 꽃줄기 사이사이 조각배를 호수에 드리우고 줄지어 서있었다. 조각배는 몸의 균형을 조금이라도 잃을라치면 그 즉시 뒤집힐 듯이 날렵했다. 여자 뱃사공이 활처럼 머리 뒤로 노를 한 바퀴 휘젓고는 능숙하게 물속으로 찔러 넣으며 은근히 물결을 밀자 조각배가 미끄러지듯이 앞으로

포카라 페와 호수의 조각배들

나아갔다. 마치 경주하듯이 사공들이 노를 저어 물결을 갈랐고, 나는 귓속에 감기듯 생생하게 울리는 물소리를 눈을 감고 들었다.

첩첩이 에워싼 산 그림자가 호수의 표면을 잠식하고 있었고, 진행 방향 멀리 산자락과 산자락이 더이상 겹치지 않는 허공에는 석양에 비친 구름이 그림처럼 걸쳐져 있었다. 그 너머에는 무엇이 있을까. 순진한 의문이 솟았고, 내 귀를 싱그럽게 또 내 마음을 그럴 수 없이 편안하게 어루만져주는 물소리의 근원이 히말라야 만년설이니, 저 너머에는 안나푸르나의 아름다운 실루엣이 구름 속에 잠시 가려 있을지도 모른다는 생각이 들었다. 호수 깊숙이 떠있는 힌두 사원 섬을 저 앞에 두고 사공은 방향을 돌렸다. 하늘에는 어느덧 달이 떠올라 있었다.

호수의 마술인가. 현지 산악인들의 단골집이라는 꼬치집에 가려던 계획은 뜻밖의 이른 취침으로 무산되었다. 30여 분 조각배에 실려 사공이 노 저어 주는 드넓은 호수를 유람한 여파인지 저녁식사가 끝나기가 무섭게 단잠에 빠졌다. 다음날 새벽 4시에 기상해 사랑콧 Sarangkot 전망대로 오르면서, 전날 저녁 호수 유람은 다음날 새벽 기상을 위해서는 반드시 필요한 과정임을 깨달았다. 사계절 온화한 네팔 일대가 시베리아 한류의 영향으로 이상저온이 계속되었고, 변화로운 이동에 따른 수면장애로 감기에 걸리기 쉬웠다.

지난 밤 숙면을 취해서인지 사랑콧에 오르는 발걸음이 가벼웠다. 일출 전망대인 사랑콧에 오르자 놀랍게도 캄캄한 새벽 어둠 속에 전 세계 여행자들이 주위에 중무장하고 용기중기 모여 서 있었다. 전망대에 오른 지 10여 분, 어둠 저편에 있다는 안나푸르나 연봉과 마차푸차레의 형상을 눈에 힘을 주고 찾았다. 다시 5분여가 흐른 6시 30분, 안나푸르나와 대각선을 이루는 반대 방향에서 붉은 기운이 검은 어둠을 밀어내는 힘이 느껴졌다. 그와 동시에 안나푸르나의 뾰족한 모서리가 황금빛이 번지듯 환해졌다. 황금빛 모서리는 이내 옆으로 옆으로 세를 넓혀갔고, 안나푸르나 연봉 중간에 위치한 물고기 꼬리 형상의 마차푸차레의 뾰족한 꼭지가 빛을 받아 보석처럼 빛났다.

해발고도 1,592미터에 위치한 사랑콧은 네팔은 물론 세계에서 가장 유명한 일출지 중의 하나였으나, 여행자들은 해가 떠오르는 순간보다는 그 햇살에 눈부시게 웅장한 모습을 드러내는 히말라야 설봉들을 바라보고 카메라에 담느라 여념이 없었다. 일출과 함께 드러나는 히말라야의 장관을 목격한 사람들의 표정은 처음엔 경이로움과 경건함으로 숙연해졌다가 해가 점점 떠오르자 세상에 갓 태어난 아기처럼 해맑아 보였다.

일출과 설산 장면도 장관이었지만, 내 눈을 사로잡은 또 다른 장관은 사랑콧과 히말라야 연봉 사이 어머니의 품처럼, 아니 여자의 근원처럼 아늑하게 펼쳐져 있는 포카라 마을의 전경이었다. 해가 완전히 떠오르고 사방이 환해졌을 때, 누구의 배려였는지 뜨거운 커피 한 잔이 사람마다 건네졌다. 속성 커피였으나 몇 년 전 히말라야의 선물이라는 이름의 원두커피를 처음으로 맛보면서 느꼈던 성스러운 쌉쌀함과 함께 달콤함이 입 안에 감돌았다. 히말라야를 눈앞에 바라보며 마시는, 잊을 수 없는 히말라야의 맛이었다.

육신의 현실과 영혼의 꿈이 깃든 곳
―청사포 방아와 바닷장어구이

새해 첫날 새벽이었다. 일출 시각 30분 전에 집을 나섰다. 사는 곳이 부산에서도 해운대, 해운대에서도 달이 가장 먼저 뜨고, 가장 밝게 빛난다는 달맞이 언덕이기에 굳이 집을 나서서 해맞이를 할 것까지는 없었다. 달맞이 언덕은 곧 해맞이 언덕. 낮과 밤의 순서가 바뀔 뿐, 바다에서 떠오르는 둥근 빛 덩어리의 흐름과 광채는 여일如─하다. 그럼에도 불구하고 집을 나선 이유는, 일출 무렵 바닷가 언덕의 신선한 공기 속을 걷고 싶었기 때문이다. 거닐면서 몇 년 전 처음 푸른 모래[靑沙], 아니 깨끗한 모래[淸沙], 아니아니 푸른 뱀[靑蛇]을 연상시키며 나를 매혹시켰던 청사포라는 포구에서 바다 한가운데에서 떠오르는 첫 태양의 순결한 순간을 두 눈으로 확인하고 싶었기 때문이다. 그리고 일출을 등지고 집으로 돌아오는 길, 겨울 바닷바람을 견디며 언덕의 해송들 아래 여린 듯 강하게 퍼져 자라고 있을 방아라는 하찮은 풀의 향기를 느끼고 싶었기 때문이다.

등대 사이로 떠오르는 청사포의 일출

집을 나서서 몇 걸음 옮기자, 주위에 둘셋씩 무리지어 사람들이 나타나더니 포구로 내려가는 언덕길로 쏠리듯 모여들었다. 모두 나처럼 청사포로 향하는 발길들이었다. 미명 속에 울리는 낯모르는 사람들의 발걸음 소리가 경쾌했고, 콧속을 훑고 가슴속까지 파고드는 바람이 상쾌했다. 옛 포구의 정취는 많이 사라졌지만 간간이 보이는 낮은 슬레이트 지붕의 집들을 바라보며 걷기가 좋았다. 동해남부선 철길을 건너자 함께 앞서거니 뒤서거니 걷던 사람들이 '수민이네' 마당 입구에 이르러서는 잠시 가던 길을 멈추었다가 다시 웅성웅성 제 갈 길을 이어갔다.

나는 그곳에 이르면 늘 그러하듯이 동해남부선 철길 전후, 달맞이 쪽 하늘과 그 아래 언덕 마을, 그리고 맞은편 해마루 쪽 하늘과 그 아래 송정 마을의 형세와 분위기를 휘둘러보았다. 그러고 나서야 하얀 김을 내뿜으며 사람들로 북적이는 수민이네 마당 앞에 당도했다. 뜻밖에도 수민이네에서는 시루에서 막 쪄낸 백설기 한 조각과 뜨거운 유자차 한 잔을 해맞이 나선 사람들 손에 안겨주고 있었다.

그 집, 수민이네로 말할 것 같으면, 내가 부산으로 내려와 처음 '방아'라는 한국산 향초Herb와 바닷장어구이를 맛보았던 식당이었다. 또한, 크고 작은 원고 마감을 할 때면, 마감과 동시에 기다리고 있는 일상의 업무들을 신속하고도 힘차게 수행해야 할 때면, 또 먼 곳으로 씩씩하게 여행을 떠나거나 돌아올 때면, 언덕을 달려 내려가 380년 된 수호송守護松 옆에 앉아 희고 담백한 바닷장어구이로 탕진해버린 에너지(氣)와 삼시 바삐된 일상의 리듬을 되찾곤 하는 곳이었다.

일상생활과 창작활동이라는 서로 상반되는 영역을 동시에 감행하는 나와 같은 사람, 그것도 육아와 가사가 숙명처럼 뒤따르는 여성은 매 순간 시간과 전투를 치러야 한다. 곧 한 인간에게 주어진 물리적인 단위의 하루는 24시간, 일상생활은 보통 사람들과 함께 해나가고, 창작활동은 일상이 끝난, 그러니까 세상이 잠든 시간에 홀로 깨어 따로 창조해야 하는 것이었다. 창작 중에서도 소설이라는 장르는 창조적 지력知力 못지않게, 아니 그 이상의 체력과 끈기가 뒷받침되지 않으면 길게 펼쳐나갈 수 없는 한계를 안고 있다. 그런 까닭에 직장 생활과 소설 창작, 그리고 가정이라는 세 가지 업業을 동시에 꾸리고 있는 나에게는 시간을 어떻게 활용하느냐, 그리하여 각 영역을 어떻게 균형 있게 조율하느냐가 최대 관건이다. 삶과 문학, 그 둘을 윤기 있게 작동시키는 힘, 그 요체는 음식에 있음을 소설가가 되고 얼마 되지 않아 터득했다.

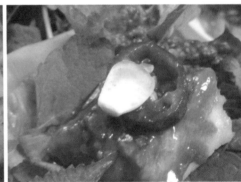

◁⋯ 노릇하게 익어가는 바닷장어
⋯▷ 상추, 깻잎, 마늘, 풋고추 그리고 양념고추장을 얹은 바닷장어쌈

수민이네에서 받은 백설기를 가슴에 품고, 뜨거운 유자차를 마시며 바다로 길게 난 방파제 둑을 걸어 등대로 갔다. 새해 첫 태양은 10여 분 늦게, 등대 사이로 떠올랐다. 무엇을 빌었던가. 원고를 쓰다 송년의 밤을 맞았고, 또 새해 첫 새벽에 이르렀으니, 늘 그러하듯이 돌아가 책상에 앉을 것이었으며, 아니, 뽀얀 떡살을 꺼내놓고 왔으니 서재는 아침 햇빛 속에 잠시 맡겨두고 부엌을 먼저 찾을 것이었다. 새해 첫 아침 식사로 떡국을 끓여 겨울 찬바람 속에 싱싱하게 자란 시금치나물을 곁들일 것이었다.

시금치는 뭐니뭐니해도 겨울이 제 맛이었다. 나는 노지에 앉아 파는 할머니에게서든 마트에서든 시장에 갈 때면 포항초와 남해초, 신안섬초까지 한 다발씩 안고 오곤 했다. 겨울 시금치, 그것도 바닷가 노지에서 자란 것일수록 씹을수록 단맛이 일품이었다. 며칠 후에는 먼 곳에서 벗들이 찾아올 것이었다. 나는 수민이네에서 맛본 방아와 바닷장어구이로 저녁 식탁을 차릴 것이었다. 그리고 조연처럼 풋풋하고 고소한 시금치나물 한 접시를 옆에 곁들일 것이었다.

벗과의 즐거운 저녁식사를 마친 뒤, 장어와 우정의 힘을 밑천 삼아 멀리, 아주 멀리, 태평양을 건너, 북아메리카로, 거기에서 다시 중앙아메리카 멕시코로, 그리고 쿠바로 떠날 것이었다. 멕시코에서는 최초의 이민자들의 족적을 감동적으로 소설화한 김영하의 『검은 꽃』을 중심으로 현대 소설 속의 이국성 표출 양상이라는 논문을 학술 심포지움에서 발표할 것이고, 쿠바에서는 우리와는 완전히 다른 체제 속에서 창작을 하는 시인과 작가들을 만날 것이었다. 그리고 다시 북아메리카를 거쳐 태평양을 건너 돌아올 것이다.

↑ 청사포 바닷장어 전문식당 수민이네
↓ 일출 무렵의 해운대 달맞이 언덕의 문탠로드, 멀리 이기대
　와 오륙도가 보인다

돌아온 다음날에는 꽃다발처럼 방아를 한 아름 안고 미포 어시장의 '동일호' 김씨 할아버지에게 곧 갈 테니 물 좋은 자연산 장어 세 마리를 준비해 달라고 전화를 걸고, 저녁 식탁을 차릴 것이었다. 최근에 발표된 「저녁식사가 끝난 뒤」라는 소설에서처럼. 소설에서 방아와 장어는 이렇게 등장한다.

"장어에는 방아가 빠지면 안 된다고 하셨죠?" 현관문을 열어주자 효주 학생은 마치 꽃다발을 내밀듯 싱싱한 방아를 한 아름 순남 씨에게 안겨 주었다. 오늘의 저녁식사 요리로 순남 씨는 백포도주와 방아 잎으로 맛을 낸 바닷장어 요리를 준비 중이었다. (중략) 순남 씨가 남쪽의 B시로 내려와 알게 된 식용 향초가 방아였다. 일산 새 도시에 살 때는 평소 민물장어를 좋아해서 임진강변에 있는 미루나무집에 자주 가곤 했다. 양념으로 잰 장어를 숯불에 구워 생강 채를 얹어 먹는 것이 일품이었다. 그런데 남쪽 기후 탓인지 이곳 바닷가에서는 흰 살을 그대로 석쇠에 구워 노릇노릇해진 장어를 초고추장을 찍어 방아와 풋고추 등과 함께 상추로 싸 먹었다. 방아는 순남 씨가 해 뜰 무렵 산책을 나가는 해안가 주변에 사시사철 푸르게 자랐다. 처음 순남 씨는 양지 바른 언덕뿐만이 아니라 포구의 기찻길에도, 골목에도, 심지어 보도블록 틈새까지 지천에 자라고 있는 키 작은 풀이 방아인 줄 몰랐다. 어느 날 보라색 꽃이 피어 해풍에 흔들리는 모습을 보고 한 송이 꺾었다가 방아 특유의 향을 맡았다.

-함정임, 「저녁 식사가 끝난 뒤」, 『2012 이상문학상 수상작품집』

미포항에서 바라본 동백섬과 해운대

저녁 파티를 준비할 때면, 버지니어 울프의 『댈러웨이 부인』처럼, 아침부터 가슴이 뛰고, 뛰는 만큼 마음이 분주하고, 마음의 가닥을 잡으려 잠시 걷고 싶고, 길모퉁이 단골 꽃집에 들러 꽃을 사고 싶고, 그러는 중에 내내 뭔가 근사한 일이 일어날 것만 같은 기대감으로 스스로 충만해지곤 했다. 아아, 하루는 얼마나 짧은가, 동시에 위대한가. 인생처럼! 짧은 듯 다채롭고, 꽉 찬 듯 어느 순간 덧없지 않은가.

여행에서 돌아오면 봄, 봄에는 벚꽃이 달맞이 언덕길을 하얗게 물들였고, 나는 벚나무 꽃잎 난분분하게 흩날리는 봄날의 문탠로드를 천천히 걷곤 했다. 그렇게 하루는, 인생은 흘러가는 것이었다. 그 어느 길목에서는 지금껏 살아온 이 길이 처음 마음에 품었던 그 길이었던가, 문득 뒤돌아보기도 했고, 지금껏 손끝으로 만들어온 이 요리가 처음 미각을 깨웠던 그 맛이었던가, 순간 되뇌이기도 했다. 하여, 어느 날에는 노릇노릇하게 구워 방아잎에 싸서 한 입에 넣도록 내놓던 방식을 달리 궁구해볼 때도 있었다. 역시, 소설에서처럼, 이렇게!

노래가 끝날 즈음 순남 씨는 시간 맞춰 오븐에 대기해 놓은 오늘의 요리를 식탁으로 날랐다. 요리를 식탁 가운데에 놓고 한 접시 한 접시 담아주며, 기왕이면 섬세한 음미를 위해, 바닷장어의 특성과 곁들인 와인의 종류, 그리고 방아의 향에 대해 간단하게 일러주었다. 얼큰하거나 짭짤한 맛이 아니어서 비위에 맞지 않는 사람을 위해 뢰징을 기끼한 장어탕도 준비되어 있음을 덧붙였다. 그때 남편이 기다렸다는 듯이 건배를 제의했고,

식탁 한가운데로 여덟 개의 잔이 모아졌다.

-함정임, 「저녁 식사가 끝난 뒤」, 『2012 이상문학상 수상작품집』

소설가에게 삶은 허구(창작소설)의 기반이다. 삶을 벗어난 예술은 존재하지 않는다. 나에게 삶이란, 곧 예술이란 소설이자 매순간 소설과 함께 떠나는 미지의 여행이다. 핵심은 뭍이든 물속이든 그곳만의 토양에서 자란 푸성귀와 열매들이다. 본질, 또는 본능이란 생래적인 것이다. 혼魂의 부름이며, 대답이다. 예술은, 특히 문학은 거기에 가장 정직하게 조응하고자 애쓰는 작업이다. 그 중심에 음식이 있음은 두말할 나위가 없다. 청사포 지천에 낮게 퍼져 자라는 싱싱한 방아와 그 아래 심해에서 힘차게 유영하는 바닷장어는 청사포만의 선물이자 축복이다.

노마드 소설가 함정임의 세계 식도락 기행

먹다, 사랑하다, 떠나라

1판 1쇄 발행 2014년 10월 23일
1판 2쇄 발행 2015년 12월 1일

지은이 | 함정임
펴낸이 | 김이금
펴낸곳 | 도서출판 푸르메
등록 | 2006년 3월 22일 (제318-2006-33호)
주소 | (우445-825)경기도 화성시 향남읍 행정중앙2로 64, 1103동 1103호(제일오투그란데)
전화 | 02-334-4285
팩스 | 02-334-4284
Email | prume88@hanmail.net
인쇄 · 제본 | 한영문화사

ISBN 978-89-92650-91-5 03810

이 도서의 국립중앙도서관 출판시도서목록(CIP)은 서지정보유통지원시스템 홈페이지
(http://seoji.nl.go.kr)와 국가자료공동목록시스템(http://www.nl.go.kr/kolisnet)에서 이용
하실 수 있습니다. (CIP제어번호: CIP2014028914)